U0061877

唐宋詞

名家配畫誦讀本

三百首

商務印書館

唐詩宋詞是中國古代韵文的精華，它詞采斐然，韵律優美，琅琅上口，歷來爲人們所喜愛。古代童子發蒙、士子進學都很重視它的誦讀功能。因爲在誦讀中能充分地感受前人詩詞中的情感韵律、詞章精華，更深地領略詩詞中的意境，以致有"熟讀《唐詩三百首》，不會吟詩也會吟"之説。可見，誦讀唐詩宋詞，是前人學習傳統文化的有效方法與成功經驗。

　　在建設社會主義精神文明的今天，開展誦讀唐詩宋詞的活動，有利于加强人們的古典文學修養，營造文明祥和的社會氛圍，弘揚社會正氣，提升人們的思想情操。爲此，我們在本社《詩與畫·唐詩三百首》和《詞與畫·唐宋詞三百首》的基礎上，改編出版了《名家配畫誦讀本·唐詩三百首》和《名家配畫誦讀本·唐宋詞三百首》。爲適合中等文化程度的讀者誦讀，對詩詞中難讀難認的冷僻字、容易讀錯的多音字注上了漢語拼音，並對其中膾炙人口的名句加以標識。

目

錄

無愁時怕之有愁時盡之余何云
戊寅春日陽高於泥上為樂

周陽高

菩薩蠻

......................李　白

平林漠漠煙如織，
寒山一帶傷心碧。
暝色入高樓，有人
樓上愁。　玉階空
佇立，① 宿鳥歸飛
急。何處是歸程，長
亭更短亭。

①佇 zhù

　　暮色蒼茫時分，是容易引
起懷思的時分；登高望遠，則容
易引起百端交集之情。樓上人
放遠望去，原野的盡頭是一片
齊齊整整的樹林，爲暮靄所籠
罩；樹林後橫亘着長長的一帶
山脈，呈現出一派冷冷的碧色。

　　鏡頭由遠而近，定格於樓頭一
點，於是整個兒暝色向樓上人
撲面壓來，令其難以禁當，使之
從來沒有如此之深地感受到
"人生分外愁"呵!

　　鏡頭又由近推遠，樓上人
站立於玉階翹首企盼，只盼來
掠空而過的歸巢的飛鳥。遠方
的游子，久久不能還鄉，且看一
條大路通向遠方，不知道隔着
多少山山水水、十里長亭、五里
短亭哩!

　　此詞被譽爲"百代詞曲之
祖"，境界闊大，以"有人樓上
愁"一句爲中心，由遠及近，又
由近及遠，前主景，後主情，章
法嚴密而思致流暢。不少人認
爲詞中寫的是游子望鄉之情；

却又有人因"玉階空佇立"一
語，認爲寫的是思婦懷遠之情。
無論是何者，它都表明: 作者的
興趣已轉向對内心世界的發掘，
相對忽略了對具體人事的交代。
而這, 恰好是詞體的基本特點。

（周嘯天）

苗重安

憶秦娥

……………………李　白

簫聲咽，秦娥夢斷
秦樓月。秦樓月，年
年柳色，灞陵傷別。

樂游原上清秋
節，咸陽古道音塵
絕。音塵絕，西風殘
照，漢家陵闕。

詞境從簫聲開始。簫聲幽
幽咽咽，打斷了秦娥的睡夢。沒
有簫聲的月夜不是最美的月夜，
沒有月夜的簫聲不是最美的簫
聲。今夜月色明亮，簫聲令人想
起弄玉追隨蕭史的傳說，為什
麼伊就沒有那樣的幸運呢？自
從當年折柳，征夫西行，他，就
再沒有從灞橋那邊回來。

過片境遷：簫聲沒了，月色
沒了，秦娥似乎也沒了。時間：
重陽節、黃昏時分；地點：樂游
原。長安士女游覽了一日，當已
緩緩歸去。與白天的熱鬧形成
強烈對照的，是西風殘照之下，
通向西邊的大道，以及沿途漢
家陵闕的冷清。詞中怨情，於是
上升而為古今情，天地情。

原來就是這一條西行的大
道，從漢至唐，不知送走了多少
的征人，"何人此路得生還"呢？
就在這裏，讀者發現了詞情上
下的關聯或切合點。上片的秦
娥怨，就在咸陽古道、西風殘照
中，得到了呼應和延伸。詞情悲
涼跌宕，結尾"寥寥八字，遂關
千古登臨之口"（王國維語）。

（周嘯天）

漁父

…………………………張志和

西塞山前白鷺飛，
桃花流水鱖魚肥。①
青箬笠，②綠蓑衣，③
斜風細雨不須歸。

①鱖 guì　②箬 ruò　③蓑 suō

　　西塞山前幾點白鷺，翩翩
閃動。山之安靜，與鷺之飛動，
正相映成趣。

　　桃花片片，春水渺渺，正是
鱖魚肥美的汛期。看那漁父，頭
戴青箬笠，身披綠蓑衣，斜風細
雨中，放舟煙波裏，真個留連
忘返了。一眼望去，青笠綠蓑的
身影，和翠山碧水相諧，漁父樂
不思歸的情趣，也和自由自在
的萬物相合。

　　張志和，在唐肅宗時棄仕
歸隱江湖，自稱煙波釣徒。其兄
松齡恐志和遁世不返，和其《漁
父》詞道：“太湖水，洞庭山，狂
風浪起且須還。”可志和真個是
一去不返了。不過，人雖不返，
詞却風流千古，成爲百代《漁
父》之祖。

　　　　　　　　　　　　（鄧小軍）

凌虛

吳　聲

宫 中 調 笑

························王　建

團扇，團扇，美人病
來遮面。玉顏憔悴
三年，誰復商量管
絃！絃管，絃管，春
草昭陽路斷。

　　冷落了，這皎如滿月的宮
扇；冷落了，這聲如仙樂的絲竹
管絃；冷落了，這美如天宮的昭
陽殿……

　　這昭陽殿曾何等榮耀，皇
上的御輦曾多少次臨幸這個所
在！而每當他光顧，殿裏便整
日迴蕩着急管繁絃，輕歌曼舞
中翩翩飄閃着這鮮麗的團扇。
現在這一切都冷落了：殿前路
生青草，管絃落滿塵埃，團扇也
黯然無光。

　　她分明知道成也是她，敗
也是她。過去的榮耀是因爲她
天仙般的美色，此時的冷落則
是因爲疾病損傷了她的玉容花
貌；就像那柄團扇，夏日是扇起
涼風，秋日却棄置篋底！

　　　　　　　　　　　（蕭華榮）

瀟湘神

⋯⋯⋯⋯⋯⋯⋯⋯⋯劉禹錫

斑竹枝，斑竹枝，淚痕點點寄相思。楚客欲聽瑤瑟怨，瀟湘深夜月明時。

作爲永貞革新的參與者、失敗者，一腔忠忱却換來被貶的命運，貶到這僻遠的楚地，成爲去國懷鄉的"楚客"！

好在這裏有許多古老、美麗而哀傷的傳説，最動人的莫過於娥皇、女英的故事了。當她們的夫君——那盡瘁國事的大舜終因積勞成疾，永遠倒在這裏，她們日夜哭泣，呼喚着他的靈魂，斑斑淚珠灑滿竹枝，成爲"斑竹"。斑竹今猶存。這分明也是詞人憂國的淚呀！

後來這兩位堅貞的女性投水而死，化爲湘水之神。據説每當月白風清，便會傳出她們的鼓瑟聲——那是在追悼夫君的亡靈。深夜，詞人躑躅江濱，諦聽着。呵！他似乎真的聽到了——聽到他自己憂國的心音⋯⋯

（蕭華榮）

斑竹枝 戊寅睌叫

林曦明

5

林中鑒

憶江南

························白居易

江南好，風景舊曾
諳。① 日出江花紅勝
火，春來江水綠如
藍。能不憶江南？

①諳 ān

　　白居易早年曾游江南，又
先後在蘇杭二州作官，後因目
疾回到洛陽，遂有"憶江南"之
作。此詞主寫景，集中在七言一
聯，尤妙於剪裁。

　　詞人將江南許多美景一概
捨去，獨取春花與江水，而極
力染色。春花本紅，而在陽光下
更紅；江水本綠，而在春天更
綠。紅到紅勝火，綠到綠如藍，
突出了江南之春給人最強烈的
感受和印象，以簡潔而大膽的
設色取勝。

　　詞作也暗含對比：洛陽之
春較之江南，可說是姍姍來遲，
北方的春花沒有江南繁富，黃
河、洛水不像江南之水那樣清
澈。此時，詞人正在洛陽，"能
不憶江南"的設問，正是在這樣
的前提下發出的；江南春花特
紅、江水特綠的感覺和印象，也
是在這樣的前提下加濃的。

（周嘯天）

長相思

············白居易

汴水流，^① 泗水流，
流到瓜洲古渡頭。
吳山點點愁。
思悠悠，恨悠悠，恨
到歸時方始休。 月
明人倚樓。

①汴 biàn

　　"月明人倚樓"一句雖在篇
末，却是一篇之關紐。

　　古汴水發源於河南，東流
至徐州，匯入泗水，與運河相
通，經揚州南面的瓜洲渡而流
入長江。倚樓人的丈夫或即從
這一水路至吳地經商，至今未
回。無怪她看吳山點點，無一非
愁。

　　汴、泗二水，至瓜洲渡入長
江，總算有了一個交待。而倚樓
人悠悠之思、悠悠之恨，却没個
交待，除非是那人從吳地回來，
給它畫上一個句號。

　　詞中多用叠字、接字，尤其
多用在脚韵處，不但讀來有明
珠走盤之感，對於表達倚樓人
綿綿不斷的愁情，亦有點染之
功。

　　　　　　　　　　　（周嘯天）

吳　聲

夢江南

························皇甫松

蘭燼落，屏上暗紅蕉。<u>閒夢江南梅熟日，夜船吹笛雨瀟瀟。人語驛邊橋。</u>

少年情事，是老來夢中的淒迷。

那是一片淒迷的交響：笛曲幽幽，雨聲瀟瀟，情話喁喁。幽幽。瀟瀟。喁喁。

那是一幅淒迷的舊畫：溫馨的江南春夜，細如愁絲的梅雨；江水、客船、驛站、小橋，都籠在朦朧的雨簾和無邊的夜幕中；橋頭上佇立着我和你。笛聲相召，船兒將發。兩人喃喃細語，實難分捨……

老年的夢做不圓。蟇然醒來，唯見畫屏上的美人蕉搖曳在昏黃的燭光中。美人蕉如你，滴落的蠟淚是我的眼淚……

（蕭華榮）

黃全昌

郭全忠

采蓮子

···························皇甫松

菡萏香連十頃陂_{舉棹}，^① 小姑貪戲採蓮_{年少}。晚來弄水船頭濕_{舉棹}，更脫紅裙裹鴨兒_{年少}。

①菡萏 hàn dàn

陂 bēi　棹 zhào

　　十里荷塘，一路荷花清香不斷，荷葉相連，曲曲通幽。眾少女一邊蕩舟採蓮，一邊忘情歌唱，一女歌聲餘音裊裊未盡，眾少女齊聲相和。

　　畫面的中心，推出了一位快樂淘氣的小妹。她只顧貪玩戲水，幾乎忘了採蓮，坐在船頭，赤腳打水，到在興頭上，濺得船頭濕淋淋的。可她的淘氣還不止此呢，"更脫紅裙裹鴨兒"！真是無拘無束，憨態可掬。

　　眾少女一片笑聲。

　　晚霞映紅了荷塘。

　　荷葉深處，正是江南少女的自由天地。

(鄧小軍)

菩薩蠻

················温庭筠

小山重叠金明滅，
鬢雲欲度香腮雪。
懶起畫蛾眉，弄妝
梳洗遲。<u>照花
前後鏡，花面交相
映</u>。新帖綉羅襦，①
雙雙金鷓鴣。②

①襦 rú　②鷓鴣 zhè gū

初日的光輝映着畫屏，屏
山重重叠叠，金光閃爍。閨中人
猶未起床，一抹烏雲般黑亮的
秀髮，拂揚在雪白香艷的腮上。

雖然是無心緒不欲起床，
終於還是懶洋洋地起來了。但
卻是慢騰騰地梳洗，妝扮，描
畫蛾眉。

畢竟是位愛美的女子。她
在雙鬢簪了鮮花，對着妝檯上
的座鏡從正面照，又拿着帶柄
的手鏡從背後照，端詳簪花是
否妥恰，同時，亦在顧盼自己的
美艷。前後兩鏡交相輝映，花光
與人面亦相互映襯。

妝扮完畢，開始了一天的
女工：綉羅襦。此時新貼的花
樣，偏偏是成雙成對的金鷓鴣，
她不禁心有所感。

全詞意境的四個層次，皆
為人物動作、衣飾及居室器物
的重彩粉飾，筆致密麗，無一字
及情，但錦綉般的氛圍與無心
緒的動作之對比，無語面對雙
雙金鷓鴣的神態，却默示着閨
中人的孤寂和冷落。

（鄧小軍）

戴敦邦

菩薩蠻

……………温庭筠

水精簾裏頗黎枕，
暖香惹夢鴛鴦錦。
**江上柳如煙，雁飛
殘月天。** 藕絲
秋色淺，人勝參差
剪。[1] 雙鬢隔香紅，
玉釵頭上風。

① 參差 cēn cī

　　水精爲簾，玻璃爲枕，何其
玲瓏精緻；五彩錦衾，熏以暖
香，何其富麗溫馨。在鴛鴦被下
惹起的，總該是鴛鴦夢吧？

　　然而，夢境中却未見情郎，
了無旖旎。那江上如煙的楊柳、
高天上的一鉤殘月、一行征雁，
倒顯得高曠、清遠，還帶了些惆
悵。

　　那麼，她醒來後該訴説什
麼吧？也不。唯見她換上了淺
色的藕合衫，剪起了正月初七
人日的人勝。她的雙鬢今日有
點躁動，恨不能度越隔開它們
的香腮粉頰，會合在一處；她的
玉釵也老是顫顫不穩，似乎頭
頂上總有微風吹動……

　　是的，她未説什麼。然而，
煙柳已起，初春已至，北雁南
飛，殘冬將闌。她定是領悟了夢
境的暗示，在新的一春有了新
的期盼，所以才有了這般的妝
扮一新、躍躍欲動。

　　　　　　　　（沈維藩）

吳　聲

11

玉樓明月長相憶

吳大成

菩薩蠻

……………………溫庭筠

玉樓明月長相憶，
柳絲裊娜春無力。[1]
門外草萋萋，送君
聞馬嘶。　　畫羅
金翡翠，香燭銷成
淚。花落子規啼，綠
窗殘夢迷。

①娜 nuó

　　春漸暖、風漸軟、閨中寂
寞，沒情沒緒，連搖漾的柳絲，
在感覺中也是無力的。每到月
白風清、光滿小樓之夜，伊難以
成眠時，總會有刻骨銘心的相
憶。

　　一閉上眼睛，就出現當日
情景：伊倚傍着門，目送情郎揮
鞭上路。那蕭蕭的馬嘶聲，就永
遠地留在伊的記憶中了。"王孫
游兮不歸，春草生兮萋萋"的辭
句，就永遠地徘徊在伊的心頭
了。

　　綉幃深掩，綉幃上金綫綉
成的翡翠鳥，成雙成對，反形出
伊的孤單；燭檯上的蠟燭垂淚，
仿佛向伊表示着同情。正是落

花時節，綠紗窗外，子規鳥不停
地叫："不如歸去，不如歸
去……"可惱的子規鳥呵，你沒
有喚回久別的那人，却徒然驚
殘了伊的好夢。

　　　　　　　　　　（周嘯天）

菩薩蠻

··························温庭筠

寶函鈿雀金鸂鶒，[1]
沉香閣上吳山碧。
楊柳又如絲，驛橋
春雨時。　畫樓音
信斷，芳草江南岸。
鸞鏡與花枝，此情
誰得知？

①鈿 tián　鸂鶒 xī chì

春晨妝梳。打開妝盒，手拈金釵。兩股釵上，好一對鏤金的紫鴛鴦呵！登上自家的香閣，伊憑欄遠望。江南的綠水青山，好可愛呵。

驛外橋邊的楊柳，不看則已，一看倒惹得伊心傷起來。一個"又"字，表現出伊內心的波動。想起那個春雨瀟瀟的日子，伊曾經在橋頭折柳送別哩。

那人別後，久無音信。草自萋萋，人自不歸。伊不禁攬鏡自照，見鏡中花容月貌，楚楚可憐。如花美眷，似水流年，然而憐香惜玉的人呢？"此情誰得知"，語似淺直，其實深曲。

（周嘯天）

唐勇力

吳　聲

更漏子

···························温庭筠

柳絲長，春雨細，花
外漏聲迢遞。驚塞
雁，起城烏，畫屏金
鷓鴣。①　　香霧薄，
透簾幕，惆悵謝家
池閣。紅燭背，繡簾
垂，夢長君不知。

①鷓鴣 zhè gū

　　春夜畫堂。細雨飄灑，聽不
到卻感得着；柳絲輕拂，看不見
卻覺得出。悠永的清漏，仿佛傳
自花外某個遙遠的地方。隱隱
聽得見啞啞的啼聲，是大雁？
是城烏？它們也爲這漏聲而感
到心驚麼？正諦聽凝思間，一
舉頭卻瞥見了畫屏上金絲繡就
的雙雙鷓鴣，在這般愁悶的夜
晚，便是這無知無覺的金鷓鴣，
怕也會含愁帶恨了吧？鷓鴣猶
如此，伊人何以堪？

　　霏微輕淡的香霧，穿透入
重重簾幕。今夜伊家池塘，新生
了幾多春草？此刻伊的心裏，
新生了幾多惆悵？伊背對紅燭，
放下繡簾。欲尋一夢，卻又不禁
想道：即使夢得他時，他也未必
能知道呢！——詞句於怨悵中
含無限低迴，尤爲深厚含蓄。

(周嘯天)

更漏子

……………………温庭筠

玉爐香，紅蠟淚，偏照畫堂秋思。眉翠薄，鬢雲殘，夜長衾枕寒。① 梧桐樹，三更雨，不道離情正苦。一葉葉，一聲聲，空階滴到明。

①衾 qin

秋夜畫堂，玉爐飄香，紅燭垂淚。紅蠟著一"淚"字，不僅妙於形容，兼有情味。"偏照"二字派無情作有情，無理而妙。

"秋思"暗示畫堂有人。"眉翠"而云"薄"，"鬢雲"而曰"殘"，乃是臥時光景，所謂"臥時留薄妝"。"夜長衾枕寒"是客觀敘述，而失眠之意見於言外。

過片寫失眠感受，用聽覺形象造境：寫夜雨，又讓梧桐闊葉爲雨擴音。筆法由上片的凝重含蓄轉爲清新疏朗。"不道離情正苦"的"不道"，派無意作故意，與"偏照畫堂秋思"的"偏照"，意趣正復相似。結句謂通宵失眠，却不説破，復以叠字象雨聲入妙。

(周嘯天)

李子侯

唐勇力

夢江南

............................溫庭筠

千萬恨，恨極在天
涯。山月不知心裏
事，水風空落眼前
花。搖曳碧雲斜。

　這是無可告白的離恨，這
是難消難解無有已時的纏綿的
相思。這離恨，這相思，聚焦在
一點：她那遠在天涯的久別的
夫君。

　是的，這離恨是無可告白
的。她想詢問山巔的月。不是說
"隔千里兮共明月"嗎？它該知
道夫君的消息。月無語。她想拜
託水上的風，將她的心事捎到
遠方。風不言。

　這相思也真是無休無盡。
她從有"山月"的夜晚盼到有
"水風"的早晨，又盼到"碧雲
斜"的黃昏。流水落花春去也，

她眼睜睜地盼過又一個春
天⋯⋯

　流水落花般逝去的，還有
她寂寞的青春。

（蕭華榮）

望江南

························温庭筠

梳洗罷，獨倚望江樓。<u>過盡千帆皆不是，斜暉脉脉水悠悠</u>。腸斷白蘋洲。

一位少婦打清早起就倚樓望江，希望能看到她遠行的夫婿卸帆歸來。可是直盼到太陽落山，船兒過盡，也没有望見歸人的踪影。好不令人傷心！

這詞的構思，似有取於唐趙徵明《思歸》詩：「猶疑望可見，日日上高樓。惟見分手處，白蘋滿芳洲。」但絶不是描紅，你看「斜暉脉脉水悠悠」七字情景兩兼，韵味深長，實乃作詞高手所爲。趙詩原創作可以不傳，而溫詞再創作却不可不傳。何以故？前者是鐵，後者則是點鐵成金。

（鍾振振）

張培成

河傳

..................温庭筠

湖上，閒望。雨瀟瀟，煙浦花橋路遙。謝娘翠蛾愁不銷。終朝，[1] 夢魂迷晚潮。

蕩子天涯歸棹遠。[2] 春已晚，鶯語空腸斷。若耶溪，溪水西。柳堤，不聞郎馬嘶。

① 朝 zhāo　② 棹 zhào

長短錯落的景語，恰似緩搖出的長鏡頭：

一片蒼茫的湖水，一個纖弱的身影。瀟瀟灑灑的春雨，迷濛了曲陌遙接的小橋、遠浦。

鏡頭推近，才看清是位蛾眉顰蹙的少婦。她究竟在盼望着誰，以至在湖邊"閒"佇終朝？

畫面叠印。雨色迷濛的清"朝"，化出鶯語淒苦的暮夕。少婦已登上溪西的柳堤，遠眺的天涯，不見有片帆歸來。

畫面上一無聲息。畫外卻時有歡樂的嬉笑，響過煙浦、花橋；有咴咴的馬嘶，從柳堤深處奔近。

但作者偏讓這往昔的幻音消失，留在畫面的，便只有令思婦夢魂迷失的晚潮和雨影……

（潘嘯龍）

朱新昌

蘋葉軟杏花的畫
船輕
紅瓶夫夫靜
如紀己
（印）

江 宏

春光好

...........................和凝

蘋葉軟，杏花明，畫
船輕。雙浴鴛鴦出
綠汀，棹歌聲。①

　春水無風無浪，
春天半雨半晴。紅
粉相隨南浦晚，幾
含情。

①棹 zhào

　"曲子相公"和凝的艷詞，
也畢竟不俗：

　水上柔嫩的蘋葉，襯着岸
邊潔白的杏花；翠紅美麗的鴛
鴦，拖着長長的綠漪浮漾。再搖
出一葉輕盈的畫船，添幾闋閑情
韵裊裊的"棹歌"。這春光，確
也被詞人描摹得輕靈搖蕩、明
媚可人！

　水，好在無風無浪；禽、船、
岸花便倒影得分明。天，好在半

雨半晴：霞光、雨絲便交織得奇
妙。在疏淡的暮靄中，伴一二紅
粉知己泛舟南浦，更多了幾分
含蘊不露的情意！

　此詞起調輕柔，過拍處辭
情舒展，歇拍三字，更得"聲字
悠揚"之妙，不失為一闋造境如
畫、聲情並茂之佳製。

　　　　　　　　　　（徐旭文）

白崇然

鵲踏枝

······················馮延巳

誰道閒情拋擲久？
每到春來，惆悵還
依舊。日日花前常
病酒，不辭鏡裏朱
顏瘦。　　河畔青
蕪堤上柳，爲問新
愁，何事年年有？獨
立小橋風滿袖，平
林新月人歸後。

春天悄悄來臨了。請看那
河畔的青草、堤上的嫩柳，無不
帶來了春意萌動的消息。然而，
對於被"閒情"（戀情和其他人
生傷感）所困擾的人來說，萬物
的復蘇同樣也催發了心中沉埋
的惆悵情緒。於是，詞人就每日
借酒驅愁。但這又何補於事
呢？"人生自是有情痴"，"深知
身在情長在"，這種銘心刻骨的
痴情似乎是與身俱在的，任你
怎樣挣扎都無法擺脱。因此他

就只能拖着瘦羸的身軀，佇立
在風緊人静的小橋上，和那一
鈎孤凄的新月默默無言地相互
對視……

（楊海明）

鵲踏枝

··················馮延巳

幾日行雲何處去？
忘却歸來，不道春
將暮。百草千花寒
食路，香車繫在誰
家樹？① 淚眼倚
樓頻獨語，雙燕來
時，陌上相逢否？
撩亂春愁如柳絮，
悠悠夢裏無尋處。

①繫 xi

　　“痴情女子薄情漢”，這在
封建社會是一種常見的現象。
本詞所展現的，便是一位痴情
女子對薄情郎既怨嗟又難捨的
纏綿之情。

　　遙想着那位出門冶游、樂
不思歸的男子，她淚眼倚樓，喃
喃自語，發出一連串的疑問：多
日不見影踪，你究竟飄蕩到了
何處？春色將暮，你難道還不
想歸家？在這百草千花鬭艷的
游春路上，你的香車又繫在了
誰家的樹上……當然，薄情郎
是不會回答的。因此她只能轉
問穿簾的雙燕：你們飛來飛去，
路上有否見到過他？雙燕不理，
翩然遠飛，只剩下一片濛濛飛
舞的柳絮。亂紛紛的柳絮撩動
她的春愁，並把她帶入悠悠蕩蕩
的夢中，讓她在飄忽的春夢中
繼續追尋他的行踪。

　　　　　　　　（楊海明）

池沙鴻

沈虎

鵲踏枝

……………………馮延巳

六曲闌干偎碧樹，楊柳風輕，展盡黃金縷。誰把鈿箏移玉柱？① 穿簾海燕雙飛去。　滿眼游絲兼落絮，紅杏開時，一霎清明雨。濃睡覺來鶯亂語，驚殘好夢無尋處。

①鈿 tián

對於現實生活中無法相會的戀人來講，一場哪怕是十分短暫的"好夢"，也能聊慰其相思的饑渴，因此，唐人詩中就有了"枕上片時春夢中，行盡江南數千里"的溫馨描寫。但夢畢竟只是夢而已，何況夢醒之後的失落滋味就越加難受，因此唐人詩中又有過"打起黃鶯兒，莫教枝上啼。啼時驚妾夢，不得到遼西"的哀怨嗟嘆。而本詞中的這位女主角，就正經歷了一場"濃睡覺來鶯亂語，驚殘好夢無尋處"的感情體驗，其心緒之紊亂，更可想而知！故而無論是明媚亮麗的春色，還是落花粘絮的雨景，全都成了激惹她陣陣愁緒的觸媒。

（楊海明）

采桑子

..........................馮延巳

花前失却游春侣，獨自尋芳。<u>滿目悲涼，縱有笙歌亦斷腸。</u>　林間戲蝶簾間燕，各自雙雙。忍更思量，綠樹青苔半夕陽。

　　人們大都有過這樣的體驗：當你和所愛的人攜手共游的時候，即使是尋常的一草一木都會激起温馨喜悦的感受；而一旦與戀人分手，原來賞心悦目的美景反會引惹離恨別愁。請看，詞中的這一位，豈非正在體驗着這種"物是人非事事休"的心理感受？因此，儘管他眼前是一派繁花似錦，耳畔是一片笙歌悠揚，但是只因失去了"她"，這一切就驟然變成了悲涼之色和斷腸之聲。此情此景，何可勝言！於是在那綠樹青苔半夕陽的黄昏，詞人就只能形單影隻地踽踽獨步，努力將自己沉浸在對伊人的追憶和思量之中……

（楊海明）

尉曉榕

韓 碩

清 平 樂

·····················馮延巳

雨晴煙晚，綠水新
池滿。雙燕飛來垂
柳院，小閣畫簾高
捲。　　黃昏獨倚
朱闌，西南新月眉
彎。砌下落花風起，[①]
羅衣特地春寒。

①砌 qì

詞共八句。前六句完全可
用"畫面"來展示：雨晴煙晚，
池滿綠水，垂柳穿燕，小閣簾
捲，一位閨婦正倚欄凝望西南
的一彎新月。甚至，第七句"砌
下落花風起"，也還是能用畫筆
描繪出來的。可是這末一句中
的"春寒"兩字，却教畫家難以
落筆了，而這又正是詞人獨擅
其勝場的地方了。下此二字，便
把她孤眠獨宿的凄冷感受和深
心苦悶和盤托出，這樣返觀全
詞，就會發覺前文所寫實際就
是一幅飽含着感情生命的活的
圖畫了。

(楊海明)

24

謁金門

························馮延巳

風乍起，吹皺一池
春水。閒引鴛鴦香
徑裏，手挼紅杏蕊。①

鬥鴨闌干獨倚，
碧玉搔頭斜墜。終
日望君君不至，舉
頭聞鵲喜。

①挼 ruó

　　春風乍起，吹皺了一池碧
水。這本是春日平常得很的景
象。可是有誰知道，這一圈圈的
漣漪，却攪動了一位女性的感
情波瀾。別看她貌似悠閒，時而
逗引鴛鴦，時而揉扯花蕊，過一
會兒又倚身在池欄上觀看鬥鴨，
但只消從她懶洋洋的神態上
（懶得連碧玉搔頭斜墜都無心去
扶正），我們就知她的心思其實
全不在此。這不，隨着幾聲喜鵲
的歡叫，她的面龐兒頓時就湧
上了一陣紅暈——盼念已久的
丈夫終於要歸家了，這怎能不
令她的心像小鹿兒那樣亂撞亂
跳？

（楊海明）

戴敦邦

25

吳　聲

南鄉子

………………………………馮延巳

細雨濕流光，芳草
年年與恨長。煙鎖
鳳樓無限事，茫茫。
鸞鏡鴛衾兩斷腸。①

　　魂夢任悠揚，
睡起楊花滿綉床。
薄倖不來門半掩，②
斜陽。負你殘春淚
幾行！

①衾 qin　②倖 xing

　　此篇寫怨婦，其中的高樓
擁衾、對鏡傷神，以及以草長喻
怨深，均不足稱奇。所可稱奇
者，在首句"細雨濕流光"。

　　不同於深碧的夏草之色鈍，
更不同於枯黃的秋草之色衰，
春天的草、輕盈青翠、清光流
泛。濛濛細雨，雖能霑濕春草，
却終不能掩抑流光。詞人深見
及此，奇才也。

　　更奇者，這雨中的春草，正
乃怨婦的象徵：情郎不至，怨
矣，猶春草之見濡；雖則有怨，
痴盼猶存，一如流光之依然閃
動。

　　詞的下片，便在證實這一
點：寢前，她雖心事茫茫；夢中，
她却任意馳想，直睡至楊花浮
滿綉床。她雖恨殺薄倖，那門兒
却未緊閉，依舊爲他留了半扇。

　　王國維稱首句"能攝春草
之魂"。其實，此詞並非詠草之
作；攝草之魂，正是爲攝怨婦之
魂。

（沈維藩）

張振學

攤破浣溪沙

............................李 璟

手捲真珠上玉鈎，
依前春恨鎖重樓。
風裏落花誰是主，
思悠悠。　　青鳥
不傳雲外信，丁香
空結雨中愁。回首
綠波三峽暮，接天
流。

纖手輕捲珠簾，開掛玉
鈎：深閨的珠玉人兒，動作何其
遲緩慵懶！她是知道的，開簾後
決無舒懷散愁的指望，春恨將
依然煙鎖霧籠。看着重樓外落
花亂舞於風中，她怎麼也想不
明白，春紅竟不得東君扶持作
主，一如有人如玉，却不得愛憐
珍惜。

眼前之景已不忍復睹，舉
目雲外吧，也不見有傳書的青
鳥飛來：唯有雨中的結子丁香，
似欲伴她一同凝愁。情深無奈，
唯有回望；而充然在目的，却是
三峽綠波正流向暮色蒼茫的天
邊，便似她那遙伸於無際的脉
脉愁緒。

這本是一首清空而淒麗的
春恨之詠，但因為作者是中宗
李璟，有人若將風裏落花與風
雨飄搖的南唐國勢作一聯想，
那也未嘗不可。不過，樓頭思婦
的偶一回首，便直承以三峽的
浩蕩湧流：能以如此縱意舒捲
的大筆，出如此雄健壯偉的氣
象，也正因為他是中宗李璟。

（沈維藩）

王慶明

攤破浣溪沙

............................李　璟

菡萏香銷翠葉殘，①
西風愁起綠波間。
還與韶光共憔悴，
不堪看。　　細雨夢
回雞塞遠，　小樓吹
徹玉笙寒。　多少淚
珠何限恨，倚闌干。

①菡萏 hàn dàn

　　蓮花易以罕用的「菡萏」，綠葉易以鈍色的「翠葉」，詞的氣息，便添了多少高華矜貴，含蓄凝重。煉字豈小事哉!那銷歇的馨香、摧敗的殘葉，那綠池的西風愁波、美人的憔悴自傷，經此氣息的熏染，遂相紹而上臻於悽美絕倫之境界──一聲「不堪看」的輕嘆，竟化作罩芳蕪穢、美人遲暮的千古同嘆!

　　過片字句更精美至絕，意象更淒迷朦朧。讀至此始知，美人剛才被綿綿飄灑的細雨，喚動了遙赴邊塞的綺夢；而當她起步池畔之時，又聽到了遠處小樓上吹起的笙曲。那吹人似也有不盡的愁懷，直吹至玉管徹寒難握、直吹至周天佈滿寒氣。芳心無奈於秋殘，她怎能不淚珠漣漣、幽恨無限；玉肌淶淪於秋寒，她怎能不弱軀無力、斜倚池欄!

　　此首與上首一詠春恨、一詠秋怨，而格調亦一清空、一沉鬱。才人才情，真無限量，宜後之才人如蘇東坡、王國維輩，折服推賞無已。

（沈維藩）

虞美人

············李　煜

春花秋月何時了，
往事知多少？小樓
昨夜又東風，故國
不堪回首月明中。
　　雕闌玉砌應猶
在，① 只是朱顏改。
問君能有幾多愁，
恰似一江春水向東
流。

① 砌 qì

黃全昌

此詞調名就有含義，虞美
人是誰?不就是那令末路英雄楚
霸王痛苦的虞姬麼? 紅塵中最
苦惱的事，莫過于既不好，又不
了，折磨不盡，苟且偷生，春花
秋月，只足供恨。開篇二句，無
形中將宇宙的永恒與人事的無
常作了一番對比。這種物是人
非之感，接下來又重複了一次:
"小樓昨夜又東風。"這"又"字
甚慘，可見春花秋月，仍不得
了，遂興起"故國不堪回首月明
中"的放筆呼號。

過片再從故國明月切入，
三揭是人非之意: 雕欄玉砌
長在，沈腰潘鬢早衰。一篇之
中，三致意焉，遂將愁情積蓄至
于不可遏止。最後兩句以問答
作唱嘆，猶如開閘放洪，令萬斛
愁恨滔滔汨汨，奔迸而出。"恰
似一江春水向東流"，不僅是說
愁多說不盡，而且是對詞情消
漲所構成的內在韻律的絕妙象
喻。

李後主詞特別善于將短而
急促和長而連綿的兩種句式搭
配，來表現強烈激蕩的感情。

《虞美人》上下片各句字數，原
最多爲七字句，本詞出現九字
句，以更爲錯綜的句式，盡長吁
短嘆之致。詞中寫景抒情不假
雕飾，純用白描，正是"粗服亂
頭，不掩國色"(周濟語)。

(周嘯天)

29

相見歡

.... 李 煜

林花謝了春紅，太
匆匆。無奈朝來寒
雨晚來風。 胭
脂淚，留人醉，幾時
重？自是人生長恨
水長東！

　　若非早晚交至的風雨，那
嫣紅的林花，便不會凋謝得如
此匆匆，令你這般痛惜。然而它
終竟凋落了！

　　若非如水東流的長恨，那
留存花上的雨珠，又何似美人
的淚，令你這般悲懷？然而她
終究再難重逢！

　　短促的過片，如聞有啜泣
消停。長長的歇拍，更似有不盡
的嘆息相續。於是便再難分辨，
究竟是亡國之君在傷泣林花，
還是林花在傷泣亡國之君？

(潘嘯龍)

周志龍

相見歡

························李　煜

無言獨上西樓，月如鈎。寂寞梧桐深院鎖清秋。　剪不斷，理還亂，是離愁。　別是一般滋味在心頭。

黃全昌

孤影聳立的樓頭，"獨上"惟悴無語的人，門庭深鎖的落葉梧桐，臨照着一鈎無語的月。

詞境之孤清，幾近於了無聲息！心靈的嘆息，便如空谷傳音，字字震響了詞行。

那是怎樣蓬勃、紛紜的愁緒，在靜默中奮揚；那是怎樣滾沸的哀思，在秋夜無際中升騰！

"剪不斷，理還亂，是離愁"——愁思化生奇思，將孤清的詞境攪得一片紛亂。然後引出歇拍，便頓如衆音俱歇，又回復了無語的靜默。

這無語的靜默，正留下了不盡的餘意。一位亡國之君，就這樣在默默無語中，品味着國亡身囚的苦澀……

（潘嘯龍）

黄全昌

一斛珠①

························李 煜

曉妝初過，沉檀輕
注些兒個。向人微
露丁香顆。一曲清
歌，暫引櫻桃破。

羅袖裛殘殷色可，②
杯深旋被香醪涴。③
繡床斜憑嬌無那。
爛嚼紅茸，笑向檀
郎唾。

①斛 hú　②裛 yì
③醪 láo　涴 wò

傳神的描摹，活現了一位
嬌憨歌女的情態：

曉妝只粗粗理過，唇邊可
還得點一抹沉檀色的紅膏。含
笑未唱，先露一尖花蕾般的舌
尖；於是櫻桃小口微張，流出了
婉囀如鶯的清歌。

到了場下的酒會，就又嬌
爽多了。小盅微啜似還不夠過
癮，換過深口大杯拚醉，哪在意
污濕羅衣？最傳神的，是醉態
可掬的斜憑繡床，笑嚼着紅嫩
的草花，向"檀郎"（心上人）
唾個不停⋯⋯

全詞純爲娛樂宮廷的歌女
畫像，詞趣之浮薄自不待評說。
若論描摹的技巧，則勾勒精妙、
神態逼真，足令筆底形象呼之
欲出。

(徐旭文)

清平樂

........................李　煜

別來春半，觸目愁腸斷。砌下落梅如雪亂，①拂了一身還滿。　雁來音信無憑，路遙歸夢難成。離恨恰如春草，更行更遠還生。

① 砌 qi

　　遠離的人兒去了，一別就是半春。惦念的人兒留着，獨佇在春日的庭院。心中的愁緒本已紛亂，階下的落梅，偏又紛亂如雪！

　　這是情與景的奇妙交織，交織中痴立着的，是拂不去落梅也拂不去愁緒的詞人。

　　雁兒未帶來片紙音訊，遠路使夢中也難覓歸影。於是映入眼際的春草，恍惚間便全成了離恨，蓬蓬勃勃，無邊無際，鋪生在離人遠去的長路！

　　這是愁思中湧生的千古奇喻！借了"更行更遠還生"的遞進，傳達了充塞在無數離人心頭、卻又難於表述的悲苦奇情。

（潘嘯龍）

華　拓

搗練子令

…………………………李　煜

深院静，小庭空，斷
續寒砧斷續風。① 無
奈夜長人不寐，數
聲和月到簾櫳。

① 砧 zhēn

　　搗練（製白練）的人在遠
處，佇聽的人在深院。深院小庭
本已寒寂，月夜的砧聲便愈增
清苦。

　　搗練總勾起對遠人的思念。
砧聲斷續，斷續着長夜不寐的
思情。

　　小令純用白描，將聽覺和
視覺交融。砧聲敲擊着字句，月
色映印在詞行……

（徐旭文）

吳山明

王慶明

浣溪沙

...........................李煜

紅日已高三丈透，
金爐次第添香獸。
紅錦地衣隨步皺。
　　佳人舞點金釵
溜，　酒惡時拈花蕊
嗅。^① 別殿遙聞簫鼓
奏。

①拈 niān

徹夜不廢的宮廷歌舞，很
難想像有如此瘋狂——

日高三丈了，舞興却還正
濃。獸形的炭料燃盡了，再一爐
爐依次添加。紅錦鋪成的地衣，
隨舞步旋轉起皺；舞點飛旋的
佳人，已顧不得金釵從髮髻滑
落。酒無疑香醇上好，偏嫌它品
味中下：唯恐污染了口鼻，便不
時拈花來嗅。

這裏的歌舞已够令人炫目，

便殿的盛况更不難想像：且聽
陣陣簫鼓之音，那歌舞才入高
潮！

氣氛渲染得熱烈，情景描
摹也如在目前。適應着娛樂的
節奏，又用了一韵到底的仄聲。
於是整個畫面，便也如快捷的
舞步，帶有了旋轉之勢。然而，
作爲君王，終日沉湎於這樣的
旋轉，又怎能不亡其國！

（潘嘯龍）

35

花明月暗籠輕霧，今宵好向郎邊去。剗襪步香階，如衣出來雅教名悉意憐。甫無名玉李煜詞菩薩蠻堂南畔見，一向偎人顫。
丁丑病生 書處 庚戌春王有政

王有政

菩薩蠻

·····························李 煜

花明月暗籠輕霧，
今宵好向郎邊去。
剗襪步香階，[①] 手提
金縷鞋。　　畫堂
南畔見，一向偎人
顫。奴爲出來難，教
君恣意憐。

①剗chǎn

　　幽期密約，選在了一個花朦朧、月朦朧、霧朦朧，美好而又神秘的晚上。一想到好不容易才挨到今宵，終於要和情郎見面，又是興奮又是緊張，胸中不免小鹿兒亂撞。

　　時刻到了，儘管放輕腳步，還是覺得腳步聲如同山響，心都提到嗓門口兒了。鬼機靈地，乾脆脫下金絲綉鞋，用手提了；只穿着絲襪，迅速下了臺階，一溜煙跑到畫堂南畔。

　　撲進情郎的懷中都好一陣了，她的身子還在顫抖。她想對他說：要避人眼目，偷着趕來約會，太犯難了。不過今兒既然來了，就讓你、讓你愛個够吧。"奴爲"兩句，儘顯熱戀中的小兒女得遂所願後那種嬌羞怯憐的模樣。

　　全詞寫景物、寫心理、寫行動、寫語言，純用白描，情態畢現。

（周嘯天）

36

浪淘沙

.........................李　煜

往事只堪哀，對景
難排。秋風庭院蘚
侵階。一桁珠簾閒
不捲，^① 終日誰來！
　　金鎖已沉埋，壯
氣蒿萊。^② 晚涼天静
月華開。想得玉樓
瑤殿影，空照秦淮。

① 桁 héng　② 蒿 hāo

俗云"哀莫大於心死"，然

而，對於"歸爲臣虜"的亡國之
君李煜來說，却是哀莫大於人
還在而心不死。縱然往事只堪
哀了，每對自然景物，感時序流
逝，總是不免深深的困惑。

秋風颯颯，庭院荒涼，石階
上長滿了苔蘚，可見好久不曾
有人來過。索性再也不捲門簾，
一任其遮住視綫，作個眼不見
心不煩。然而，要不煩可能嗎？
"終日誰來"的嘆息聲中，不也
潛伏着"萬一有人來也說不定"
的僥倖心理麼？詞句之所以深

婉也。

孤獨之中，他懷念金陵。據
傳戰國時楚威王見其地有王氣，
埋金以鎮之。今南唐氣數已盡，
故宮定然滿是蒿萊，令人生黍
離麥秀之悲。秋月當空後，他定
會想起唐人"淮水東邊舊時月，
夜深還過女墙來"的名句。"想
得"二句因月生感，描畫亡國後
秦淮河上故宮的慘淡景象，沉
痛至深。

(周嘯天)

沈　虎

趙益超　張明堂

浪淘沙令

…………………………李　煜

簾外雨潺潺，春意
闌珊。羅衾不耐五
更寒。[①] 夢裏不知身
是客，一晌貪歡。

　　獨自莫憑闌，無
限江山。別時容易
見時難。<u>流水落花
春去也，天上人間。</u>

①衾 qīn

　　寫這首詞時，作者已成亡
國之君。寒夜夢回，輾轉難眠，
傾聽簾外雨聲，悵恨春已歸去。

感念身世，往事前塵都來枕上，
萬悔千尤齊上心頭。詞的第三
句以"不耐五更寒"表達其感
受，而使其寒徹心骨的，豈只是
五更天氣?

　　把這一景況從反面襯托得
加倍淒涼的是那"不知身是客"
的"一晌貪歡"的夢。這是一個
時間倒流的夢，是回到南唐覆
亡前，如作者在《望江南》中寫
的"還似舊游上苑，車如流水
馬如龍，花月正春風"的夢。可
悲的是：醒後的痛苦是現實
的，夢裏的歡樂是虛幻的；現實
的痛苦歲月是漫長的，虛幻的

歡樂時光是"一晌"的。

　　這裏，有時、空雙方的悲
哀：就時間説，已是國亡家破，
不可能回到過去的日子；就空
間言，身在北地作俘，不可能像
夢中那樣重游江南的"上苑"。
大好江山，今生永難再見! 人
事之不可逆轉，正似水流花落、
春光之一去不返。

　　舊歡新夢，春歸何處? 天
上人間，此恨綿綿。

（陳邦炎）

玉樓春

................................李　煜

晚妝初了明肌雪，
春殿嬪娥魚貫列。
鳳簫吹斷水雲閒，
重按霓裳歌遍徹。

　　臨風誰更飄香屑，醉拍闌干情味切。歸時休放燭花紅，待踏馬蹄清夜月。

　　月圓之夜，大型宮廷歌舞酒宴。出場前先是畫妝。因是晚妝，爲了適合舞場與燭光，畫眉點唇，都不妨色澤濃艷。宮娥們剛畫完妝的一刻，是何等光彩照人呀！妝畢，春殿上美女如雲，她們隊列整齊，魚貫而入，雖是怯怯嬌娘的行列，望之也頓生軍旅的浩蕩之感。

　　是夜歌舞十分精彩。鳳簫的伴奏，盡興而自如，有行雲流水之致；一曲《霓裳羽衣》，反覆演奏，有推陳出新之感。至於宮娥飄搖起舞之妙，更不言自明。最有味的乃是演至妙處，着宮人持香屑四方散播，一時香雪紛飛，直令嘉賓手拍欄杆，心馳神醉。

　　歌罷宴散，月色更明。當即吩咐隨從滅盡紅燭，純任得馬蹄，踏着一路月色歸去，方見得歌舞雖散，而餘興未盡也。

　　詞記宮中情事，自無高遠思致，然放筆直下，自是風流豪邁，俊逸神飛。

　　　　　　　　　　（周嘯天）

張培成

39

李覺

破陣子

·······················李 煜

四十年來家國，三千里地山河。鳳閣龍樓連霄漢，玉樹瓊枝作煙蘿。幾曾識干戈？　一旦歸爲臣虜，沈腰潘鬢消磨。最是倉皇辭廟日，教坊猶奏別離歌。垂淚對宮娥。

　南唐自立國至亡國，將近四十年。當初擁有東南三十五州，占地三千里，定都金陵。宮中樓閣林立，畫鳳雕龍，紅羅綠鈿，園內名花奇樹，不計其數，備極豪奢。作者本人生在深宮之中，長於婦人之手，看慣歌舞升平，"幾曾識干戈"？上片追憶繁華盛事，氣勢沉雄，實開宋人豪放一派。

　過片一落千丈，直寫眼前不堪：曩昔從書上讀到沈約嗟衰，謂玉帶常應移孔，潘岳嘆老，説帽下鬢髮已斑，今日竟是親身感受了。最爲不堪者，南唐陷落之際，後主哭廟，宮娥哭主，教坊奏起離別的哀樂，舉國上下一片恓惶，不知人間何世。正是亡國之音哀以思也。

　全詞純用賦體，直抒情事，上下片反差極大，强有力地表現了詞人內心的無奈和失落。

　　　　　　　　（周嘯天）

生查子

······················韓 偓

侍女動妝奩，^①故故
驚人睡。那知本未
眠，背面偷垂淚。

　懶卸鳳凰釵，羞
入鴛鴦被。時復見
殘燈，和煙墜金穗。

① 奩 lián

　　不眠的哀怨的一夜已經過
去，殷勤的侍女準備爲她梳妝，
故意弄出響聲，催她起床。其實
她又何須梳妝？她原本就未曾
卸去華貴的首飾，也未曾動用
那繡有鴛鴦的錦被。她甚至未
曾熄燈，一任燈花墜落，猶如她
滴落的眼淚。這眼淚，是爲她那
無情無義的丈夫而流嗎？

　　不過事情也未必這麼簡單。
中國古詩素有"美人香草"的傳
統。詞人狡黠，他是否借夫妻情
事別有寄託，寄託他自己忠於
故國、不肯依附篡逆者的志
節？

　　真是迷離惝恍，聰明的讀
者不妨自己去猜想。

　　　　　　　　　　（蕭華榮）

韓　碩

成 立

菩薩蠻

……………………………韋 莊

紅樓別夜堪惆悵，香燈半捲流蘇帳。殘月出門時，美人和淚辭。 琵琶金翠羽，絃上黃鶯語。勸我早歸家，綠窗人似花。

這是一段艷情生活的回憶，是一幅夜闌泣別的畫圖。

上片以誇張的手法，渲染離別的環境和時間。小小的紅樓，閃爍着散發出清香的燈光，流蘇帳半捲着，這裏充滿了溫馨的氣氛，但它是"以樂境寫哀"，百倍增加離人的"惆悵"。三、四句寫到人的活動，但露少藏多，含蓄蘊藉。只寫了"出門"時，已經"殘月"西沉，而前此繾綣綢繆、欲別還留的情狀畢見；只寫了"美人""和淚"告別，而脉脉含情、依依不捨的神態全出。真是無限傷心事，盡在不言中。

下片用形象的比喻，寫"美人"臨別時一曲如泣如訴的琵琶。那琵琶是用金製的翠羽裝飾起來的，彈起來如鶯聲嬌軟，宛轉動人。整個曲子凝成一句話："勸我早歸家。"綠窗前的人兒像"花"一樣的美麗，也像"花"一樣的容易凋零。零落成泥，美人遲暮，那就要抱恨終身了。

（羊春秋）

沈向然

菩薩蠻

......................韋 莊

人人盡說江南好，
游人只合江南老。
春水碧於天，畫船
聽雨眠。　　　　墟邊
人似月，皓腕凝霜
雪。未老莫還鄉，還
鄉須斷腸。

江南的水鄉，有着迷人的
自然景色，——"碧於天"的春
水，"聽雨眠"的畫船；更有着
迷人的美妙女郎——她如花似
月，皓腕凝雪，當墟勸酒。總之，
一切都是"江南好"。

這引起了浪游江南的詞人
思想上的尖銳矛盾：江南雖好，
終非吾土，游子思鄉，人情所
同。這使他在"還鄉"與"終老"
之間，產生了劇烈的鬥爭："還
鄉"吧？會因爲留戀江南而"斷
腸"；"終老"麼？又要由於懷念
故土而"斷腸"。所以詞的結尾，
是思想矛盾的產物，是無可奈
何的感嘆，不作明確的判語，而

懷鄉之情溢於字裏行間。

(羊春秋)

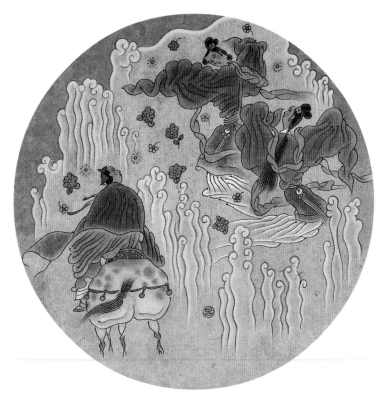

朱新昌

菩薩蠻

.............................韋 莊

如今却憶江南樂，
當時年少春衫薄。
騎馬倚斜橋，滿樓
紅袖招。　翠屏
金屈曲，醉入花叢
宿。此度見花枝，白
頭誓不歸。

　　這首詞寫自己在江南的一
段快樂浪漫的生活，雖然是回
憶，却寫得栩栩如生，歷歷如
繪：一位春衫舞風、春風得意的
"年少"，立馬在橫斜水面的橋
頭，英姿颯爽、風流自賞，引起
滿樓的"紅袖"爲之傾倒。目
成心許的美好遭遇，便充分表
現在言語之外。接着便到了美
女如雲的"花叢"，那裏有飾着
翡翠的畫屏，曲折迴護，把幽深
的春閨和喧囂的鬧市隔了開來，
使他在這個溫柔鄉裏陶醉了，
決意終老在江南，發誓即使到
了"白首"也不回去。語氣的決
絕，正是他親身感受所轉化出
來的主觀意念。

　　　　　　　　　（羊春秋）

菩薩蠻

..................................韋 莊

洛陽城裏春光好，
洛陽才子他鄉老。
柳暗魏王堤， 此時
心轉迷。 桃花
春水淥，① 水上鴛鴦
浴。凝恨對殘暉，憶
君君不知。

①淥 lù

　　洛陽是詞人的第二故鄉，
因而他對洛陽有着深厚的感情。
此詞開頭，即疊用"洛陽"二字，
而且突出地把它放在句首，就
是這種感情的具現。"洛陽才
子"是詞人自指，因爲他的成名
之作《秦婦吟》就是在洛陽寫
的，並獲得了"秦婦吟秀才"的
美譽。洛陽的春光到底好在哪
裏呢? 一是魏王堤上陰翳的垂
柳，上蔽天日，下蔭游人; 二是
桃花水暖，鴛鴦雙浴於澄波碧
水之中。楊柳依依，更添離別之
情; 鴛鴦喁喁，益增寂寞之感。
這些都是詞人在洛陽所習見的
景物，因而情不自禁地流露出
心底的呼喚:"憶君君不知。"這
個"君"，是勸他"早歸家"的
美人? 還是"忽獨與予分目成"
的"紅袖"? 還是"皓腕凝霜雪"
的酒姬? 抑或三者兼而有之?
讀者自可體會。

　　　　　　　　　　(羊春秋)

徐樂樂

謁金門

………………………韋莊

春雨足，染就一溪
新綠。柳外飛來雙
羽玉，弄晴相對浴。

　　樓外翠簾高軸，
倚遍闌干幾曲。雲
淡水平煙樹簇，寸
心千里目。

這首詞是由兩個生動的畫
面組成的。上片是"春雨初霽
圖"，重在寫景。畫面是一片生
機，春意盎然。一溪新綠，幾行
柳黃，雙飛鷗白。大筆一抹，顏
色斑斕，水之綠、柳之黃、鷗之
白，形象鮮明地呈現在讀者的
眼前。尤其巧妙地用了"染就"
"弄晴""對浴"等字眼，使畫面
顯得更加活潑，富於動態美，收
到了丹青難繪的效果。

下片是"深閨盼遠圖"，重
在寫人。畫面上的少婦，將翠簾
高捲，欄杆倚遍，而看到的只
是遠處幾片淡淡的雲，一江靜
靜的水，半山籠罩着煙霧的樹，
那寸心所繫的人，却依然沒有
出現。少婦失意的神態，被一個
"目"字活脱脱地表現了出來，
這又是畫家不易傳達的。

(羊春秋)

趙益超　張明堂

李 覺

女冠子

……………………韋 莊

四月十七，正是去
年今日，別君時。忍
淚佯低面，含羞半
斂眉。　不知魂
已斷，空有夢相隨。
除卻天邊月，沒人
知。

　全詞純用白描，不假雕飾，
而自然天成，真摯感人。"四月

十七"二句，看似質率，漫不經
意，但卻是心底深處爆發出來
的真情，是這位少女魂牽夢縈
的難忘時刻。所以說得這麽鄭
重。"忍淚佯低面"二句，回憶
別時的情態。"佯"字"半"字，
把少女的嬌怯心情，天真意態，
維妙維肖地刻畫了出來。

　下片緊承上文的"忍淚"、
"含羞"，言"淚"雖勉強忍住了，
而"魂"卻早已斷了，人雖難相
隨，而夢卻永遠伴隨你了。由表

面的情態轉到內心的活動，感
情更加細膩，心曲更加委婉。這
種真情痴心，除了天邊那輪皓
月，誰能够理解呢？因此，她要
引月爲平生知己了。

（羊春秋）

安阿院千花落地滿扇一鋪金掩斜

郎承文

謁金門

································薛昭蘊

春滿院，疊損羅衣
金綫。睡覺水晶簾
未捲，簾前雙語燕。

斜掩金鋪一扇，
滿地落花千片。早
是相思腸欲斷，忍
教頻夢見！

句句寫醒後相思，却又句
句襯夢裏相見。

這不，她剛午睡醒來，又照
例夢見久別的夫婿，滿懷悵恨
與慵倦，水晶簾兒也無心捲起。
可惱的是那對燕兒，在簾前翻
飛着，親昵着，呢喃着，把身影
兒雙雙印上珠簾，仿佛在炫耀
它們的成雙成對，嘲笑她形單
影隻。

從半掩的門兒望去，滿院
春色。但這春色分明到了遲暮
時分，換得落紅無數。這個春天
又白白過去了，那件綢紗春衫
依然疊在箱底，沒心思穿。他不
在，穿給誰看呢！

盼夢裏相見，又怕夢裏相
見，倍增醒來相思······

（蕭華榮）

菩薩蠻

......................牛　嶠

玉爐冰簟鴛鴦錦，[①]
粉融香汗流山枕。
簾外轆轤聲，斂眉
含笑驚。　　柳陰輕
漠漠，低鬢蟬釵落。
須作一生拚，[②]盡君
今日歡。

①簟 diàn　②拚 pàn

真是良宵苦短，不眠的、歡樂的一夜轉眼就要過去，聽得見外頭有人在汲水，轆轤聲、水桶磕碰井沿聲在這寂靜的拂曉顯得很響，令人驚心——"驚"什麼呢？也許怕有人發現這大膽的幽會？也許怕這"一夜夫妻"永世不再？

輕揭繡簾一角，呵，天果真蒙蒙亮了，遠處那片小小的柳林輕煙漠漠。用不了多久，那裏就會有蜂飛蝶逐，成雙捉對，人們罵它們是狂蜂浪蝶，它們却毫不在乎。爲什麼蜂蝶可以公然"狂"、"浪"，人却不能？

爲了這一夜，她也許要付出一生的代價。但是她願意，爲了真正愛其所愛。

（蕭華榮）

歡日今君盡拚生一作溈

吳大成

49

浣溪沙

…………………………張　泌

晚逐香車入鳳城，
東風斜揭繡簾輕。
慢回嬌眼笑盈盈。
　消息未通何計
是，便須佯醉且隨
行。依稀聞道太狂
生。

　這是熙熙攘攘的大千世界

一段小小的插曲。

他認定這輛華麗的香車內必定乘坐着一位絕世佳麗，於是便窮追不捨。天從人願，一陣好風拂過，繡簾開處，他果然看到一雙流盼的美目，一轉含笑的秋波。

這對他無疑是一個巨大鼓勵，於是他勁頭倍增，佯裝喝醉，緊隨其後。這次回報他的是一聲嬌滴滴的嗔罵："太狂啦！"

這一笑一罵對他就足够了，不枉他這場追逐之苦。他自然不會當真，他知道不過是逢場作戲，過後各不思量。

這是生活，這是青年男女充滿生氣充滿情趣的生活。

（蕭華榮）

賀友直

蔡天雄

臨 江 仙

························牛希濟

洞庭波浪颭晴天，^①君山一點凝煙。此中真境屬神仙。玉樓珠殿，相映月輪邊。　萬里平湖秋色冷，星辰垂影參然。^②橘林霜重更紅鮮。羅浮山下，有路暗相連。

①颭 zhǎn　②參 cēn

這秋景是真境，是幻境? 該是真真幻幻，真中有幻，幻中有真吧。洞庭素稱"八百里"。說波浪連天，湖中君山猶似一點，雖不免誇張，終屬真境; 說君山是神仙所居，上有"玉樓珠殿"，與明月交輝，則是神話傳說，屬幻境。說湖中星影參差，隨波上下，湖畔霜華遍野，橘林如丹，是真境; 說洞庭與千里之外嶺南的羅浮山相連，却是傳聞之詞，應屬幻境。

真境，固然歌頌了山河壯闊; 幻境，又何嘗不爲這壯闊著上虹霓般的奇麗色彩! 真真幻幻，虛虛實實，共同構成這闊大的詞境，共同襯托出詞人闊大的襟懷。

(蕭華榮)

51

吳　聲

生查子

……………………牛希濟

春山煙欲收，天淡
稀星小。殘月臉邊
明，別淚臨清曉。

　語已多，情未了，
回首猶重道。記得
綠羅裙，處處憐芳
草。

　天涯何處無芳草!

　　有芳草的地方，便依約閃
現着你芳草一般碧綠的羅裙，
洋溢着你花一般芬芳的氣息，
繚繞着你芳草一般芊綿的深
情……

　　我總也走不盡這芳草，因
而我總也忘不了那有着芳草的
離別的春曉，忘不了你幽怨的
星眸，和掛在你芳腮上一滴晶
瑩的淚珠，猶如桃花一枝春帶
雨。儘管綿綿的情話已整整說了
一夜，可此刻你還要殷殷叮嚀、
叮嚀，直到芳草連天的古道邊。
回首處，我看到碧裙、碧草、以
及黎明時分碧藍的天空，融成
一色。

　　告訴你：爲了那綠羅裙，我
珍愛着每一株芳草。

　　　　　　　　　　（蕭華榮）

52

巫山一段雲

............................李 珣①

古廟依青嶂，行宮
枕碧流。水聲山色
鎖妝樓，往事思悠
悠。　　雲雨朝還
暮，煙花春復秋。啼
猿何必近孤舟，行
客自多愁。

①珣 xún

　　本詞原共二首。在第一首
裏，詞人瞻謁了巫山羣嶂下的
神女古廟，至此首，他又來憑弔
靜鎖於山聲水色中的細腰宮遺
跡。楚王好細腰，宮中餓死人；
徘徊寂寞樓臺，遙想千年往事，
詞人不禁思緒悠悠，感慨良多：

　　神女楚王已矣，唯雲雨煙
花依舊。然而，生逢亂世的詞
人，又耳聞目睹過多少幕君王
的荒耽淫樂令紅顏憔悴消損、
紅顏的輕歌曼舞令君王破國亡
身的現世劇？這猶然朝暮翻捲的
雲雨、這經春歷秋不敗的山花，
莫不是在證實着天道循環、今
之猶昔？

　　江上傳來了巴東三峽的斷
腸猿啼，但詞人弔古撫今，已然
愁滿胸臆，縱猿聲近迫舟頭，也
不能增益此愁矣！

（沈維藩）

饒宗頤

爭荷苑競採圖荷塘晚照十五冬月擬
李珣調寄南鄉子詞意於北京 馬泉作

馬泉

南鄉子

李 珣

乘彩舫，過蓮塘，棹
歌驚起睡鴛鴦。①游
女帶香偎伴笑，爭
窈窕，競折團荷遮
晚照。

①棹 zhào

　　太抱歉了，天真純潔的水
鄉姑娘！是否因為我這個異鄉
人的出現，使你們感到難為情，
誤了採蓮？否則為什麼用圓圓
荷葉遮住面孔，卻又佯作遮擋
夕陽？

　　我從遠方來，從山路崎嶇
的西蜀來，來觀賞你們水鄉的
美麗風光。其實你們清亮的船
歌、銀鈴般的笑聲，我都聽到
了，也看到你們一個比一個優
美的身姿。我是一個詩人，我聽
到看到的都是詩。是詩情，也是
畫意。

　　掀起你的荷葉來，讓我們
一起享有這大自然的惠澤！

（蕭華榮）

臨江仙

·····················毛文錫

暮蟬聲盡落斜陽，
銀蟾影掛瀟湘。黃
陵廟側水茫茫。楚
江紅樹，煙雨隔高
唐。　　岸泊漁燈
風颭碎，①　白蘋遠散
濃香。靈娥鼓瑟韵
清商。朱絃凄切，雲
散碧天長。

① 颭 zhǎn

　　迷濛的月色，迷濛的水光，迷濛的煙雨，迷濛的燈影，迷濛的花香。心上人呀，你隱在這迷濛的境界裏，這迷濛的境界有許多迷濛的故事。黃陵廟中祭祀着大舜的兩個美麗的妃子，她們依然含淚企盼夫君歸來嗎？楚王夢游高唐遇到的那位巫山神女，依然"旦爲朝雲，暮爲行雨，朝朝暮暮，陽臺之下"嗎？還有湘水之神，那多情的湘夫人，依然在彈奏着哀婉的錦瑟吧？心上人呀，你隱在這些迷濛而凄艷的故事裏。但我苦苦尋覓，却尋不到你，你真是"所謂伊人，在水一方"呀！

　　雲散了，天晴了，消散了那迷濛的境界，消散了那迷濛的故事，也消散了你的身影，我的希冀⋯⋯

（蕭華榮）

何加林

臨江仙

金鎖重門荒苑靜，
綺窗愁對秋空。翠
華一去寂無蹤。玉
樓歌吹，聲斷已隨
風。　　煙月不知人
事改，夜闌還照深
宮。藕花相向野塘
中。暗傷亡國，清露
泣香紅。

①扆 yi

"煙月不知人事改"，但詞
人是知道的，他曾親歷了前蜀
的覆亡。故國盛日，那大駕出游
時翠旗招展的隆重儀仗，那宮
牆隔不住的來自天庭般的綸音，
回首之際，猶令人神往。然而轉
瞬之間，這一切都猶如一場春
夢、一陣輕風，踪跡杳然，消逝

不回。荒凉的舊苑、寂靜的宮
門，已無復往日的繁華，唯有令
人徒增悲懷而已。

就像"綺窗"不會"愁對"
一樣，其實荷花也如煙月，無知
無識，哪裏會"清露泣香紅"？
在深夜的野塘邊愁傷無已，仰
嘆於秋空、俯泣於紅藕的，不過
是詞人自己而已。但把"亡國"
的幽恨，暗託於花草，却正是詞
的尤為動人處。

(蕭華榮)

師舜通

岸远沙平日斜归路晚霞明
孔雀自怜金翠尾,临水
认得行人惊不起
欧阳炯南乡子词意
戊寅三月吴玉梅写

吴玉梅

南 鄉 子

...歐陽炯

岸 遠 沙 平 , 日 斜 歸
路 晚 霞 明 。 孔 雀 自
憐 金 翠 尾 , 臨 水 , 認
得 行 人 驚 不 起 。

　這是南國特有的絢麗多彩
的景象。

　沿着蜿蜒的河岸,踏着平

軟的沙灘,行人正走在歸路上。
夕陽西下,晚霞滿天,行人心情
特別舒暢。

　他看見一隻孔雀,正張開
那金翠的尾屏,在臨水自照,顧
影自憐。也許,正是倒映在河水
中的爛漫霞光,引發了孔雀的
鬪妍之心,欲與彩霞一比誰更
艷麗。

　孔雀也看見了行人,它雖

然略略一怔,但認出他是河邊
的常客之後,便隨即恢復了平
靜,依然在水濱翹尾徘徊,怡然
自得。

　人與孔雀狎熟如此,南國
的風土淳美焉能不令人陶醉?

(康　橋)

春光好

.....................歐陽炯

天初暖，日初長，好春光。萬彙此時皆得意，競芬芳。
笋迸苔錢嫩綠，花偎雪塢濃香。誰把金絲裁剪却，掛斜陽？

終於盼來了，你，春光。

"好"春光！一個樸實的"好"字，說盡對你的歡迎。在你溫煦的懷抱裏，萬物快活地"競"芬芳。一個平常的"競"字，括盡蓬勃的生機。萬物難遍舉。就說笋兒吧，它們可着勁兒猛長，身子簡直要"迸"開了，迸出滿身嫩綠。再說花兒吧，它們羞羞答答的，"偎"在雪塢上，灑出滿世界濃香。透過那金絲般的柳枝，看得見一輪落日，仿佛它們就"掛"在斜陽上。"迸"、"偎"、"掛"三個動詞，把個春天寫活了。真是: 萬物春天般勃發，心兒春天般舒暢！

(蕭華榮)

莊壽紅

茅舍槿籬溪曲，鷄犬自南自北。菰葉長，水葓開，門外春波漲綠。聽織，聲促，軋軋鳴梭穿屋。湖上落花飛絮，悵望舊時相識。

郎承文

風流子

孫光憲

茅舍槿籬溪曲，① 鷄犬自南自北。菰葉長，② 水葓開，③ 門外春波漲綠。聽織，聲促，軋軋鳴梭穿屋。

①槿 jin ②菰 gū ③葓 hóng

他來了，他看到，他聽到……

他看到一幅安詳的水鄉農家圖，連鷄犬都在安詳地來回覓食，猶如從容不迫的散步。但他更看出這安詳中不息的生機，在葉上，在花上，在門外流水，門裏人家。

那軋軋織布聲却是他驀然聽到的，就從他駐足留戀的流水人家傳出。於是他知道，在這安詳中有忙碌，有急而"促"的勞作……

他趕緊把這看到聽到的詩意捕捉住，寫成此詞。

（蕭華榮）

59

池沙鴻

浣溪沙

······················*敦煌曲子詞*

五兩竿頭風欲平，
張帆舉棹覺船輕。[①]
柔櫓不施停却棹，
是船行。　　　滿眼
風光多閃爍，看山
恰似走來迎。子細
看山山不動，是船
行。

①棹 zhào

　　"快快划呀，讓小船飄
蕩……"——你聽過這首外國
的《划船歌》嗎？那旋律是多麼
輕快呀！而我們的這首船歌更
輕快多了。這裏根本用不着划
槳，用不着搖櫓，自有順暢的好
風鼓滿帆兒吹送。兩岸青山也
似乎張臂奔來相迎，如迎接歸
來的伙伴。不過仔細看去，原來
不是山在奔動，却是船兒在風
的吹拂下向山奔去，如奔向安
寧的家園。你聽到過艄公的號
子嗎？這裏的號子却是："是船
行，是船行。"這號子喊出人們
的樂觀，人們長風破瀾的豪
情！

(蕭華榮)

鵲 踏 枝

·····················敦煌曲子詞

叵耐靈鵲多謾語，①
送喜何曾有憑據。
幾度飛來活捉取，
鎖上金籠休共語。

比擬好心來送
喜，誰知鎖我在金
籠裏。欲他征夫早
歸來，騰身却放我
向青雲裏。

①叵 pǒ

夫婿從軍遠赴邊塞，女主
人公望眼欲穿地盼他平安歸來。
鵲兒幾次三番飛來報喜，都不
靈驗，女主人公一氣之下，便捉
了它，將它關進籠子。鵲兒感到
十分委屈，嘆道：好心沒有好
報。但願她的夫婿早日還家，讓
我重新獲得自由！

此詞上下兩片，分別摹擬
思婦和靈鵲的口吻，從"原告"
和"被告"兩個不同的角度，向
聽眾陳述是非曲直。構思新穎
奇特，富有生活情趣和喜劇氣
氛。

此詞和唐人金昌緒《春怨》
詩異曲而同工。但金詩只是詩，
此詞却是一幕戲。

(鍾振振)

錢行健

李　覺

菩薩蠻

························無名氏

牡丹含露真珠顆，
美人折向庭前過。
含笑問檀郎，花强
妾貌强？　　檀郎
故相惱，須道花枝
好。一向發嬌嗔，[①]
碎挼花打人。[②]

①嗔 chēn　②挼 ruó

　　此詞之妙、之曲折有味，在
一"故"字。"檀郎""故相惱"，
"美人"又何嘗非"故相問"呢？
她對自己的美貌有充分的信心，
深信自己美過那嬌艷欲滴的牡
丹，她也深信自己在丈夫眼中

同樣如此。她不需要得到確證，
只不過戲問而已。她也明知丈
夫要"故相惱"，要説假話，但
她仍要故作撒嬌，撕碎花瓣擲
打丈夫……

　　寫得多麼逼真傳神！我們
似乎聽到那吃吃笑聲，看到小
兩口兒純真的戲鬧，一如在生
活中所常看到的。古代有些評
論家竟斥責"挼花打人，是何等
暴戾"，這評論是何等令人不可
思議！

（蕭華榮）

江南春

······················寇　準

波渺渺，柳依依。孤
村芳草遠，斜日杏
花飛。**江南春盡離
腸斷，蘋滿汀洲人
未歸。**

　　正像詞調名叫《江南春》那
樣，本詞前四句所描繪的，宛然
便是一幅生動優美的"江南春"
畫卷：碧波浩渺，垂柳依依，芳
草連綿的遠處斜橫着幾間茅屋，
斜日餘暉的映照中又飛舞着片
片杏花。但是細心的讀者不難
發現，這些景色雖都是倚樓思
婦眼中所見之景，然而她所真
正注目的却並不在此——"蘋
滿汀洲人未歸"，天邊始終沒有
出現她所盼望的丈夫之歸舟，
因此縱使採擷了滿掬的蘋花，
可又有誰可贈予呢？念此，豈
不教人魂銷腸斷！

（楊海明）

陸一飛

酒泉子

...................潘閬①

長憶觀潮，滿郭人爭江上望。來疑滄海盡成空，萬面鼓聲中。

弄潮兒向濤頭立，手把紅旗旗不濕。別來幾向夢中看，夢覺尚心寒。

① 閬 làng

這是難得一見的壯奇畫面：江邊，千萬人正在翹首凝望，等待那江潮的勃湧。過不多久，它終於來了！裏帶着雷轟鼓鳴般的巨響，江潮奔騰而至，滄海似乎要把它的水全部傾倒在這裏。而更爲神奇的是，濤頭浪尖上竟然傲立着幾位矯健的弄潮勇士，他們隨波出没，而手執的紅旗却始終不濕，這真是何等地驚心動魄和扣人心弦！而如此驚險的"人潮爭鬪"場面，却能在一首小詞中被描寫得栩栩如生，我們又怎能不欽佩詞人的手筆！

(楊海明)

徐 善

長相思

.........................林 逋①

吳山青，越山青。兩岸青山相送迎，誰知離別情？君淚盈，妾淚盈。羅帶同心結未成，江頭潮已平。

①逋 bū

池沙鴻

山水有情乎？無情乎？

錢塘江北青翠的吳山，錢塘江南清秀的越山，成天價俯看着征帆歸舟，似在殷勤送迎，好生有情。可此際，一對有情人兒正依依江岸、難分難捨，那山却依舊招呼着行人歸客，全不管他倆的離情別緒，真個是無情透了。

錢塘江水似乎也是無情，這對有情人，同心結子還未打成、定情之期還未説妥，它却漲起大潮，催着行舟早發。可是，當他倆淚水盈眶之時，它也把潮頭悄悄漲到與岸齊平；似乎只等着淚珠奪眶而出，它也要讓潮水漫向四野一般。這等知情識趣，能不説它有情麼？

讓小兒女的心曲，也借得山水之助，越顯得深深款款，這實在是詞人妙筆。看來，妻梅子鶴的林和靖，也不但是關情於疏影暗香而已。

(沈維藩)

蔡天雄

蘇幕遮

·····························范仲淹

碧雲天，黃葉地。秋
色連波，波上寒煙
翠。山映斜陽天接
水，芳草無情，更在
斜陽外。　　黯鄉
魂，追旅思。夜夜除
非，好夢留人睡。明
月樓高休獨倚，酒
入愁腸，化作相思
淚。

　　開篇先濃筆重彩畫秋色：
天上是碧雲，地下是黃葉，江上
籠罩着翠色的寒煙，好一幅金
秋山水圖。山長水闊是遠，斜陽
更遠，"芳草無情，更在斜陽
外"，豈不遠上加遠？天涯芳
草，化用自楚辭《招隱士》，表
明景在秋色，而情在相思。

　　過片緊承天涯芳草，直接
點出鄉魂、旅思，說除了偶有好
夢，別無慰藉。只說好夢，不說
是什麼好夢，耐人尋味。又說休
傍高樓，休看明月，關鍵在於
"獨"字。借酒澆愁，若酒自酒、
愁自愁，便屬常語，詞中說淚由
酒化，便成新意。細味來亦不過
"舉杯銷愁愁更愁"的意思，道
來却不著痕跡。

　　詞上片多著麗語，意境之
開闊爲同類詞少見；下片純寫
柔情，俊語迭出，遂成爲膾炙人
口之名篇。

　　　　　　　　　　　（周嘯天）

漁家傲

………………………………范仲淹

塞下秋來風景異，
衡陽雁去無留意。
四面邊聲連角起。
千嶂裏，長煙落日
孤城閉。 濁酒
一杯家萬里，燕然
未勒歸無計。羌管
悠悠霜滿地。人不
寐， <u>將軍白髮征夫
淚</u>！

"塞下秋來風景異"，不説
好也不説壞，只説"異"，妙在
含蓄。相傳北雁南飛，至湖南衡
陽而歸。雁無留意，人豈有留
意？不得不留呵。邊地一切聲
音均可謂之邊聲，因"角聲"的
加入，倍覺驚心。"千嶂裏"兩
句，使人聯想起唐賢名句"一片
孤城萬仞山"，這，就是將士戍
邊的艱苦環境。

"濁酒一杯"與"家萬里"作
句中對：這一杯濁酒能消除戍
邊者的萬里鄉愁麼？誰不想效
漢將建功邊塞、勒石燕然山？
只是因爲朝廷猜忌武臣，使樞
密有發兵之權無握兵之重、邊
帥有握兵之重而無發兵之權，
將士使不上力哩。當霜夜傳來
《折楊柳》的笛曲，又叫人怎能
安然入睡！"人不寐"是一總，
"將軍白髮"、"征夫淚"是一分，
一總一分，唱嘆有情，發人深
省。

此詞爲范仲淹鎮守西北邊
疆、經略對西夏的防務時作。他
居塞上三年，號令嚴明，屢挫敵
鋒，却不發豪言壯語，而直面現

實政治，歐陽修笑稱"窮塞主
詞"。説笑歸説笑，若無"先天
下之憂而憂"的心，如何寫得這
般"先天下之憂而憂"的詞呢。
(周嘯天)

車鵬飛

李覺

御街行

...........................范仲淹

紛紛墜葉飄香砌，① 夜寂静，寒聲碎。真珠簾捲玉樓空，天淡銀河垂地。年年今夜，月華如練，長是人千里。愁腸已斷無由醉，酒未到，先成淚。殘燈明滅枕頭欹，② 諳盡孤眠滋味。③ 都來此事，眉間心上，無計相迴避。

①砌 qì ②欹 qī ③諳 ān

深秋，寒夜，滿地墜葉，漫天鳴笳。出生在江南水域的詞人此刻正登上邊塞的城樓，偏生又逢月華如練，不由他鄉愁滿懷。作者本是一位"先憂後樂"的剛毅男子漢，可是面對"長是人千里"的人間離散，却愁腸已斷。回房後，他欲舉杯澆愁，但酒未入口，已淚流滿面。魯迅説得好："無情未必真豪傑。"看着詞人倚枕對燈寂然凝思的愁態，我們就可感知這位感情世界其實十分豐富的"大丈夫"内心正忍受着怎樣的煎熬了。

（楊海明）

雨霖鈴

····················柳 永

寒蟬凄切。對長亭
晚，驟雨初歇。都門
帳飲無緒，留戀處、
蘭舟催發。執手相
看淚眼，竟無語凝
噎。念去去、千里煙
波，暮靄沉沉楚天
闊。　多情自古傷
離別，更那堪冷落
清秋節！今宵酒醒
何處？楊柳岸、曉風
殘月。此去經年，應
是良辰好景虛設。
便縱有千種風情，
更與何人說？

　　正長亭送別，一場驟雨延
長了餞宴的時間，拖延了開船
的時間。驟雨一停，蟬聲又起，
分手的時刻也就到了。幾句才
説帳飲，已覺無緒；正在留戀，
又被催發。半句一轉，跌宕生
姿。到這份兒上，別説没時間，
就是有時間，喉頭堵得厲害，縱
有千言萬語，也不知從何説起
了。汴河南下，便是楚地，千里
煙波，暮靄沉沉，景色中充滿
了無邊無際的離愁別緒。

　　過片從當前別情中跳出，
上升到一個普遍結論——"多
情自古傷離別"，將古今打成一
片，以加重悲秋之思。然後再回
到具體情事上來，回應前文帳
飲，寫到行途酒醒以後，面對的
第一個清晨。"楊柳岸、曉風殘
月"，給人以凄淸、優美的印象，
良辰好景，偏偏在羈旅孤獨中

出現，反倒令人難受了。詞人着
想之妙，在於他不去設想別後
可能出現的悲苦，而設想別後
可能有的歡樂，和這歡樂的不
成其爲歡樂，更深一層地寫出
了離別的難堪。

　　此詞多用雙聲叠韵，情景
交叉點染，具有合十七八女郎
執紅牙板歌唱的裊娜多姿的風
情。

（周嘯天）

饒宗頤

吳　聲

蝶戀花

....................柳　永

佇倚危樓風細細，[①]
望極春愁，黯黯生
天際。草色煙光殘
照裏，無言誰會憑
闌意。　擬把疏
狂圖一醉，對酒當
歌，強樂還無味。衣
帶漸寬終不悔，爲
伊消得人憔悴。

①佇 zhù

　　離家太久的游子，佇倚危
樓，望極天際，無言憑欄，魂不
守舍。遠近景物：細細涼風、草
色煙光，黯淡落日，無不著"春
愁"的主觀色彩。

　　"春愁"難遣，想要醉酒高
歌一番，又以"強樂還無味"否
定了這種想法。這一否定，實在
是進一步肯定了"春愁"的難
遣。

　　其實這"春愁"也無須排
遣。因爲詞人並不打算放棄如
煎似熬的感情，故衣帶漸寬，也
不後悔。"爲伊"二字點明"春
愁"的具體內容，原來如此。

　　此詞頗多轉折，表現的是
愛的艱辛和愛的無悔。王國維
用"衣帶漸寬終不悔"二句來形
容做學問的境界，提高了此詞
的知名度。

（周嘯天）

李　覺

定風波

……………………柳　永

自春來、慘綠愁紅，芳心是事可可。日上花梢，鶯穿柳帶，猶壓香衾臥。[1] 暖酥消，膩雲嚲，[2] 終日厭厭倦梳裹。無那！恨薄情一去，音書無個。　早知恁麼，[3] 悔當初、不把雕鞍鎖。向鷄窗，只與蠻箋象管，拘束教吟課。鎮相隨，莫拋躲，針綫閒拈伴伊坐。[4] 和我，免使年少光陰虛過。

①衾 qīn　②嚲 duǒ
③恁 rèn　④拈 niān

女主人公春來芳心無着，觸目桃紅柳綠，惹人感傷。儘管日也高起，花媚柳舞，她却百無聊賴：不想起床，也不想梳妝。所有這一切，都是因爲薄情人一去杳無音信的緣故。

她痴痴想道：早知如此，還不如當初不放他走，關他在書房。他念他的書，我幹我的活，免得青春虛度。其實，這可能嗎？

詞中生活情趣不是古典高雅、溫柔敦厚的，而是世俗化、市民化的。愛情至上，到了可以無視功名富貴、仕途經濟的程度。據說晏殊對“針綫閒拈伴伊坐”一語不以爲然，而在當時市民，却是倍感親切而大受歡迎的哩。

（周嘯天）

趙 豫

高。途經千巖萬壑，終於到了開闊江面。這時浪頭漸小，江風已順，只見過往商船，相與招呼，競揚風帆。船過渡口，其疾若飛。

坐在船上，看一路風光：遠處酒旗高挑，一處村落正飄炊煙，幾行樹木猶帶霜葉。夕陽西下，江中桹桹有聲，返航的漁人正敲打船舷。岸上三三兩兩，走着浣紗歸去的村姑，她們迴避着過往行人，彼此交頭接耳，低聲說笑。

此情此景，觸動了詞人內心深處對親人的懷念和負疚，由"乘興"泛舟而跌入慘淡"離懷"。由於年少輕別，如今身不由己，歸期承諾無法兌現。"繡閣"句中"輕"字，正見悔意。"浪萍"句中"難"字，則流露羈旅異鄉、飄泊無定之悵恨。此刻極目北望，不見汴京，唯見江天空闊，唯聞孤雁嘹唳而已。結尾的寫景亦暗含以斷鴻自象之意。

（周嘯天）

夜半樂

柳 永

凍雲黯淡天氣，扁舟一葉，乘興離江渚。① 渡萬壑千巖，② 越溪深處。怒濤漸息，樵風乍起，更聞商旅相呼，片帆高舉。泛畫鷁、翩翩過南浦。③ 望中酒旆閃閃，④ 一簇煙村，數行霜樹。殘日下、漁人鳴榔歸去。敗荷零落，衰柳掩映，岸邊兩兩三三、浣紗游女。避行客、含羞笑相語。 到此因念，繡閣輕拋，浪萍難駐。嘆後約、丁寧竟何據！慘離懷、空恨歲晚歸期阻。凝淚眼、杳杳神京路。⑤ 斷鴻聲遠長天暮。

①渚 zhǔ　②壑 hè　③鷁 yì
④旆 pèi　⑤杳 yǎo

一個寒雲沉沉、天色黯淡的日子，詞人乘舟，泛游江浙。"乘興"二字見詞人此行興致甚

望海潮

·························柳 永

東南形勝，三吳都
會，錢塘自古繁華。
煙柳畫橋，風簾翠
幕，參差十萬人家。①
雲樹繞堤沙。怒濤
捲霜雪，天塹無涯。
市列珠璣，戶盈羅
綺，競豪奢。　重
湖叠巘清嘉。②有三
秋桂子，十里荷花。
羌管弄晴，菱歌泛
夜，嬉嬉釣叟蓮娃。
千騎擁高牙。乘醉

聽簫鼓，吟賞煙霞。
異日圖將好景，歸去
鳳池誇。

① 參差 cēn cī　② 巘 yǎn

"錢塘自古繁華"，詞人柳
永揮毫盛讚杭州——

山川形勝冠於東南，從古
即為吳地都會。市內萬樹如煙，
彩橋如虹，風簾翠幕，掩映畫樓
繡閣；人口蕃盛，參差不下十
萬。郊外江堤萬樹如雲，八月江
湖，雪浪排山倒海，尤為天下壯
觀。大街小巷佈滿商肆，家家戶
戶充盈珠寶綺羅，市民生活富
庶豪奢，宛在錦繡之中。

杭州更有西湖秀色。最難
忘三秋桂子，香飄天外，盛夏荷

花，紅映十里。無論晴日，無論
良宵，湖面採蓮舟上，吹笛老
翁，唱曲蓮娃，無不嬉笑盈盈。
千騎簇擁、牙旗高張的地方長
官也愛在簫鼓聲中，吟賞煙霞，
擬把杭城的升平美景畫成圖本，
帶回朝廷誇耀。

柳永曾長期寓居城市，創
製了大量慢詞描寫都市風光，
讀此詞宛如打開一幅杭州風光
畫長卷，有一種身臨其境、美不
勝收之感。據《鶴林玉露》載：
金主完顏亮聞此闋，慕於"三秋
桂子，十里荷花"，遂起投鞭渡
江之志。可見此詞具有攝人心
魂的藝術魅力。

（鄧小軍）

賀友直

張强辛

人何在，煙水茫茫。

　難忘。文期酒會，幾孤風月，屢變星霜。海闊山遙，未知何處是瀟湘！念雙燕、難憑遠信，指暮天、空識歸航。黯相望。斷鴻聲裏，立盡斜陽。

　此詞寫在羈旅行役中對朋友的思念之情，"望處"二字統攝全篇。

　一起寫雨收雲斷、暮色蒼茫景象，自然逗起宋玉悲秋的聯想。面對蕭殺搖落的秋景，詞人剪取其中最典型的"水風"，"蘋花""月露""梧葉"，而用"輕"、"老"、"冷"、"黃"四字加以形容，便見得秋光滿紙。"遣情傷"三字轉到懷念故人之思。

　過片插入回憶，極寫心中抑鬱。"幾孤"即幾度辜負，二句言時光推移，文期酒會，何久疏絕！"海闊"二句言朋友相隔之遠，不知今在何處？"念雙燕"句言思念之切，"指暮天"句化用小謝"天際識歸舟，雲中辨江樹"意，寫佇望之久。結尾又出現了作者常用的"斷鴻"、"斜陽"等意象，以見羈愁之深。

　此調四言偶句特多，上下片各有兩組上三下四的對仗句，很有駢賦風味，已開後來周邦彥詞先河。

（周嘯天）

玉蝴蝶

..........*柳永*

望處雨收雲斷，憑闌悄悄，目送秋光。晚景蕭疏，堪動宋玉悲涼。水風輕、蘋花漸老，月露冷、梧葉飄黃。遣情傷。故

八聲甘州

柳 永

對瀟瀟暮雨灑江天，一番洗清秋。漸霜風淒緊，關河冷落，殘照當樓。是處紅衰翠減，苒苒物華休。[1]惟有長江水，無語東流。 不忍登高臨遠，望故鄉渺邈，[2]歸思難收。嘆年來踪跡，何事苦淹留？想佳人妝樓顒望，[3]誤幾回、天際識歸舟。爭知我，倚闌干處，正恁凝愁！[4]

①苒 rǎn　　②邈 miǎo
③顒 yóng　　④恁 rèn

邱陶峰

瀟瀟暮雨，灑遍江天，直洗出一片清秋天地。雨過後，漸覺霜風淒緊，秋意一陣緊似一陣。詞人獨立高樓，極目遠望，關河冷落，夕陽殘照。風雨過後，到處紅衰翠減，韶光休矣。唯有長江水，無語東流，似與詞人默默相對。

不忍登高臨遠，因故鄉邈渺不可見，而望鄉又總使人歸心難收。詞人不禁自傷自嘆，年年飄泊異鄉，何苦淹留未還！詞情至此，故鄉邈渺的孤獨之感，和韶光休矣的失落之悲，打成一片。更遙想佳人，此刻亦獨立妝樓舉首凝望，多少次天際識歸舟，總是一場空！美人遲暮之悲，和紅衰翠減之悲，亦打成一片。佳人又怎知道，此時此刻，我與你正一樣凝愁相望！

"漸霜風"三句（東坡稱嘆爲"不減唐人高處"）境界之蒼涼，與"想佳人"三句用情之沉摯，一等相稱。

（鄧小軍）

蔡天雄

傾杯

..................柳 永

鶩落霜洲，① 雁橫煙渚，② 分明畫出秋色。暮雨乍歇，小楫夜泊，宿葦村山驛。何人月下臨風處，起一聲羌笛。離愁萬緒，閒岸草、切切蛩吟似織。③ 爲憶芳容別後，水遙山遠，何計憑鱗翼。想繡閣深沉，爭知憔悴損，天涯行客。

楚峽雲歸，高陽人散，寂寞狂踪跡。望京國。空目斷、遠峰凝碧。

① 鶩 wù　② 渚 zhǔ
③ 蛩 qióng

秋暮。蘆葦叢生的小洲，水鳥落下，雁羣橫列，好一派深秋江景。

行舟靠岸，客子住進山村驛站，心境悲凉可知。是夜偏聞蘆笛，是關山月？是落梅風？平添幾分羈愁。笛聲過後，再來一陣唧唧蛩吟，客子更无法睡了。詞在秋聲上做文章，大有助於抒情。

"爲憶"領起天涯相思之情。"想繡閣"三句從對面着想，謂閨中懷遠，未必悉知行客在外之苦，語極悽惻。"楚峽"三句謂往昔繁華夢醒，無跡可尋。結以京華不可見，唯見遠峰清苦，似回到寫景，實已注入客子的主觀感情，故有餘味。

(周嘯天)

鶴衝天

..............................柳 永

黃金榜上，偶失龍頭望。明代暫遺賢，如何向？未遂風雲便，爭不恣狂蕩？何須論得喪。才子詞人，自是白衣卿相。

煙花巷陌，依約丹青屏障。幸有意中人，堪尋訪。且恁偎紅倚翠，[①]風流事，平生暢。青春都一餉。忍把浮名，換了淺斟低唱！

① 恁 rèn

少年柳永恃才傲物，視及第如指掌，不料被黜落，心意難平，於是寫下這一首大發牢騷的詞。

所望是龍頭，所失是偶失、暫失。即不是自失，而是他失（遺賢）。何等的自負！何等的狂傲！說遺賢的事，居然發生在自稱聖明的時代，全是一種嘲諷的聲音。

柳永的落第，據傳與平時性行有關。然而他宣稱堅決不改，反說是既然理想落空，就繼續流連坊曲、自由創作吧，是非得失我才不管哪。"才子詞人，自是白衣卿相"二句，可圈可點。

據說仁宗皇帝讀了此詞很不舒服，後來柳永再試中式，又被御筆黜落，說什麼"且去淺斟低唱，何要浮名"！於是柳永順勢自稱"奉旨填詞柳三變"，復萌故態，成爲詞史上的一段趣聞。

（周嘯天）

馬琭

石　曉

一叢花令

························張　先

傷高懷遠幾時窮？
無物似情濃。離愁
正引千絲亂，更東
陌、飛絮濛濛。嘶
騎漸遙，征塵不
斷，何處認郎踪！
雙鴛池沼水溶
溶，南北小橈通。①
梯橫畫閣黃昏後，
又還是、斜月簾
櫳。沉恨細思，不
如桃杏，猶解嫁東
風。

①橈 ráo

　　一起即問“幾時窮”，表明
女主人公登高望遠，不止一次。
它略去了前此許多情事。“無物
似情濃”是一個大判斷，它出現
在前句的鋪墊之後，就不是泛
泛而談，而有切身體會。“絲”字
雙關“思”字，不說是萬千柳絲
引起離愁，却說是離愁引得柳
絲紛亂，無理語即至情語。“嘶
騎漸遙”是別時情景，點明傷高
懷遠所爲何來。

　　“雙鴛池沼”，南北通橈，暗
示往日幽會情事。“梯橫畫閣”、
“斜月簾櫳”，暗示當時有“拂牆

花影動”一類情事。據傳：張先
嘗與一少尼私約，因老尼性嚴，
只得俟夜深人靜，少尼放下繩
梯，俾張先登閣相遇，張遂有此
詞。這話可信不可信？按宋程
垓《孤雁兒》詞題：“有尼從人
而復出者，戲用張子野事賦
此。”看來宋人是信的。於是此
詞所寫，就不是一般意義上的
閨情。而“沉恨細思，不如桃杏，
猶解嫁東風”，則是古今通賞之
俊語。歐陽修就曾戲呼張先“桃
杏嫁東風郎中”，以表欣賞。

（周嘯天）

天仙子

···················張　先

時爲嘉禾小倅，① 以病眠，不赴府會。

水調數聲持酒聽，
午醉醒來愁未醒。
送春春去幾時回？
臨晚鏡，傷流景，往
事後期空記省。②

沙上並禽池上
暝，雲破月來花弄
影。重重簾幕密遮
燈，風不定，人初
靜，明日落紅應滿
徑。

①倅 cui　②省 xing

　　春天即將流逝，詞人因身體不適，未赴府宴，躺在床上想心事。午睡前他曾小飲，喚家伎唱曲遣悶，但一覺醒來仍覺惆悵未消，很多不如意的往事都湧上他的心頭。然而在狂風之夜，他却偶爾捕捉到一個清麗景色，得到短暫的安慰，並引發莫名的感傷。

　　"雲破月來花弄影"是詞中警策之句，妙處在於"破"、"弄"二字下得細緻生動。天上雲在流，地下花在動，都暗示着風，爲下文簾幕遮燈、落紅滿徑伏筆。對仗句、句中對、句中頂真等辭格的運用，更增唱嘆之情。

　　　　　　　　(周嘯天)

唐逸覽

陸一飛

千秋歲

…………………………張　先

數聲鶗鴂,① 又報芳
菲歇。惜春更把殘
紅折。雨輕風色暴,
梅子青時節。永豐
柳, 無人盡日花飛
雪。　　　莫把幺絃
撥,② 怨極絃能説。
天不老,情難絶。心
似雙絲網,中有千
千結。夜過也,東窗
未白凝殘月。

①鶗鴂 tí jué　②幺 yāo

　　此詞寫愛情,多用象徵手
法。"恐鶗鴂之先鳴兮,使夫百
草爲之不芳"語出《離騷》,著
一"又"字,意謂好不容易等到
花開,又報花謝,象徵愛情遭受
破壞。"惜春更把殘紅折",象徵
被破壞而猶堅持的愛情。

　　江南梅黃時節多雨,稱"梅
雨"。而梅子青時即遭風雨的暴
虐,則是初戀橫遭摧殘的象徵。
煞拍以園柳象徵女方被幽禁,
語出白居易"永豐西角荒園裏,
盡日無人屬阿誰"?

　　琵琶的幺絃屬高音部,宜
抒怨情,詞人特別提到,又反用
李賀"天若有情天亦老"句意,
肯定"天不老,情難絶"。然後
更出妙喻,以雙絲網千千結,比
喻兩人同心,彼此已結成牢固
的情網,分拆不得,是全詞的精
彩所在。

　　　　　　　　　　(周嘯天)

木蘭花 乙卯吳興寒食

·····················張　先

龍頭舴艋吳兒競,[①]
笋柱秋千游女並。
芳洲拾翠暮忘歸,
秀野踏青來不定。
　行雲去後遥山
暝,已放笙歌池院
静。中庭月色正清
明,無數楊花過無
影。

①舴艋 zé měng

　　好一幅江南水鄉寒食時節
的風俗寫生畫圖! 水上, 龍舟
大賽正在緊張進行, 一隊隊精
壯的小伙子奮力划槳, 我趕你
追; 岸上, 歡快的姑娘們捉對兒
蕩起秋千, 這一對剛擺回平地,
那一對又騰起於半空。洲渚上
芳草萋萋, 貪拾翠鳥羽毛的女
孩子直到傍晚還捨不得回家;
原野上景色美不勝收, 游人織
梭般來來往往, 絡繹不絶……
　　這一切, 都被一位年近九
旬的老人攝入眼底, 寫進了詞
中。白天, 他以鄉人春游之樂爲
樂; 待到日落山暝, 曲終人散,
他的心中不免漾起一絲淡淡的
寂寞與惆悵。然而, 詞人畢竟是
熱愛生活的。你看, 陣陣楊花在
澄澈月光中輕輕飄過, 悄然無
影, 那, 不正是他開朗襟懷的形
象寫照麼?

　　　　　　　　(鍾振振)

吳　聲

徐君陶

青門引

……………………張　先

乍暖還輕冷，風雨
晚來方定。庭軒寂
寞近清明，殘花中
酒，又是去年病。

　樓頭畫角風吹醒，
入夜重門靜。那堪
更被明月，隔墻送
過秋千影。

　暮春清明時節，氣候多變，
乍暖還冷，輕寒的風雨直到傍
晚才停下。人的情緒本來低落，
加上落花天氣的影響，即使有
酒，也愉快不起來。

　"樓頭畫角"句包含幾層意
思：夜來本已入睡，偏被畫角吹
醒；醒來感覺涼颼颼，又疑心是
被冷風吹醒；畫角的聲音，因風
送入，特別嘹亮。可見這個"醒"
字用得很尖新。

　畫角過後，更覺重門深院
之靜。醒後再難入眠，所見明月
西斜，矮墻那邊的秋千架的影
子老長老長，伸到這院來了。
"那堪"云云，暗示出懷思之意。

　此詞無論寫環境還是心境，
都相當細膩，充分顯示出詞體
的優長。

（周嘯天）

82

浣溪沙

……………………晏　殊

一曲新詞酒一杯，
去年天氣舊亭臺。
夕陽西下幾時回？
　　無可奈何花落
去，<u>似曾相識燕歸
來</u>。小園香徑獨徘
徊。

　　聽一曲新歌，飲一杯醇酒，
真是安閒滿足、如坐春風。但詞
人却忽然被一種情緒觸動了：
風和日麗的天氣，百花叢中的
亭臺，似皆宛如去年。可是，時
序轉換，今年不是去年，去年不
再，人事不同，能無根觸！夕陽
西下，一去不返，幾時曾見夕陽
西回？這明白如話的吟詠，道
出對宇宙人生多少事物的體認。

　　眼前花落委地，令人無可
奈何。忽見燕子翩飛，似曾相
識：原是去年舊燕，今又歸來。
在此一念之間，便覺花落復有
花開，春去復有春歸，日落復有
日出。原來，宇宙人生多少事
物，有一次性的一面，亦有重複
性的一面。有一去不返的一面，
亦有永恒的回歸一面。然這回
歸重複不是原封不動的重現，
而是重現中有漸變，只是"似曾
相識"罷了。如此富含人生哲理
的體認，詞人只是在小園香徑
中，獨自徘徊，吟詠沉思，這
和詞人位及宰相開雅雍容的氣
度相吻。

　　　　　　　　（鄧小軍）

戴敦邦

石 曉

浣溪沙

...........晏 殊

一向年光有限身，
等閒離別易銷魂。
酒筵歌席莫辭頻。
滿目山河空念
遠，落花風雨更傷
春。不如憐取眼前
人。

光陰短若片刻，人生短暫
有限。尋常的一次次離別，虛擲
了年光，實非等閒之事，怎能不
"黯然銷魂"。既然離別已令人

無奈，酒筵歌席就不須推辭，莫
厭其頻繁，正好借酒澆愁，及時
行樂。體會上下文詞情，第三句
有不甘心爲痛苦命運所屈服的
意味。

放眼山河，頓生念遠之意；
看到風雨落花，更添傷春之思。
上句"空"字，説明念遠之無濟
於事；下句"更"字，轉寫出念
遠傷春之用情執著，忘情之不
可能。二句境界闊大，有深情高
致。結句從念遠傷春掙脱，轉爲
憐取眼前佳人。這當然是綺語。
然而，自其念遠傷春用情執著

以觀之，則不如憐取眼前人，亦
可以理解爲喻説認取當下之機
鋒語。有此一結，詞意遂從哀傷
頹靡中脱出，轉爲曠達、健爽，
可見詞人之人生觀。

(鄧小軍)

84

蝶戀花

......................晏 殊

檻菊愁煙蘭泣露，羅幕輕寒，燕子雙飛去。明月不諳離恨苦，[1]斜光到曉穿朱戶。　昨夜西風凋碧樹，獨上高樓，望盡天涯路。欲寄彩箋兼尺素，山長水闊知何處！

①諳 ān

庭園中，秋菊蒙着淡淡的煙靄，似在脈脈含愁；香蘭霑着晶瑩的露珠，似在輕輕啜泣。蘭、菊皆著愁之色彩，則主人公是愁中觀物，不言而喻。室內羅幕不禦輕寒，雙燕早已飛去，則主人公單寒落寞，可以體會。偏是那明月不解離人正苦，徹夜到曉把清輝投進朱戶，惹得主人公徹夜失眠，離愁別恨更加深重。上片用比興之筆，層層寫出主人公用情之忠實深厚。

下片另拓詞境。主人公登樓望遠，但見西風過後，碧樹凋零，這情景正象喻愛情橫遭摧殘。主人公心中無限悲涼，遍佈於天地之間。他把無盡的情思怨慕，寫進了彩箋尺素，欲寄與離散遠方的佳人，可是，望盡天涯，山長水闊，却不知佳人何處！主人公之希冀求索，亦伸延於天地之間矣。

王國維曾把“昨夜”三句，比作古今成大事業、大學問者所必經的第一境界。此詞雖小，可以喻大，正是由於詞中所寫出的忠厚之情、高標遠舉之致，爲追求任何理想所共有之一通義。

(鄧小軍)

吳聲

施大畏

清平樂

晏　殊

金風細細，葉葉梧
桐墜。綠酒初嘗人
易醉，一枕小窗濃
睡。　紫薇朱槿花
殘，[1] 斜陽却照闌
干。雙燕欲歸時節，
銀屏昨夜微寒。

[1] 槿 jǐn

　　初秋的風，細細地吹過，梧
桐樹，葉葉飄落。多情善感的詞
人，已有一縷驚秋的感覺。綠酒
新釀熟了，淺嘗輒醉，便在小軒
窗下醺然入睡。

　　一枕濃睡醒來，已是夕陽
西下。一抹斜陽裏，紫薇、朱槿，
都已凋殘。花殘的意象，連接上
片梧桐葉墜的意象，愁的色彩
若隱若顯。已進了秋季。梁上的
雙燕，就要南歸了。念及此，詞
人頓覺昨夜醉眠時，床頭的銀
屏已透出微寒，一絲單寒落寞
的心情，油然而生。

　　纖細的感覺，淡淡的哀愁，
構成小幅初秋的意境。

（鄧小軍）

清平樂

..........................晏 殊

紅箋小字，說盡平生意。鴻雁在雲魚在水，惆悵此情難寄。　斜陽獨倚西樓，遥山恰對簾鈎。人面不知何處，綠波依舊東流。

鋪開紅箋，寫滿密行小字，訴說盡一生一世相思意。可是，鴻雁在雲魚在水——欲寄書信無計，只落得惆悵無際。

獨自高樓遠望，但見得斜陽西沉，一抹遥山相對，如何望得見伊人？主人公明知作書、望遠皆是徒勞，可是，這皆是勞思夢想情不能已。茫茫天地之間，佳人不知何處？唯有無盡綠波，依舊無語東流。

是奈何天、傷懷日、寂寥時。其中，有一份不能已的情。

（鄧小軍）

孫 永

踏莎行

——晏 殊

祖席離歌，長亭別宴。香塵已隔猶回面。居人匹馬映林嘶，行人去棹依波轉。① 畫閣魂消，高樓目斷。斜陽只送平波遠。無窮無盡是離愁，天涯地角尋思遍。

①棹 zhào

長亭餞行的歌宴酒席，終於散了。美人已經登船，猶回首凝眸，依依不捨。送行人上馬目送，馬兒聲聲嘶鳴，似在代他千萬遍呼喚。船兒順流而下，漸行漸遠，只有離愁別恨，在送行人心中生生無已。

登上畫閣，更上高樓，爲的是再見帆影。可是，望盡天際，只見斜陽一道，平波流水，遠與天際，哪有船帆的影子！這一刻，真個是腸斷魂銷！他止不住要把滿懷離愁痛別恨向天地傾訴，遍天地間也裝不下這無窮無盡的愁恨與相思意。

從惜別到回面、目送，再到高樓望斷，一段段寫出離別的情節，也一步步將離愁推至於無窮。

(鄧小軍)

鄭紹敏

踏莎行

小徑紅稀，芳郊綠遍，高臺樹色陰陰見。春風不解禁楊花，濛濛亂撲行人面。　翠葉藏鶯，珠簾隔燕，爐香靜逐游絲轉。一場愁夢酒醒時，斜陽卻照深深院。

小徑兩邊，只剩下稀疏的幾瓣殘紅，郊野早已綠成一片；高臺旁樹木綠葉成蔭，一片幽森。時序已快轉入初夏，春天正悄悄地逝去。看春風卻不解人意，讓細細楊花，如濛濛細雨，紛紛撲面而來。詞人情不自禁，要嘆惋春風留不住楊花，使春光如是消減。上片描寫郊外之景，下片轉寫院內之景。

翠葉茂深，已可藏鶯；朱簾垂下，將燕兒隔在簾外。室內爐香的輕煙，裊裊縈迴，靜靜地追逐着飄忽無定的游絲，此可見室內寂靜。初夏日長無緒，詞人不免生出淡淡的閒愁，午間小飲後，便進入夢鄉。一夢醒來，醉意已消，唯見一抹斜陽，照進這深深的庭院。此刻詞人的心情像庭院一般恬靜。或有一絲心緒牽動，也像游絲一般，若有若無。

這首小詞，寫春深的景致，也寫出了惜春的心緒，一種對時序流逝淡淡的惆悵。

(鄧小軍)

鄭惠康

89

戴敦邦

破陣子

························晏 殊

燕子來時新社，梨花落後清明。<u>池上碧苔三四點，葉底黃鸝一兩聲</u>。日長飛絮輕。 巧笑東鄰女伴，採桑徑裏逢迎。疑怪昨宵春夢好，原是今朝鬪草贏。笑從雙臉生。

按古代的花曆，清明時節、海棠、梨花剛剛完事，柳絮却開始飛花。春社將近，已見燕子回來，初聞黃鸝嬌聲，天氣也就轉暖了。

閨中少女，此時應換了薄裝，停了針綫，趁節郊游踏青。看那兩位鄰家少女，在桑林路邊相逢。見了面，西鄰女就打趣東鄰女道：“你夜來做了一個什麼美夢呀，看把你高興的！”東鄰女一邊要撲她的嘴，一邊道：“休要胡扯，剛才我和那些妹兒鬪草，贏了第一！”說着說着臉都笑成一朵花。

民間少女游春中鬪草游戲，和天真對話，點綴得暮春風光更爲絢爛。

(周嘯天)

玉樓春

…………………………晏 殊

綠楊芳草長亭路，
年少拋人容易去。
樓頭殘夢五更鐘，
花底離愁三月雨。
無情不似多情
苦，一寸還成千萬
縷。<u>天涯地角有窮</u>
<u>時，只有相思無盡</u>
<u>處</u>。

首句綠楊、芳草、長亭路，

無一物不關別情。詞中人稱所歡爲"年少"，意在其人富於年華，以爲後會不難，正是"年少輕別離"。

男性這樣，女性可不這樣。生在古代，女性世界遠沒有男性的寬廣，伊的心裏，就只裝着他一個人哩。無怪伊經常被五更鐘聲驚殘好夢，無法再尋；無怪伊看着春花浴着三月的細雨，就想到那是在替人惜別呀。

要能無情就好了，就不會像現在這樣倍受熬煎，把一寸芳心都撕成千絲萬縷了——伊這樣想道——可女性偏偏又是多情的呀。

"天涯地角有窮時，只有相思無盡處"二句，當從"天長地久有時盡，此恨綿綿無絕期"點化而來，然彼詠死別，此詠生離，自有分寸，所以爲佳。

（周嘯天）

戴明德

蔡天雄

離亭燕

························張　昇①

一帶江山如畫，風
物向秋瀟灑。水浸
碧天何處斷？霽色
冷光相射。②蓼嶼荻
花洲，③掩映竹籬茅
舍。　　雲際客帆
高掛，煙外酒旗低
亞。多少六朝興廢
事，盡入漁樵閒話。
悵望倚層樓，寒日
無言西下。

①昇 biàn　②霽 jì　③蓼 liǎo

　　此詞應題「金陵懷古」。上
片主題詞是「江山如畫」。秋天
風物本蕭殺，而在金陵卻「瀟
灑」。一音之轉，意味頓殊。你
看：水浸天，天接水，看不到盡

頭；晴空的暖色與江水的冷光
交織，給人以奇特的感受。景物
由近及遠：蓼嶼、荻洲、竹籬、
茅舍、客帆、酒旗，構成一幅和
平的圖畫，可不瀟灑？

　　金陵曾是六朝古都，在短
短三百多年中，演出過多少興
亡踵接、悲恨相續的活劇。而在
眼前這樣的和平時代，早就被
人淡忘。除非漁父樵夫閒話的
時候，或許偶爾提起某個故事。
也是說的姑妄言之，聽的姑妄
聽之。

　　歷史的悲劇會不會重演
呢？歷史的教訓該不該淡忘
呢？詞人悵問寒日，而寒日無
言，下山去了。此結與劉禹錫
《西塞山懷古》結句「今逢四海
爲家日，故壘蕭蕭蘆荻秋」神
似。

(周嘯天)

玉樓春

························宋 祁

東城漸覺風光好，
縠皺波紋迎客棹。①
綠楊煙外曉寒輕，
紅杏枝頭春意鬧。

　　浮生長恨歡娛少，肯愛千金輕一笑。為君持酒勸斜陽，且向花間留晚照。

①縠 hú　棹 zhào

　　早春郊游，地在東城，以東城先得春光。"縠皺波紋"，可見是和風麗日，水波不興。"曉寒輕"，意味着春日載陽，天氣漸暖。而全詞的警策，則在"紅杏枝頭春意鬧"一句。宋祁因有"'紅杏枝頭春意鬧'尚書"的美稱。

　　以"紅杏"表春，詩詞習見。詞人獨得，乃在一個"鬧"字。而李漁却認為這個字用得無理："争鬥有聲謂之'鬧'，桃李争春則有之，紅杏鬧春——予未之見也。'鬧'字可用，則'吵'字、'鬬'字、'打'字皆可用矣。"

　　其實人的視聽感覺，是可以打通的。這個"鬧"字，把無聲的姿態説成有聲的波動，仿佛在視覺裏獲得了聽覺的感受，不但使人覺得那杏花紅得熱烈，甚至還可使人聯想到花上蜂蝶飛舞，春鳥和鳴，從而感到春天帶來的活潑潑的生機。故王國維贊美道："著一'鬧'字而境界全出。"

　　　　　　　　　　(周嘯天)

錢行健

周陽高

采桑子

……………………歐陽修

輕舟短棹西湖好，^①綠水逶迤。^② 芳草長堤，隱隱笙歌處處隨。 無風水面琉璃滑，不覺船移。微動漣漪，驚起沙禽掠岸飛。

①棹 zhào ②逶迤 wēi yí

春日的潁州西湖，景色是那樣引人入勝：綠水蜿蜒曲折，長堤芳草青青，春風中隱隱傳來柔和的笙歌聲。這首詞的妙處不僅在於生動地描繪了舟行湖上所看到的美景，而且在於真切地摹寫了湖上行舟所特有的體驗。水面波平如鏡，不待風助，小船已在平滑的春波上移動。這種體驗只有在波平浪靜時才最能體會。作者以動寫靜，靜中見動，小船蕩開水波驚起水鳥的情景，更襯托出湖上的靜謐。如此優美恬靜的景色，怎能不讓歐陽修陶醉於斯，並終老此地呢?

平常的潁州西湖，平常的春日游湖，在歐陽修的筆下卻是那樣充滿魅力，這就是一個詞人的傑出之處。

（高克勤）

采桑子

...........................歐陽修

羣芳過後西湖好，狼籍殘紅。飛絮濛濛，垂柳闌干盡日風。　笙歌散盡游人去，始覺春空。垂下簾櫳，雙燕歸來細雨中。

落英繽紛、柳絮紛飛的暮春景色，常會引起人們的惋惜之情。而歐陽修面對潁州西湖的暮春景色，却別有會心地發出了贊美之聲。昔日湖上游人不斷、笙歌相隨的盛況已不復見，詞人由此頓悟春天已經消逝。"始覺春空"四字既表達了若有所失的空虛感，又有一種繁華喧鬧過後的清醒感。

歐陽修寫這首詞時已經致仕，這時以退閒之身放懷世外，已不再留戀繁華熱鬧的景象，而更喜歡靜觀自然，享受寧靜的恬適，所以他方會贊美"羣芳過後"的西湖。全詞在景色的描繪中融入作者的情思，上下片結句所展示的意象尤給人以真味無窮的感受，傳神地表達出作者的心境。

（高克勤）

喬　木

張立柱

踏莎行

························歐陽修

候館梅殘，溪橋柳
細，草薰風暖搖征
轡。[1]離愁漸遠漸無
窮，迢迢不斷如春
水。　　寸寸柔腸，
盈盈粉淚，樓高莫
近危闌倚。平蕪盡
處是春山，行人更
在春山外。

①轡 pèi

　　春天本應是盡情歡樂的季
節，然而離家遠行的人却無法
享受這一切，代之而有的却是
傷別。君不見，當梅花已殘、新
柳抽條、暖風傳送春草芳香的
時候，行人却搖動着繮繩趕馬
上路。隨着行人漸行漸遠，那無
計消除的離愁也像迢迢不斷的
春水漸漸瀰漫得無邊無際。行
人如此，居者也是一樣。君不
見，樓頭思婦愁腸百結，粉淚滿
面。她想倚欄凝睇，又怕觸景傷
情，遙望青山無際，想像行人已

出青山之外，無盡的思緒也隨
之遠去。

　　歷來送別懷人之作，或從
居者入筆，寫其對行人的離別
之思；或從行人入筆，寫其對家
室的懷念之情。而這首詞兼寫
居者和行人雙方，從行人旅途
所見所感的抒寫，轉到對樓頭
思婦的描寫，章法井然；而上下
片結尾的比喻和想像則展示了
悠遠的意境，是一首別開生面
的佳作。

（高克勤）

生查子

....................歐陽修

去年元夜時，花市燈如晝。月上柳梢頭，人約黃昏後。

今年元夜時，月與燈依舊。不見去年人，淚滿春衫袖。

回憶是那樣的甜蜜：在那華燈照得如同白晝一般的花市，主人公與心愛的人在月掛柳梢的黃昏時刻相約赴會。

現實是這樣的淒涼：月光華燈依舊，然而却見不到去年的情人，主人公傷心的眼淚霑濕了春衫的衣袖。同是元宵夜，同樣的月色與燈光，但主人公的心情已全然不同：因為有了那人，去年的月、柳才構成那麼一種温馨的境界；如今没有了那人，月色和燈光只能成為無情的見證了。

這首叙事小詞表現出的主人公為物是人非、舊情難續而感傷的心情，是人類感情生活中一種很普遍的現象，無疑會贏得人們的共鳴。而"月上柳梢頭"兩句所創造的幽麗詞境，更使這首詞成為廣為傳誦的名篇。

（高克勤）

夏小龍

蝶戀花

越女採蓮秋水畔，
窄袖輕羅，暗露雙
金釧。照影摘花花
似面，芳心只共絲
爭亂。　　鸂鶒灘頭
風浪晚，[1] 露重煙
輕，不見來時伴。隱
隱歌聲歸棹遠，[2] 離
愁引著江南岸。[3]

① 鸂鶒 xī chì　② 棹 zhào

③ 著 zhuó

　這是一幅人景俱美的風情
畫。明凈的秋水畔，一位美麗的
江南少女正在採蓮。輕盈的羅
袖，玉腕上時隱時露的金釧，勾
勒出她綽約的丰姿和婀娜的身
影。

　她的嬌顏倒映在水上，與
蓮花爭妍；她的纖手摘取了香
藕，却不防藕"絲"縷縷，撩起
了她的綿綿情"思"……

　轉眼天晚，風起露降。沉浸
於遐思的少女驀然回神，却只

見一派晚煙輕浮，不見了同來
的伙伴。此時，遠處傳來了隱隱
的棹歌聲，只聽得那歌聲愈去
愈遠，餘音裊裊於江南岸邊，似
是灑下了一路離愁。

　灘頭的少女，只怕要聽痴
了；畫外的讀者，也定然要看痴
了。

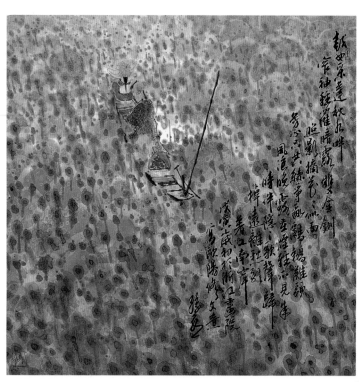

孫　永

石　曉

玉樓春

··················歐陽修

尊前擬把歸期說，
欲語春容先慘咽。
人生自是有情痴，
此恨不關風與月。
離歌且莫翻新
闋，① 一曲能教腸寸
結。 直須看盡洛城
花， 始共春風容易
別。

① 闋 què

歐陽修西京留守推官任滿，
離別洛陽時，和親友話別，內心
淒涼。在離筵上擬說歸期，却又
未語先咽。“擬把”、“欲語”兩
詞，蘊含了多少不忍說出的惜
別之情。然而，作爲一個理性的
詞人，別離之際雖然不免“春容
慘咽”，但並沒有沉溺於一己的
離愁別緒而不能自拔，而是由
己及人，將離別一事推向整個
人世的共同主題。作者清醒地
認識到：離情別恨是人與生俱
來的情感，與風花雪月無關。因
此，離別的歌不要再翻新曲了，
一曲已經令人痛斷肝腸了。詞
人與同伴相約，還是抓住美好
的現實吧，在賞盡洛陽名花之
後，方與春風一道毫無遺憾地
離去。

這首詞在抒寫離愁別緒這
一主題方面不同凡響，有悲情
淒涼，更有豪情縱橫，寄寓了詞
人對美好事物的愛戀與對人生
無常的感慨。

（高克勤）

沈向然

臨江仙

………………歐陽修

柳外輕雷池上雨，
雨聲滴碎荷聲。小
樓西角斷虹明。闌
干倚處，待得月華
生。　　燕子飛來
窺畫棟，玉鈎垂下
簾旌。涼波不動簟
紋平。[①] 水精雙枕，
傍有墮釵橫。

①簟 diàn

詞中的這位女主人公，她的生活無疑是華貴的，她的心靈却並不歡快。涼席上，玉枕旁，陪伴她的只有她自己的金釵。這就暗示我們：她正獨守空閨。

由此我們也理解了詞中那個"待"字。她在妝樓倚欄顒望。她聽到雷聲，雨聲，雨打荷葉聲，却聽不到丈夫歸來的馬蹄聲。她看到雨後的彩虹，夜空的新月，却看不到丈夫的身影。她又在無望的期待中度過一個

炎夏的永晝。她只得悵悵的，懨懨的，獨自回到閨房，垂下珠簾，因爲她不願那成雙捉對的燕兒窺見她的索寞，嘲笑她的孤單。可以想見，睡夢中她一定仍在期待……

她一定也"悔教夫婿覓封侯"。

（蕭華榮）

浣溪沙

......................歐陽修

堤上游人逐畫船，
拍堤春水四垂天。
綠楊樓外出秋千。

白髮戴花君莫
笑，六幺催拍盞頻
傳。[1]人生何處似
尊前！

①幺 yāo

堤上，游人如織，笑語喧
闐；湖上，畫船輕漾，春水連天。
好一幅踏青賞春的圖畫！然而，
這圖畫的點睛之處，却不在堤
上、湖上，而在湖岸邊、院墻内、
高樓下。那綠楊叢中蕩起的秋
千架兒、那隨着秋千飛舞而生
的盈盈笑聲，才是青春少女的
歡暢，才是春天氣息蕩漾的所
在；唯因它曾經深鎖墻内，故如
今鼓蕩而出，便分外使人感染
至深。

船中的太守，此時也顧不

得有誰在竊笑了，他情不自禁，
在皤然白髮上插入一朵鮮花，
添上一段春色。讓絲竹繁奏、將
酒杯頻傳，他要與民同樂、同慶
春的莅臨。忘却貶官穎州的煩
惱吧，他願在春醪中沉醉，一如
他的雅號："醉翁"。

(蕭華榮)

郎承文

吳 聲

阮 郎 歸

............................歐陽修

南園春半踏青時，
風和聞馬嘶。青梅
如豆柳如眉，日長
蝴蝶飛。　花露
重，草煙低，人家
簾幕垂。秋千慵困
解羅衣，畫堂雙燕
歸。

這首詞寫春日踏青游園，
通篇寫景，人物的心情感受也
蘊含其中。

風和日麗，馬嘶聲聲，可以
想見踏青道上車馬來往之景。
青梅結子如豆，柳葉舒展如眉，
日長氣暖，蝴蝶翩翩，大自然中
的生命都處在蓬勃之中。詞人
觀花而覺其露重欲滴，看草而
見其煙伏不浮。踏青之後，又
蕩秋千，不覺慵困，遂解羅衣小
憩，只見畫堂前雙燕飛歸。以燕
襯人，以燕歸作結，正與開篇
"馬嘶"相輝映，構成一篇完整
的踏青游記。

這首詞通篇給人以春日融
融的感覺。詞人對春天的熱愛
欣喜和愉悅之情，也都融入了
這一片春景之中。

（高克勤）

蝶戀花

······歐陽修

庭院深深深幾許？
楊柳堆煙，簾幕無
重數。玉勒雕鞍游
冶處，樓高不見章
臺路。　雨橫風
狂三月暮，①門掩黃
昏，無計留春住。
淚眼問花花不語，
亂紅飛過秋千去。

①橫 hèng

　　一叢叢楊柳，一重重門簾，"深"的難道只是庭院嗎？"深"的更是她深藏的怨愁呀！庭院再深，站在高樓，總能盡收眼底，而那個走馬章臺、冶游無度的人，她不但望不到他的影，更測不透他朝雲暮雨般的心！

　　黃昏了，她寂寂地掩上了門戶。人是不會歸來了，春也無法留住。那飄零的春花，便是春歸的明證。她不禁因花而落淚，含淚而問花。然而花兒非但不回答她，飛過她身邊棄她而去，還要用它們那亂飛亂舞之姿，去撩亂她淒苦的心⋯⋯

　　連用三個"深"字，是詞的奇警之處，而全詞亦似得了這三字的神助，摹寫得一層深似一層，足令讀者在此深邃的意境中，不能不悄焉深思、有所深悟。

（蕭華榮）

鄭惠康

范興發

鳳簫吟

韓　縝①

鎖離愁，連綿無際，來時陌上初熏。綉幃人念遠，暗垂珠露，泣送征輪。長行長在眼，更重重、遠水孤雲。但望極樓高，盡日目斷王孫。

銷魂。池塘別後，曾行處、綠妒輕裙。恁時攜素手，②亂花飛絮裏，緩步香茵。朱顏空自改，向年年、芳意長新。遍綠野，嬉游醉眼，莫負青春。

①縝 zhěn　②恁 rèn

詠草之詞，篇中不著一個草字，讀時當留意用語所自：

一起化用江淹《別賦》"閨中風暖，陌上草薰"，帶出游子。繼寫閨中送別，以垂露如淚，泣送征輪，為草傳神。"長行長在眼"句，化用李煜"離恨恰如春草，更行更遠還生"，寫遠人所歷之境。"但望極"兩句，轉寫閨中悵望，用《楚辭》"王孫游兮不歸，春草生兮萋萋"語。

過片以"銷魂"引起追昔，化用謝靈運"池塘生春草，園柳變鳴禽"語，又反用牛希濟"記得綠羅裙，處處憐芳草"語，寫游子對閨中的懷念。以下空想將來，"香茵"即指芳草。"朱顏"兩句感傷老大，從劉希夷"年年歲歲花相似，歲歲年年人不同"化出，易花為草，好在活用。結尾以"綠野"扣春草，勸人不必感傷，以春游怡情為宜。措意敦厚，繳足題面。

（周嘯天）

桂枝香

登臨送目，正故國晚秋，天氣初蕭。千里澄江似練，翠峰如簇。征帆去棹殘陽裏，[①] 背西風酒旗斜矗。彩舟雲淡，星河鷺起，畫圖難足。　念往昔，繁華競逐，嘆門外樓頭，悲恨相續。千古憑高對此，謾嗟榮辱。六朝舊事隨流水，但寒煙衰草凝綠。至今商女，時時猶唱，後庭遺曲。

①棹 zhào

六朝故都金陵，曾贏得多少文人騷客的筆墨，而王安石這首詞，堪稱其中佳作。

此詞之佳，不僅在於以如椽之筆勾勒千里江山的雄偉景象，對"畫圖難足"的秋日景色作精細的描繪，而且還在於藝術手法的創新和識見的高超。上片寫景，下片即轉入抒情。

"門外樓頭"二句高度概括歷代興亡盛衰的歷史風雲，感慨人們在嗟嘆興亡之餘卻很少能從中吸取歷史教訓。"至今商女"三句化用杜牧詩句，但用意更爲深刻，借秦淮歌女至今還在唱那被稱爲亡國之音的"後庭遺曲"這一現象，對當時不能勵精圖治的北宋當局提出了警告。

這首詞是宋代第一首成熟的懷古詠史詞，筆力清遒，境界疏朗，立意不凡，在同類詞中獨步一時。

(高克勤)

沈柔堅

一派秋聲
入寥廓
丁巳王
周峰

邱陶峰

千秋歲引

……………………………王安石

別館寒砧，^①孤城畫
角，一派秋聲入寥
廓。東歸燕從海上
去，南來雁向沙頭
落。楚臺風，庾樓
月，^②宛如昨。
無奈被些名利縛，
無奈被他情擔閣。
可惜風流總閒却。
當初謾留華表語，
而今誤我秦樓約。
夢闌時，酒醒後，
思量着。

①砧 zhēn　②庾 yǔ

　　搗衣聲聲、畫角嗚嗚、海燕
東歸、大雁南飛——常人道此，
自爲悲秋，但王安石大家胸襟，
必不爲兒女之態。故此處不過
摘採舊言，熔於一爐，鑄成一
派秋聲，以象其胸中悵茫。讀者
解時，正不必鼓瑟膠柱。

　　楚王蘭臺之風、庾亮南樓
之月，皆秋景之朗快者，然作者
對此，已無復昨日興味矣。故詞
至下片，作者乃連呼"無奈"，自
責縛於名利，拘於世情，全誤了
風流自在光景、美人樓頭之約。
至篇末夢回酒醒、思量不已，其
追悔之情，如可盈掬矣。

　　安石一生，時時如逆水行
舟。挫折之餘，乃思退身獨善，
亦其真情實態流露。故語雖見
頹，猶足以動人。

（沈維藩）

臨江仙

晏幾道

鬭草階前初見，穿針樓上曾逢。羅裙香露玉釵風。靚妝眉沁綠，[①]羞臉粉生紅。　流水便隨春遠，行雲終與誰同？酒醒長恨錦屏空。相尋夢裏路，飛雨落花中。

①靚 jing

本詞所懷之人，可能是往日晏府中一位侍女。

難忘過去兩次相逢。一次是初見，時節當是清明前後，少女踏青時愛鬭草游戲。她在階前和別的姑娘鬭草，裙子上霑滿露水，玉釵在頭上迎風微顫，那活潑的情態給小晏留下深刻印象。另一次在七夕，女子於是夜須穿針乞巧拜新月。小晏和她在穿針樓上重逢，且看她靚妝照人，眉際沁出翠黛，粉臉生出嬌紅，一"羞"字可見兩人已生情意，却道得空靈。

不料華年似水，伊人亦如行雲，不知去向了。詞人借酒澆愁，醒後一看，人去屏空，往事只如一夢。而欲向夢中追尋往事，又似飛雨落花一般縹緲難即。流水、行雲、飛雨、落花打成一片，使詞境更見凄迷、朦朧，有助於詞中所抒懷人之情。

（周嘯天）

施永成

臨江仙

······························晏幾道

夢後樓臺高鎖，酒
醒簾幕低垂。去年
春恨却來時。落花
人獨立，微雨燕雙
飛。　記得小蘋
初見，兩重心字羅
衣。琵琶絃上説相
思。當時明月在，
曾照彩雲歸。

小晏平生最愉快的，莫過
於在沈廉叔、陳君龍家與蓮、
鴻、蘋、雲等歌女共處的一段日
子。然隨着陳病沈亡，歌女易
主，那段日子就成了美好的過
去。"夢後"、"酒醒"，就是這個
意味。樓臺高鎖、簾幕低垂，則
是詞人想像中兩家衰落的情境。
落花時節，細雨霏霏，雙飛之
燕，獨立之人，構成一種有意味
的情境。語雖出於唐人翁宏詩
句，用來却有新意，如自己出，
故成雋語。

孤獨中，便記起小蘋，而第
一印象最難忘懷。還記得當時
她穿着兩重心字圖案爲飾的羅
衣。"兩重心字"還能引起心心
相印的聯想。還記得當時她演
奏過一曲琵琶，是愛情曲。小蘋
該是一位多麼美麗而又慧心的
少女呀。

小蘋不知是陳、沈中哪一
家的歌女，當時必是到另一家
侑酒，宴畢即與小雲等乘月而
歸。當時明月仍在，小蘋、小雲
們呢，却音信杳然了。這裏化用
了李白"只愁歌舞散，化作彩雲
飛"的名句，又使人想起白居易
"大都好物不堅牢，彩雲易散琉
璃脆"的慨嘆，傷逝之情彌濃。

(周嘯天)

吳聲

蝶戀花

.......................晏幾道

醉別西樓醒不記，
春夢秋雲，聚散真
容易。斜月半窗還
少睡，畫屏閒展吳
山翠。　　衣上酒
痕詩裏字，點點行
行，總是凄凉意。
紅燭自憐無好計，
夜寒空替人垂淚。

　詞亦傷逝。回首西樓歡宴，
已如幻如電、如昨夢前塵。"春
夢秋雲"象喻美好而不能持久
的事物，偏於愛情而言。"聚散"
則偏義於"散"。

　眼前斜月窗半，詞人卻不
能成寐，畫屏上景物特別平靜
悠閒，反襯出他心境的寂寞無
聊。"衣上酒痕"是歡宴留下的
印跡，"詩裏字"是筵席上題寫
的詞章，本是歡樂生活的表記，
而今只能引人神傷了。

　末二句借用杜牧"蠟燭有
心還惜別，替人垂淚到天明"，
另作構思：蠟燭也似同情於人，
卻又自傷無計消除主人心頭的
凄凉，只得在寒夜中替人垂淚
了。渾成不如小杜，卻自具新
意。

　　　　　　　(周嘯天)

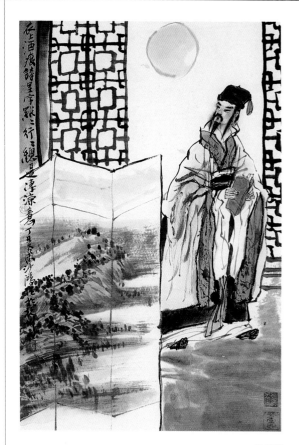

池沙鴻

唐勇力

蝶戀花

...........................晏幾道

夢入江南煙水路，
行盡江南，不與離
人遇。睡裏消魂無
說處，覺來惆悵消
魂誤。 欲盡此情
書尺素，浮雁沉魚，
終了無憑據。却倚
緩絃歌別緒，斷腸
移破秦箏柱。

上片寫夢裏相思。一起化
用岑參"洞房昨夜春風起，遙憶
美人湘江水。枕上片時春夢中，
行盡江南數千里"(《春夢》)，而
"不與離人遇"，却是自作語。夢
裏消魂未平，覺來惆悵又起，這
"消魂"還真誤人不淺哩。

下片寫醒後遣懷。遣懷的
辦法之一是寫信，麻煩在信封
上地址無法寫；就能寫，也未必
準收到；就收到，也未必準回
信。遣懷辦法之二是奏樂、樂器

是秦箏、欲借低音緩絃抒發感
傷，彈奏之前，不免移遍箏柱調
節音高。

全詞語言清暢，而抒情有
遞進、有頓挫，故沉摯有力。

(周嘯天)

110

鷓鴣天

························*晏幾道*

彩袖殷勤捧玉鍾，
當年拚却醉顏紅。
舞低楊柳樓心月，
歌盡桃花扇底風。

從別後，憶相逢，
幾回魂夢與君同？
今宵剩把銀釭照，[①]
猶恐相逢是夢中。

①釭 gāng

又是精美的玉杯，又是佳
人彩袖下的纖手捧來，這份殷
勤，公子便是不勝酒力，也無以
推却了。爲了佳人的良意柔情，
今宵一準拚他個醉顏酡紅!

佳人自然也有以相報: 只
見她翩翩起舞於楊柳樓頭，只
聞她的清歌起於桃花扇底、飄
渺於晚風之中。公子的杯中始
終不空，她也直舞到月下樓頭、
直歌至風兒消歇!

若不是佳人這番多情，風
流的公子又怎來得這般佳句:
月兒不是自落，倒似是在低窺
她的舞姿; 風兒不是自散，倒似
是在屏息靜聽她的嬌音。

不過，畢竟是家道中落後
感傷的晏小山，如此佳人悅公
子、公子憐佳人的旖旎情事，他
却總愛放在漫長的別後去追憶，
在一盞孤悄的銀燈之下、在相
對如夢寐的驚疑惝恍之中……

（*沈維藩*）

戴敦邦

111

鷓鴣天

晏幾道

小令尊前見玉簫，
銀燈一曲太妖嬈。
歌中醉倒誰能恨？
唱罷歸來酒未消。
　　春悄悄，夜迢
迢，碧雲天共楚宮
遙。夢魂慣得無拘
檢，又踏楊花過謝
橋。

《雲溪友議》載韋臯與玉簫
兩世姻緣故事。此以"玉簫"代
指舊時相好。上片寫昔日相聚，
句句有歌，句句有酒，頗饒唱嘆
韵味。妖嬈著一"太"字，則成
激賞，即俗話：美得不能再美
了！醉倒是失態，"誰能恨"即
終不悔；唱罷歸來，"酒未消"亦
意未消。詞人的任情與真率，可
見一斑。

　　下片寫別後相思。春日寂
寥，故曰"悄悄"；愁來夜長，故
曰"迢迢"。"碧雲天"本江淹詩，
"楚宮遙"本玉溪詩，無非去者
日疏之意。末二句才是全篇之
警策。蓋人生天地間，制約太
多，只有潛意識而生的夢魂，最
無拘檢。就在此夜，這傢伙又踏
着滿地白花花的柳絮，飄過謝
橋，重訪舊人去了。唐代有名妓
謝秋娘。此以"謝橋"代指女子
所居之處。夢魂的"無拘檢"與
人生的不自由形成對照，頗具
新意。

　　據《邵氏聞見錄》載，小晏
同時代的道學家程頤讀到這兩
句，不禁笑道："鬼語也！"意
甚賞之。可見此詞魅力。

（周嘯天）

沈　虎

施永成

木蘭花

·····························晏幾道

秋千院落重簾暮，
彩筆閒來題繡戶。
墻頭丹杏雨餘花，
門外綠楊風後絮。

　　朝雲信斷知何
處？應作襄王春夢
去。紫騮認得舊游
踪，嘶過畫橋東畔
路。

　　詞人游春，於暮色蒼茫中，來到一處院落，只見秋千，不聞人語，簾幕深深，更覺落寞。便憶起昔年今日，所謂伊人，曾當窗題詩來着。眼前墻頭紅杏依舊，門外綠楊依舊，只是經過一場風雨，地上有一些落花和柳絮，不可收拾。

　　這許是陳家，許是沈家。可小雲、小蘋們呢？她們或許仍爲歌女，在別處爲人製造歡樂罷。難道過去真是一場春夢？不，紫騮馬分明還記得過去遛過的路，這畫橋東邊的路。走着走着，紫騮馬突然嘶鳴起來，徘徊好一陣，才怏怏離去。

　　馬猶如此，人何以堪！

　　　　　　　　（周嘯天）

徐樂樂

阮 郎 歸

·····························晏幾道

天邊金掌露成霜，
雲隨雁字長。綠杯
紅袖趁重陽，人情
似故鄉。　　蘭佩
紫，菊簪黃，① 殷勤
理舊狂。欲將沉醉
換悲涼，清歌莫斷
腸！

① 簪 zān

　　此詞於重陽節作於汴京。
漢武帝在建章宮建銅柱，上有
銅人托盤承露，詞中借用來詠
汴京景物。秋雁南飛，一會排成
個人字，一會排成個一字，雁字
長，雲更長，著一"隨"字，便
巧妙地將兩種景物關聯起來。
此時登高有佳人侑酒，說"人情
似故鄉"，則已有身在異鄉之
感，正是欣慨交心。

　　本來便是性情中人，然而
歲月蹉跎，不免一度消沉。今趁
重九佳節，也佩幽蘭，也簪黃
菊，聊發少年狂唄。舊狂須殷勤
理之，可見勉强多多，所以不免
乎悲涼；欲以沉醉解此悲涼，卻
又沒十分把握，所以只得指望
席上歌者，千萬不要唱出讓人
聞而斷腸的歌聲了。

　　全詞以吞吐之筆，抒無奈
之情，一波三折，沉着厚重，故
稱佳作。

　　　　　　　　　　　(周嘯天)

卜算子　送鮑浩然之浙東

…………………王　觀

水是眼波橫，山是
眉峰聚。欲問行人
去那邊？眉眼盈盈
處。　　才始送春
歸，又送君歸去。若
到江南趕上春，千
萬和春住。

　　朽言化作神奇，始稱作手。
詞人丟開眼如秋水、眉如春山
的俗套譬喻，直說水是眼波橫
轉、山是眉峰簇聚，快人快語，
便覺清新可喜。藉此輕快的一
筆，那友人所往的江南山水，也
真個成了美人兒的俏眉眼，活
靈活現、盈盈動人了。

　　順此筆勢而下，那詞客的
兩大愁事——送春、送友，也全
沒了往常的纏綿徘徊，變得做
來輕輕巧巧，全不費力。送春也
沒什麼愁，江南還留得一段春；
送人也用不上悲，友人還興許
趕得上春。不如叮嚀一聲"千萬
和春住"吧，你的幸運，也是我
的欣慰。

　　此詞只為送人和祝願，別
無深意，措詞也不見粉飾，平易
淺近。但它的清淺，却是一彎小
溪，聽之淙淙悅耳，掬來清香沁
鼻。

　　　　　　　　（沈維藩）

程寶泓

華　拓

蝶戀花

························王　詵[1]

小雨初晴回晚照。
金翠樓臺，倒影芙
蓉沼。楊柳垂垂風
裊裊，嫩荷無數青
鈿小。　　似此園
林無限好，流落歸
來，到了心情少。
坐到黃昏人悄悄，
更應添得朱顏老。

[1] 詵 shēn

　　不是遷謫，焉知人生之酸
辛？歷經離別，愈覺故園之親
切！此詞所寫，是詞人往年聚
友高會的西園，如今久謫歸來，
園中却是別有一番色彩——

　　小雨初晴的欣喜，使院庭
的晚照也這般紅麗！倒影芙蓉
池的樓臺，搖漾着動人的金碧。
春晚的風、吹動飄拂的柳，含怎
樣依依的情！池面的嫩荷，不
正如伊人飾戴的細巧青鈿？

　　然而，時光畢竟已流過七
載，故園依舊，良朋好侶却已零
散！過片的讚美由此化爲惋嘆，
朱顏已老的詞人，已再無心情
賞景。於是斜陽漸隱，金翠的樓
臺上，只剩下這位落拓歸客的
身影，坐對着暮靄四起的黃
昏……

　　王詵是位畫家，上片寫景
也正如他的畫風，"金碧緋映，
風致動人"。不過他還擅長水
墨，下片的寫意，亦深得"破墨
三昧"。

　　　　　　　　　（徐旭文）

116

水龍吟 次韵章質夫楊花詞

……………………蘇 軾

似花還似非花，也無人惜從教墜。拋家傍路，思量却是，無情有思。縈損柔腸，困酣嬌眼，欲開還閉。夢隨風萬里，尋郎去處，又還被、鶯呼起。　不恨此花飛盡，恨西園、落紅難綴。曉來雨過，遺踪何在，一池萍碎。春色三分，二分塵土，一分流水。細看來，不是楊花，點點是離人淚。

你没有落花的紅麗，却一樣飄墜無依。風中的夢眼欲開還閉，尋郎萬里的柔腸，又有誰人憐惜？

落紅難綴，畢竟有倩影可尋。曉雨過處，你却從此無踪！春的依戀和夢思，全付與流水和塵泥——當你悄然離去時，分明還灑落點點淚珠……

這賦詠一如起調，正帶有“似花非花”之妙：落筆狀物，恍然見楊花飛空意態；吐語傳神，又全然思婦漂泊音容。真是“不即不離”、“愈出愈奇”，難怪可壓倒章質夫原詞，而令古今詞家爲之擱筆。

（潘嘯龍）

吳玉梅

劉旦宅

水 調 歌 頭

...........................蘇 軾

　　丙辰中秋，歡飲達旦，大醉，作此篇。兼懷子由。**明月幾時有？把酒問青天。**不知天上宮闕，[1]今夕是何年。我欲乘風歸去，又恐瓊樓玉宇，高處不勝寒。[2]起舞弄

清影，何似在人間！　　轉朱閣，低綺户，照無眠。不應有恨，何事長向別時圓？**人有悲歡離合，月有陰晴圓缺，此事古難全。但願人長久，千里共嬋娟。**

①闕 què　②勝 shēng

　　高邁的意氣，在把酒問天中排空直上。清滿的明月，照耀着醉態朦朧的兀傲詞人。月宮本非人間，豈可以「年」月相詢？「瓊樓」既在仙境，又何有世間之炎涼？醉中的思致奇特而又可笑，在起舞弄影的飄逸中，未嘗不帶幾分怫鬱的清狂。

　　徹夜的無眠畢竟孤清，親人分隔的惱恨，便只能唯圓月是問。月兒無恨，又焉知人間之離愁？陰晴圓缺，自是天運之常道。醉中的思緒曠達而無奈，那離合的悲歡，正可借自寬自慰消解。

　　最有韵致的當然還是結拍：深情的祝願，使人生充滿希冀。明麗的圓月，便不僅照耀了「千里」，也照亮了這首豪放俊逸的千古絕唱！

（徐旭文）

念奴嬌 赤壁懷古

························蘇軾

大江東去，浪淘盡、千古風流人物。故壘西邊，人道是、三國周郎赤壁。亂石崩雲，驚濤裂岸，捲起千堆雪。江山如畫，一時多少豪傑！　遙想公瑾當年，小喬初嫁了，雄姿英發。羽扇綸巾，談笑間、檣櫓灰飛煙滅。故國神游，多情應笑我、早生華髮。人間如夢，一尊還酹江月。[1]

[1] 酹 lèi

空間與時間的奇妙對接，使月夜的大江，既富"東去"萬里之勢，又似有無數英豪，從秦、漢、晋、唐的波峰浪谷馳過！

當時針終於凝定在"三國"赤壁之時，那崩雲的亂石、裂岸的驚濤，不還映印着艨艟水師的檣桅和旗旌，全展開在"捲起千堆雪"的奇景之中？

由此推出赤壁鏖戰的英雄主角，那由小喬陪伴的年輕周郎，便愈見風流蘊藉: 遠天是檣櫓煙滅的熊熊火光，近景是談笑自若的俊逸統帥。一筆"羽扇綸巾"的勾勒，透出幾多從容和瀟灑！

"故國神游"中浮現的英靈，終於如夢消隱。但對這輝耀江天的英雄緬懷，却成就了詞人獨步千古的壯闋。當一尊清酒酹祭過江月，歇拍處似還有無限餘情，伴江聲滔滔"東去"……

（潘嘯龍）

趙 豫

臨江仙

蘇 軾

夜飲東坡醒復醉，歸來仿佛三更。家童鼻息已雷鳴。敲門都不應，倚杖聽江聲。　長恨此身非我有，何時忘卻營營？夜闌風靜縠紋平。[①]小舟從此逝，江海寄餘生。

①縠 hú

遷謫黃州的鬱憤，似乎全已在東坡夜飲中舒泄。來歸臨皋亭寓所，妙在"仿佛三更"：或許不到三更？醉中誰能辨清！"敲門"是白費勁了──小小家童竟也有如雷的鼾聲。好在寓所臨江，聽江聲自比鼾聲有味。但醉立到天亮也累，"倚杖"正物我兩適！

這描摹頗帶醉態，卻又是超曠的心語。不急不惱，醉中更顯出"真我"。

於是想起莊子的告誡："汝身非汝有也！"還有一句也對："無使汝思慮營營！"可惜平生在仕途營營，此身何曾有"我"？當此夜闌風靜之際，真不如乘一葉小舟，去尋求曠邁超脫的人生。

蘇軾終竟繫心於天下，所以他不能學莊子逃世。但他畢竟有超曠的襟懷，所以常能笑對磨難和坎坷。

（潘嘯龍）

施大畏

張振學

鷓鴣天

·····················蘇軾

林斷山明竹隱墻，
亂蟬衰草小池塘。
翻空白鳥時時見，
照水紅蕖細細香。[①]

村舍外，古城
旁，杖藜徐步轉斜
陽。<u>殷勤昨夜三更
雨，又得浮生一日
涼。</u>

①蕖 qú

景從上片傳寫，主人公則
直到下片才現。那麼整個畫境，
正宜從身披斜陽、杖藜徐步於
村舍古城間的遷謫之客心上體
會。

遠處有明麗的山巒，聳立
在夕照如火的林巔；近處則秀
竹叢叢，遮隱了村舍院墻。移步
間秋草衰黃、蟬聲喧亂，然後欣
喜地發現一片清亮的池塘：看
翻飛水天的白鳥之影，聞映照
綠漣的紅荷幽香⋯⋯

濃淡相襯的着色，動靜相

對的勾勒，給畫面帶來了何其
動人的韵致！流連在其中的詞
人，那心境想必也格外曠閒。

但"蟬"亂"草"衰，終竟
還透着幾分無奈；結拍處"浮
生"二字的跳出，又令人感覺
到，那三更夜雨雖洗去了秋日
尚存的炎氣，終究又增添了詞
人飄浮遷謫所的哀"涼"。

（潘嘯龍）

郭全忠

定風波

······························蘇 軾

三月七日沙湖道中遇雨。雨具先去，同行皆狼狽，余獨不覺。已而遂晴，故作此詞。

莫聽穿林打葉聲，何妨吟嘯且徐行。竹杖芒鞋輕勝馬，誰怕？一蓑煙雨任平生。[①]　料峭春風吹酒醒，微冷，山頭斜照却相迎。回首向來蕭瑟處，歸去，也無風雨也無晴。

①蓑 suō

驚破起調的"穿林打葉"之音，顯示這來襲的風雨具何等聲勢！但從沙湖（黄州東南三十里處）道上現身的詞人，却"竹杖芒鞋"、吟嘯而來，表現着怎樣一種閑庭信步的瀟灑。"誰怕"一語的反問，因了"莫聽"、"何妨"的襯映，顯得氣度從容。由此展出披蓑煙雨的隱逸之思，就更有了遇禍不驚、笑對蒼茫的風神！

這無疑是一幅極傳神的"東坡行吟圖"。再加上下片的背景點染，這行吟便帶有了更深邃的人生意味：身後是風雨漸隱的林樹，前方是斜暉欲收的山巒。一位從醉意中清醒的謫臣，正衣袂飄飄、含笑而立，體味這"也無風雨也無晴"的"歸去"妙境……

（潘嘯龍）

122

望江南 超然臺作

......................蘇 軾

春未老，風細柳斜斜。試上超然臺上看，半壕春水一城花。煙雨暗千家。

寒食後，酒醒却咨嗟。休對故人思故國，且將新火試新茶。詩酒趁年華。

春也未老，人也未老，於公務閑暇登臺的知州（蘇軾時知密州），心境是否也一樣"超然"？

風兒以"細"狀摹，可知正吹得輕泠；柳枝以"斜"勾勒，愈見得飄拂動人。漾映眼底的，是一帶環城的碧水；輝照滿城的，則有繽紛競放的春花。而後看鱗次千家的檐瓦，迷濛在飄飄灑灑的雨影之中。那情景，能不牽縈一顆"游於物外"的超然之心！

於是自許能"放意肆志"的詞人，也不免咨嗟嘆息了：異鄉的春色，勾起了怎樣紛揚的故園之思！寒食過後，正是清明掃祭之期，又何堪對親故訴說，這飄泊萬里、無處安放的悽悽思情？

"休對故人思故國，且將新火試新茶"——歇拍前的對句竟如此精妙！然而獨對爐火的詞人，却恐怕只能在新茶中，品味一份新的無奈和苦澀了……

(徐旭文)

李 彤

饒宗頤

卜算子 黃州定慧院寓居作

..........................蘇 軾

缺月掛疏桐，漏斷人初静。誰見幽人獨往來，縹緲孤鴻影。　驚起却回頭，有恨無人省。揀盡寒枝不肯棲，寂寞沙洲冷。

冷寒的，也不止是沙洲和桐枝。有恨的，究竟是孤鴻還是幽人？

静夜如此寂寞，又何須漏壺提醒辰次？月兒依然殘缺，不見有清滿的佳期！

疏淡的筆墨，傳寫淒淡的夜色；清美的詞境，難歇哀憤的心。

黃庭堅稱此詞"似非吃煙火食人語"，似終未體味乃師的悲慨。陳廷焯稱"寓意高遠，運筆空靈"，倒真正點示了不肯棲枝的孤鴻之深心。

(潘嘯龍)

沈虎

賀新郎

⋯⋯⋯⋯⋯⋯⋯⋯蘇軾

乳燕飛華屋。悄無人、桐陰轉午，晚涼新浴。手弄生綃白團扇，扇手一時似玉。漸困倚、孤眠清熟。簾外誰來推繡戶？枉教人夢斷瑤臺曲。又却是、風敲竹。　石榴半吐紅巾蹙。[1]待浮花浪蕊都盡，伴君幽獨。穠艷一枝細看取，芳心千重似束。又恐被、西風驚綠。若待得君來向此，花前對酒不忍觸。共粉淚、兩簌簌。[2]

①蹙 cù　②簌 sū

　一邊是輕弄團扇的美人，一邊是"半吐紅巾"的榴花。花兒紅麗，叠皺處恰似美人微蹙的愁眉。人兒芳潔，顧盼中却如夏日榴花般幽獨！

　她也曾在桐陰轉午間入夢，夢中與君王共赴瑤臺。意外的欣喜，却被推户之聲驚破：夢醒處只聞風吹窗竹！

　它也有與百花爭春的風姿，却只能開在繁花過後！誰都愛三春的"浮花浪蕊"，空負了這芳心的"千重似束"！

　花兒和人兒就這樣相對相映，飄垂着被遺忘的簌簌清淚！更有誰來體會詞中的高致奇情，讓人兒和花兒共展愁眉？

（徐旭文）

125

黃全昌

冰肌玉骨，自清涼無汗。水殿風來暗香滿。繡簾開，一點明月窺人，人未寢，欹枕釵橫鬢亂。③

起來攜素手，庭戶無聲，時見疏星渡河漢。試問夜如何？夜已三更，金波淡，玉繩低轉。但屈指西風幾時來，又不道流年暗中偷換。

①昶chǎng　②訶hē　③欹qī

此詞首兩句，乃後蜀主孟昶作於與花蕊夫人避暑時，而東坡幼聞之於眉山老尼。也許是"冰肌玉骨"的起調，激發了詞人續寫此篇的逸致。

夏夕自炎，玉人自涼，連水殿上偶來的風，也帶着縷縷池荷的清香。夜已三更，庭戶無聲，仰聽疏星時渡的河漢，似也已波靜浪歇——詞人的胸際了無塵俗之氣，創造的詞境正如此清馨。

於是見"一點明月"，喚起花蕊夫人，在與蜀主攜手中，共對沉沉夜天。"夜如何"的啓問，問得神情宛然；"屈指"盼西風的企待，又帶着幾多"流年暗換"的悵惘。

婉轉的思致，代擬了一幕動人的傳說。謫居黃州的詞人，在代擬中，是否感悟着一種消逝而去的美麗？

(徐旭文)

洞仙歌

...........................蘇　軾

僕七歲時見眉山老尼姓朱，忘其名，年九十餘，自言：嘗隨其師入蜀主孟昶宮中。① 一日大熱，蜀主與花蕊夫人夜起避暑摩訶池上，②作一詞。朱具能記之。今四十年，朱已死，人無知此詞者。但記其首兩句，暇日尋味，豈《洞仙歌令》乎，乃爲足之。

阮郎歸 初夏

........................蘇軾

綠槐高柳咽新蟬，
薰風初入絃。碧紗
窗下水沉煙，棋聲
驚畫眠。 微雨
過，小荷翻，榴花開
欲燃。玉盆纖手弄
清泉，瓊珠碎却圓。

初夏特有的韵味，從一位

活潑少女的感覺中傳寫，便多
了幾分情性：

愜意的畫眠，忽被落棋之
聲驚醒，本有些着惱。揉揉眼
睛，却見碧紗窗下，飄縷縷沉香
（水沉）之煙；窗外的槐柳綠影，
傳陣陣新蟬之鳴，不禁又喜從
心生。

於是便挎盆出門，痛痛快
快享受泉流洗沐的清涼。看雨
後的小荷，隨溪流翻動得多

歡！石榴花襯着濕潤的綠葉，
愈見得紅麗如燃。伸纖手玩弄
瀉池的流泉，那就更有味啦：連
濺落荷葉的碎滴，也一粒粒圓
轉如珠！

上片以蟬聲、棋聲、襯托夏
日的幽靜；下片以水荷、雨榴、
映染雨後的色彩，字行間正溢
滿詞人的欣悦之情。

　　　　（徐旭文）

郎承文

江城子 密州出獵

..............................蘇 軾

老夫聊發少年狂，左牽黃，右擎蒼。錦帽貂裘，千騎捲平岡。爲報傾城隨太守，親射虎，看孫郎。　酒酣胸膽尚開張，鬢微霜，又何妨。持節雲中，何日遣馮唐？會挽雕弓如滿月，西北望，射天狼。

瀟灑的詞人本就生性豪放，密州鐵溝出獵，左牽黃犬、右擎蒼鷹，相隨的千騎錦士馳捲平岡，何等聲勢，何等豪氣，由此傾動了滿城老少，使「老夫」陡發「少年狂」氣。在「親射虎，看孫郎」的奇想中躍現的，正是當年孫權射虎的風采！

但詞人的胸膽，又何甘只在射虎中稱雄？連年犯邊的西夏，正需要魏尚那樣的勇將禦擊！酒酣的詞人因此宣告：倘若漢文帝再遣馮唐，我便是當世魏尚，願挽弓如月，一箭射落象徵「侵掠」的惡星天狼！

筆力恣肆的射獵之景，引出思接千載的豪邁心志，真有東坡自許的「東州壯士抵掌頓足而歌之，吹笛擊鼓以爲節」之壯聲雄調！

（徐旭文）

毛國倫

江城子 乙卯正月二十日

夜記夢

...................蘇 軾

十年生死兩茫茫，不思量，自難忘。千里孤墳，無處話淒涼。縱使相逢應不識，塵滿面，鬢如霜。　夜來幽夢忽還鄉，小軒窗，正梳妝。相顧無言，惟有淚千行。料得年年腸斷處，明月夜，短松岡。

郭全忠

　　生死相隔的憶戀，使夢思也變得如此哀惋：孤墳千里的亡妻，是否還能辨識，早已塵面霜鬢的詞人？這是一次超越時空的追踪，"無處話淒涼"的夢魂，在茫茫無際中飛馳……

　　夢思縹緲，追回的無疑是往昔最動人的一幕。那軒窗梳妝的倩影，由此如明麗的陽光，照亮了整個夢境！

　　然而連夢思，似也躲不過殘酷的記憶。那驚喜相逢的一刻，終竟幻化成流淌不止的淚眼，在生死相隔中無語相對……

　　詞情之淒婉，傳達着怎樣一種人生的憾恨！歇拍的景語，更讓這綿綿無盡的憾恨，彌漫了松岡月明的蒼茫世界！

(潘嘯龍)

戴敦邦

蝶戀花

·····················蘇 軾

花褪殘紅青杏小，燕子飛時，綠水人家繞。枝上柳綿吹又少，<u>天涯何處無芳草</u>！　墻裏秋千墻外道，墻外行人，墻裏佳人笑。笑漸不聞聲漸悄，<u>多情却被無情惱</u>。

這是一首"奇情四溢"的小詞。上片句句暗藏着一個"春"字。殘紅褪盡、柳綿吹少，是春衰的景象；青杏尚小，芳草綠遍，又呈生機勃鬱。春光已老、春光猶在，正是這麼一個惱人的時節。中間插寫的燕子飛來、流水人家，既是補足"春"的信息，更使畫面增添動態的美。花殘、杏小、燕飛、水繞、柳綿紛紛、芳草處處，不言"春"而春在其中，這叫做"藏中有露"。

在如此春情下，詞人又設置了極有意趣的場景：墻裏秋千，墻外行人；墻裏佳人笑，墻外行人惱。墻擋住了行人的視綫，却擋不住佳人的笑聲；笑引起了行人的煩惱，而行人的煩惱却没有得到佳人的關切。這就是"多情却被無情惱"的原因。下片用了"頂真"手法，以"墻外行人"頂着"墻外道"、"笑漸不聞"頂住"佳人笑"，從而突出了詞的音樂性和旋律美。至於露了秋千藏了人，聽到笑聲不見形，則是與上片恰好相對，謂之"露中有藏"。

（羊春秋）

130

永遇樂

·····················蘇軾

彭城夜宿燕子樓，夢盼盼，因作此詞。

明月如霜，好風如水，清景無限。曲港跳魚，圓荷瀉露，寂寞無人見。紞如三鼓，[1] 鏗然一葉，黯黯夢雲驚斷。夜茫茫、重尋無處，覺來小園行遍。　天涯倦客，山中歸路，望斷故園心眼。燕子樓空，佳人何在，空鎖樓中燕。古今如夢，何曾夢覺，但有舊歡新怨。異時對、黃樓夜景，爲余浩嘆。

① 紞 dǎn

這是《東坡樂府》中極具藝術特色的一首詞。詞人苫臨徐州，宿於唐代名妓關盼盼的燕子樓。是夜，明月皎潔如霜，好風清涼如水，此爲大景，以靜襯托夜之深。魚跳曲港，露瀉圓荷，此爲小景，以動反襯夜之靜。如此靜夜，自能夢遇佳人。然三更鼓響，一片葉落，忽然驚醒，於是悵然若失，起而尋夢。

上片融情入景，若夢若醒，亦真亦幻，給人以惝恍迷離之感。

下片由人亡樓空，直抒感慨，把故園之思、今昔之感、人生如夢之嘆，打成一片。他從自己今日憑弔燕子樓，推想到他日後人又將憑弔自己所建的黃樓，一種人生須臾，榮枯無常的感慨襲上心頭，使他深有"古今如夢，何曾夢覺"之慨。看來，這燕子樓的一夢，也不特是艷遇而已，更是東坡心境的一次澄化。

（羊春秋）

莊壽紅

崔振寬

浣溪沙

蘇 軾

游蘄水清泉寺，[1]寺臨蘭溪，溪水西流。

山下蘭芽短浸溪，松間沙路净無泥。蕭蕭暮雨子規啼。

誰道人生無再少？門前流水尚能西。休將白髮唱黃雞。

①蘄 qí

這是詞人遠謫黄州、抱病游清泉寺時所作。上片寫清泉寺的風光：蘭草破土而出，浸在幽清的溪邊；松林間的沙路，被春水洗得乾乾净净，看不到一點泥土；到了傍晚，淅瀝的雨聲夾雜着杜鵑的啼叫送到耳畔。它是那樣的充滿詩意，充滿生機，令人頓時從塵囂俗慮中解脱出來，投向大自然的懷抱。

下片觸景生情，迸發出一段坦蕩、樂觀、令人奮發的議論。詞人用反詰的語氣提問，又就地取譬作答，流水能西，人生爲什麼不能再焕發青春？一種敢於與疾病衰老争鬥、與命運抗衡的樂觀精神，充溢詞中。人們不要老是拘限在黄鷄丑時報曉、白日酉前沉西的框子裏，哀嘆時光不再、人生易老啊。一反嘆老嗟卑的老調，唱出令人振奮亢進的新曲，這便是蘇軾特有的坦蕩襟懷、樂觀情趣。

（羊春秋）

浣溪沙

..........................蘇 軾

簌簌衣巾落棗花，^①
村南村北響繅車，^②
牛衣古柳賣黃瓜。

　　酒困路長惟欲
睡，日高人渴漫思
茶，敲門試問野人
家。

①簌 sù　②繅 sāo

　　這是蘇軾任徐州太守時，在一次出行途中所作的小詞。

　　上片寫農村夏日的風物：棗花撲衣，簌簌有聲；繅車紡絲，嘈嘈盈耳；還有人披着蓑衣，在古柳下叫賣黃瓜。一幅和平寧靜的生活景象，被繪影繪聲地畫了出來。無論寫景、寫人、寫生產，都洋溢着土氣息、泥滋味。

　　下片寫村行的切身感受，極富生活情趣：路長，日高，酒困欲睡，口渴思茶，古柳下的黃瓜已經解不了渴，只好走向農家敲門乞漿。這"乞漿"細節隨意寫來，使坡公很快便融進村民的生活中去。坡公沒有爲自己評功擺好，而那棗花紛飛、繅車轟鳴，家給人足、怡然自樂的生產生活，恰好是政通人和的具體體現。這是坡公善於立言的地方。

（羊春秋）

賀友直

賀友直

卜算子

··················李之儀

我住長江頭，君住長江尾。日日思君不見君，共飲長江水。此水幾時休，此恨何時已。只願君心似我心，定不負相思意。

唐人姚合《送薛二十三郎中赴婺州》詩曰："我住浙江西，君去浙江東。日日心來往，不畏浙江風。"李詞純然由此化出，但又有所翻換：姚詩寫友誼，李詞轉寫愛情——主題已經改變。姚詩中的"江"，是將兩人隔開的障礙，詩人乃借彼此之"心"對這障礙的逾越，來突出友情的深篤；而李詞中的"江"，却是聯繫雙方的紐帶，詞人讓抒情主人公以能與戀人共飲一江水的不幸之幸作爲精神慰藉，從而凸現愛情的纏綿——表現手法亦不雷同。姚詩僅四句，又暗用"心來往"婉言"思念"，好在含蓄雋永、節短韵長；而李詞則衍爲八句，"心"、"思"迭見，好在明快發越、辭淺意深——美學趣味也迥然有別。宋詞化用唐詩，每有襲故而彌新之妙，此特嘗鼎一臠而已。

（鍾振振）

水 調 歌 頭

························黃庭堅

瑤草一何碧，春入
武陵溪。溪上桃花
無數，枝上有黃鸝。
我欲穿花尋路，直
入白雲深處，浩氣
展虹霓。只恐花深
裏，紅露濕人衣。

　　坐玉石，倚玉
枕，拂金徽。謫仙何
處，① 無人伴我白螺
杯。我爲靈芝仙草，
不爲朱唇丹臉，長
嘯亦何爲？醉舞下
山去，明月逐人歸。

①謫 zhé

　　陶淵明筆下的武陵桃花源，
一直是封建時代文人墨客向往
的地方，這個子虛烏有的理想
王國，在作者筆下，是如此的脫
落凡俗，令人陶醉。然而，人間
仙境雖好，却花深露重，難以久
留。"只恐"二句與蘇軾《水調
歌頭》中"我欲乘風歸去，又恐
瓊樓玉宇，高處不勝寒"有異曲
同工之妙。於是，詞人想尋覓謫
仙人李白的踪跡，開始詩酒風
流的人間漫游，但是，知音難覓
的感嘆，使他覺得，知我心者，
唯山間明月。

　　蘇軾曾稱贊黃庭堅"超逸
絶塵、獨立萬物之表、馭風騎
氣、以與造物者游"，這首詞所
展示的氣格襟懷足當此評。

　　　　　　　　　　(祝振玉)

陸一飛

135

清平樂

............................黃庭堅

春歸何處？寂寞無行路。若有人知春去處，喚取歸來同住。　　春無踪跡誰知？除非問取黃鸝。百囀無人能解，因風飛過薔薇。

這是一首構思新穎、格調清奇的春之短歌。

上片以發問起調。作者沒有描寫落花流水的春殘景象，也沒有表現悼紅惜綠的傷春情懷，只由問春而至尋春，其徘徊寂寞之情態、希冀駐日回景之衷腸已躍然紙上。下片以反詰句承接，將上片之痴語奇想輕輕宕開，而將惜春尋春之情，引入更奇妙的境界：黃鸝是春天的使者，她或能知道春天的踪跡，何不往問之？但人情鳥語難通，尋春願望終成泡影。不僅春之芳踪仍然無處尋覓，且黃鸝也乘風振翼，一去無跡，眼下只有春去夏來，薔薇花開，詞人的一腔芳菲之思，亦隨鳥飛春盡而不知所終！

（祝振玉）

陸一飛

136

唐逸覽

虞美人 宜州見梅作

····························黃庭堅

天涯也有江南信，
梅破知春近。夜闌
風細得香遲，不道
曉來開遍向南枝。

玉臺弄粉花應
妒，飄到眉心住。
平生個裏願杯深，
去國十年老盡少年
心。

南朝陸凱寄贈范曄梅花一
枝並詩云：「折花逢驛使，寄與
隴頭人。江南無所有，聊贈一枝
春。」後來，梅花便成了江南春
信、故鄉消息的象徵。作這首詞
時，詞人已是花甲之年，正在宜
州貶所。天涯淪落，忽見江南春
信，驚喜之情溢於言表。這枝頭
盛開的梅花，沐浴陽光，獨占春
色，一派生機勃勃，不僅重現昔
日江南的梅韵，也是作者不同
流俗的兀傲個性的寫照。「玉臺
弄粉」用的是南朝劉宋壽陽公
主梅花妝的典故，據說梅花飄
落壽陽公主額，成五出花。後來
民間姑娘競相效仿，成為一種
時妝。作者早年有倚紅偎翠的
風流經歷，但十年的遷客生活，
終使少年的歡冶化爲淪落天涯、
不勝今昔的落寞情懷。

(祝振玉)

一年春好處，不在濃芳，小艷疏香最嬌軟。到清明時候，百紫千紅，花正亂，已失春風一半。早占取韶光共追游，但莫管春寒，醉紅自暖。

①顰 pín

此詞意旨，小序已明言之，然借文學意象作婉曲的表達，一唱三嘆，令人回味無窮，卻惟有詞家之長技方能揮灑自如。上片寫新春之景，本無奇處，而用"青眼"狀柳葉之芽，用"顰輕笑淺"喻梅花之蕊，再用"便"、"更"之類虛詞斡旋語氣，便化腐朽爲神奇，令人玩賞不置。下片完全是說理，謂春之佳處不在繁花似錦，萬紫千紅之際正是春光將盡之時，應乘雖有春寒而春意漸盛之日着意賞春，方"無後時之悔"。揆之此論，可悟盛者已衰之理。然若謂其純爲哲理詞，却又非也。看他縱有韶光易逝之慨，仍欣欣然自斟自唱，流連光景，又何嘗有"說理"二字橫亘心中，此所以爲高。

(龐 堅)

唐逸覽

洞仙歌

...........................李元膺

一年春物，惟梅柳間意味最深。至鶯花爛漫時，則春已衰遲，使人無復新意。予作《洞仙歌》，使探春者歌之，無後時之悔。

雪雲散盡，放曉晴池院。楊柳於人便青眼。更風流多處，一點梅心，相映遠，約略顰輕笑淺。①

漁家傲

...................朱 服

小雨纖纖風細細，
萬家楊柳青煙裏。
戀樹濕花飛不起，
愁無比，和春付與
東流水。　　九十
光陰能有幾？金龜
解盡留無計。寄語
東城沽酒市，拚一
醉，而今樂事他年
淚。

和風細雨中，楊柳堆煙，片片花瓣濕淋淋地飄落水面。面對這一幕穠麗而又淒迷的暮春景色，詞人的心在悸動。花開花落，春天轉眼即逝，憑人力何嘗能夠挽回？縱使明年春歸花開依舊，人的青春却是如水東流逝不可回。一念及此，怎不惆悵滿懷？「何以解憂，惟有杜康」。拚他金龜換酒，酣醉一場，賞花尋歡，也算是不負春光。但一時的快意又怎能掩盡永恒的生命之悲？今日縱酒行樂，他年垂暮之時回想往事，怕免不了更觸緒傷懷、欷歔不已呢！「而今樂事他年淚」，詞人這一自鳴得意之句，善於以悲爲美，洵爲神來之筆，況周頤以爲可與姜夔詞「少年情事老來悲」一句合參，信然。

(龐 堅)

戴順智

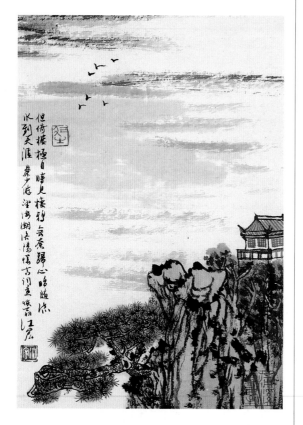

但倚樓極目時見棲鴉無奈歸心暗隨流水到天涯�
秦少游望海潮古詞之警 江宏

江宏

望海潮

．．．．．．．．．．．．．．．．．．．．．．秦 觀

梅英疏淡，冰澌溶
泄，①東風暗換年
華。金谷俊游，銅駝
巷陌，新晴細履平
沙。長記誤隨車。正
絮翻蝶舞，芳思交
加。柳下桃蹊，亂分
春色到人家。

西園夜飲鳴笳。有
華燈礙月，飛蓋妨
花。蘭苑未空，行人
漸老，重來是事堪
嗟！煙暝酒旗斜。但
倚樓極目，時見棲
鴉。無奈歸心，暗隨
流水到天涯。

①澌 sī

此詞一題"洛陽懷古"，非

是。詞中提到金谷、銅駝等地，
係虛擬洛陽，實寫汴京，虛虛
實實，乃有憂讒畏譏之意在焉。
前三句說梅花漸稀，冰河解凍，
年華暗換，又到早春時節，然後
引起對往事的回憶。

"金谷俊游"到"飛蓋妨
花"，追憶往日文人盛會：一是
西園雅集，與會者有蘇軾兄弟、
黃庭堅、晁補之、陳師道等；一
是西城宴集，與會者有三十六
人之多。詞中選取了春游和夜
飲兩個場面來寫，於春游寫了
誤隨車、即興戀愛等情事，於夜
飲寫了園中燈彩使明月減色、
衆多車馬於花枝有損，而月明
花繁之意一並見於句下。

"蘭苑未空"以下寫眼前的
冷落，與往日繁華形成對照，引
起茫茫愁緒。煙暝、棲鴉象徵着
人事的蕭條，與上文絮翻、蝶
舞、柳下、桃蹊等形成對比。由
此逼出"歸心"，可見汴京已不
可久居，而這"歸心"又無著處，
只好"暗隨流水到天涯"，句下
流露出找不到歸宿的失落感。

全詞起結皆撫今，中間插
入追昔內容。追憶越是美好，越
是富於情趣，眼前景況就越是
難堪，詞意也越耐咀嚼。

(周嘯天)

馬琭

水 龍 吟

·····················秦　觀

小樓連苑橫空，下窺繡轂雕鞍驟。①朱簾半捲，單衣初試，清明時候。破暖輕風，弄晴微雨，欲無還有。賣花聲過盡，斜陽院落，紅成陣，飛鴛甃。②　玉珮丁東別後。③悵佳期、參差難又。④名韁利鎖，⑤天還知道，和天也瘦。花下重門，柳邊深巷，不堪回首。念多情、但有當時皓月，向人依舊。

①轂 gǔ　②甃 zhòu　③珮 pèi
④參差 cēn cī　⑤韁 jiāng

這是一首戀歌。

清明時候，輕風微雨。小樓上佳人身穿春衫，捲簾望外，只見她的戀人跨上雕鞍，奔馳而去。此時夕陽西下，離情萬種，那清脆可聽的賣花聲慢慢從窗前過盡，剩下的唯有陣陣落花，飄向井臺。這是她感情的外化，鬱伊惝恍，悽惻感人。

難道這男子竟如此薄情？

曰：「否。」方始環珮人歸，他就企望重逢。只因功名與愛情實難兩全，他才忍痛離別。老天爺若是知道這番苦衷，也應爲之消瘦。途中一旦遇到「花下重門，柳邊深巷」，也會勾起他對小樓中那位佳人的憶念。理解他的，唯有當時明月。

此詞係贈蔡州營妓婁琬（字東玉），中嵌她的名字，妙合無痕，常受前人稱許。

　　　　　　　　　（徐培均）

朱新龍

八六子

……………………秦　觀

倚危亭，恨如芳草，
萋萋剗盡還生。[1] 念
柳外青驄別後，[2] 水
邊紅袂分時，[3] 愴然
暗驚。　　無端天
與娉婷，[4] 夜月一簾
幽夢，春風十里柔
情。怎奈向、歡娛漸
隨流水，素絃聲斷，
翠綃香減，[5] 那堪片
片飛花弄晚，濛濛
殘雨籠晴。正銷凝，
黃鸝又啼數聲。

①剗 chǎn　②驄 cōng
③袂 mèi　④娉 pīng
⑤綃 xiāo

　　宋神宗元豐年間，秦觀在
揚州意外地遇上一位多情的女
子。一簾幽夢，十里柔情，時時
縈繞在他的心頭，闊來途中，獨
倚危亭，回頭一望，芳草連天，
好似無邊的離恨。以芳草喻愁，
是詩詞中常用的手法，這裏秦
觀却用"剗盡還生"四字把它強
化到極點，因此前人稱之為"神
來之筆"。戀人分別了。往日的
歡娛，變成了流水；斷了的琴絃，
何時能續上？面對片片飛花、
濛濛殘雨，他幾乎失魂落魄。正
在此時，惱人的黃鶯兒又在耳
邊叫了起來。打起黃鶯兒，莫教
枝上啼。他的心真是煩極了！
　　這首詞寫得情景交融，意
餘言外，因此前人推為寫離情
的典範。

（徐培均）

滿庭芳

...秦 觀

山抹微雲，天連衰草，畫角聲斷譙門。暫停征棹，[1] 聊共引離尊。多少蓬萊舊事，空回首、煙靄紛紛。斜陽外，寒鴉萬點，流水繞孤村。

銷魂，當此際，香囊暗解，羅帶輕分。謾贏得青樓，薄倖名存。[2] 此去何時見也，襟袖上、空惹啼痕。傷情處，高城望斷，燈火已黃昏。

① 棹 zhào　② 倖 xìng

元豐二年，暮冬。會稽山上，微雲輕抹；越州城外，衰草連天。城門樓上的號角聲，時斷時續。在北歸的客船上，秦少游正與一位歌妓舉杯話別。數月前，蓬萊閣內一見鍾情的往事，此刻已化作縷縷煙雲。眼前是夕陽西下，萬點寒鴉點綴着天空，一彎流水圍繞着孤村。客心悽楚，更難捨惺惺相惜的知音。

此情此景，令人銷魂。萬種離情，這會兒都付與贈別的香囊、輕分的羅帶。半生來，功名不就，空贏得薄倖郎的惡名。此一去，何時重逢？禁不住淚霑衣襟。目送着伊的倩影，直到高城不見，燈火黃昏。

此詞將身世之感打併入艷情，妙語天成，如詩如畫，情波迭起，搖蕩人心。

(徐培均)

白雲深處
庚午千日
吳江宋文治
寫意

宋文治

兩情若是久長時又豈在朝朝暮暮·書秦觀鵲橋仙句·丁丑之夏戴敦邦畫意

戴敦邦

鵲橋仙

·····秦 觀

纖雲弄巧，飛星傳恨，銀漢迢迢暗渡。金風玉露一相逢，便勝却人間無數。

柔情似水，佳期如夢，忍顧鵲橋歸路。<u>兩情若是久長時，又豈在朝朝暮暮</u>。

在古老的神話中，"七夕"是牛郎織女相會的日子。這天的夜空，絲絲彩雲變化着各種圖案，它是織女巧手織成的雲錦；閃亮的流星飛過銀河，好似向牛郎傳遞離愁別恨。可恨啊，迢迢不絕的銀河，無情地隔開這對戀人。可喜啊，多情的烏鵲架起橋梁，讓他們渡河相會。秋風瑟瑟，白露珊珊，一次歡聚，便勝過人間千遍萬遍。

"相見時難別亦難"，柔情蜜意，像斬不斷的流水。乍相見，又分離，是真還是夢？剛剛走過的鵲橋，又將成爲歸路，怎忍回頭再看。唉，真正的愛情，不在朝夕相伴，即使終年天各一方，也會情長誼久。

這是一曲純情的愛歌。亦抒情，亦議論，哀樂交織，天上人間融爲一體。尤其是末二句，使全詞的思想境界升華到一個嶄新的高度，成爲詞中警句。無怪乎沈際飛評曰："七夕以雙星會少別多爲恨，獨謂情長不在朝暮，化臭腐爲神奇。"

(徐培均)

144

沈向然

千秋歲

..................秦　觀

水邊沙外，城郭春寒退。花影亂，鶯聲碎。飄零疏酒盞，離別寬衣帶。人不見，碧雲暮合空相對。

憶昔西池會，鵷鷺同飛蓋。①攜手處，今誰在？日邊清夢斷，鏡裏朱顏改。春去也，飛紅萬點愁如海。

①鵷 yuān

春日。處州。詞人到郊外春游。春寒退去，花影搖曳，鶯聲盈耳，大自然充滿盎然生意。可是貶官到此的詞人依舊情懷索寞，意致頹唐。他酒也少飲了，腰圍也瘦了。儘管盤桓到傍晚，還是碰不到一個可與談心的朋友，他只得與漸漸合攏的暮雲默然相對。

想起了元祐年間在汴京游金明池的一幕。那時他與館閣同人乘坐公車，像鵷鷺一樣排成長隊，好不榮光！可是新黨一上臺，他們便風流雲散，如今還有誰在朝呢？回京的夢想破滅了，青春也已逝去。他心中的憂愁像滿天飛舞的落花，像浩淼無邊的大海。

此詞以今日之飄零對比昔時之勝游，層層鋪叙，煞尾一語點醒，全體皆振，堪稱名句。

(徐培均)

苗重安

踏莎行

秦 觀

霧失樓臺，月迷津渡，桃源望斷無尋處。可堪孤館閉春寒，杜鵑聲裏斜陽暮。　驛寄梅花，魚傳尺素，砌成此恨無重數。①郴江幸自繞郴山，②爲誰流下瀟湘去？

①砌 qì　②郴 chēn

　　樓臺在茫茫大霧中消失，渡口在朦朧月色中隱沒。北望桃源樂土，也失去了踪影。此刻，因受黨爭牽連而流放的秦少游，正被幽閉在郴州的一所旅舍內，漠漠春寒，惹人愁悶。斜陽下，杜鵑聲聲，"不如歸去"的啼聲，淒厲辛酸，令人倍增傷感。

　　秦觀南遷已過三年，北歸無望，儘管驛站傳來封封家書，但只是徒增離恨而已。"梅花"、"尺素"堆積案頭，仿佛是堆砌成了重重疊疊的鄉愁離恨。"獨憐京國人南去，不似湘江水北流"，他想起了兩句唐詩。那迢迢不盡的郴江，原本繞着郴山，却爲何偏偏向北流入瀟湘？——而我爲何不能呢？語意含蓄，深情無限。據説蘇東坡曾把這兩句寫在扇面上，嘆道："少游已矣，雖萬人何贖！"

　　　　　　　　　　　　　（徐培均）

浣溪沙

秦 觀

漠漠輕寒上小樓，
曉陰無賴似窮秋。
淡煙流水畫屏幽。

　　自在飛花輕似
夢，無邊絲雨細如
愁。寶簾閒掛小銀
鉤。

　　暮春三月，人在小樓。一早起來，陰霾不開，輕寒惻惻。「節過清明冷似秋」，對這種天氣，畏寒不出的詞人十分厭惡，不禁咀咒了一聲「無賴」。回頭看看室內，畫屏上一幅《淡煙流水圖》，迷濛淡遠，撩人意緒，於是一絲春愁油然而生。

　　他定睛望了望窗外：落花隨着微風、自在飄舞，宛如夢幻；廉纖細雨，無邊無際，好似愁絲。「飛花」和「夢」、「絲雨」和「愁」，一具體，一抽象，原本邈不相涉，但詞人却發現它們之間有「輕」與「細」的特點，便構成兩個新鮮的比喻，空靈縹緲，妙不可言。無怪乎梁啓超稱之爲「奇語」。

　　末以「寶簾閒掛小銀鉤」作收，融情入景，化動爲靜，意境悠閒，使人玩味不盡。

（徐培均）

陳福興

滿庭芳

............................秦 觀

曉色雲開，春隨人意，驟雨才過還晴。古臺芳榭，飛燕蹴紅英。[1] 舞困榆錢自落，秋千外、綠水橋平。東風裏，朱門映柳，低按小秦箏。

多情，行樂處，珠鈿翠蓋，[2] 玉轡紅纓。[3] 漸酒空金榼，[4] 花困蓬瀛。豆蔻梢頭舊恨，十年夢、屈指堪驚。憑闌久，疏煙淡日，寂寞下蕪城。

① 蹴 cù　② 鈿 tián
③ 轡 pèi　④ 榼 kē

揚州美，秦少游筆下的揚州更美。清晨起來，雨過天晴，詞人在臺榭前游賞，只見飛燕踏着落花，榆錢在空中慢悠悠地旋轉。遠遠望去，"秋千外、綠水橋平"，在春風吹拂、綠柳掩映的朱門之中，還有一位少女在彈奏哀怨的秦箏。當此良辰美景，許多翩翩公子身騎寶馬，紅粉佳人乘坐香車，盡情地冶游。詞人觀賞着這一切，不禁惹起重重舊恨，往日他在這裏也愛過一位少女，如今不知去向，他倚欄沉思，一直到夕陽西下。

這首詞像一幅畫，以妙筆描出春景，青翠欲滴；以淡墨繪出春情，讓人陶醉。然而它比畫更美，因爲它音律和諧婉美，仿佛一首美妙動人的樂曲。

(徐培均)

盧星堂

蝶 戀 花 海岱樓玩月作

………………米 芾①

千古漣漪清絕地，
海岱樓高，下瞰秦
淮尾。水浸碧天天
似水，廣寒宮闕人
間世。　　靄靄春
和生海市，鰲戴三
山，②頃刻隨輪至。
寶月圓時多異氣，
夜光一顆千金貴。

①芾 fú　②鰲 áo

　　《蝶戀花》詞牌一般以抒寫
纏綿悱惻之情爲多，似此詞以
健筆寫景，而能大氣包舉，攝人
心魂，觀之詞史，實爲罕見。海
岱樓是作者的任所漣水軍的一
座名樓，並不太高，而在詞人筆
下，此樓竟同杜甫筆下"一覽衆
山小"的泰山沒什麼兩樣，可以
"千古""下瞰秦淮"。那麼這到
底是人間的高樓還是仙山的瓊
閣呢？看了"廣寒宮闕"、"鰲戴
三山"這些語句，我們真會覺得
如在仙境！那澄澈空明的水，
那奇詭的海市蜃樓，那"帶異
氣"的團圞皓月，既一字一句是
真是實，又迷離惝恍如夢如幻。
詞的境界是那麼的超邁，意象
是那麼的玲瓏，真令人佩服其
凌雲健筆。

　　　　　　　　（龐　堅）

吳　聲

149

范興發

帝臺春

芳草碧色，萋萋遍南陌。暖絮亂紅，也知人春愁無力。憶得盈盈拾翠侶，共攜賞、鳳城寒食。到今來，海角逢春，天涯為客。　　愁旋釋，還似織。淚暗拭，又偷滴。謾佇立、遍倚危闌，儘黃昏，也只是暮雲凝碧。拚則而今已拚了，忘則怎生便忘得。又還問鱗鴻，試重尋消息。

此詞是抒寫離愁別恨之作。開頭一句，令人既憶及江淹《別賦》的名句"春草碧色，春水淥波，送君南浦，傷如之何"，又想到李煜《清平樂》詞的名句"離恨恰如春草，更行更遠還生"。於是我們理解了詞人觀物移情，飛絮落花也知人含愁。憶往昔攜手游春，嘆今朝天涯羈旅。愁也消不盡，淚也拭不乾，倚欄痴望，直至黃昏。伊人雖已離絕，但魂牽夢縈，"怎生忘得"，詞人無奈只能寄希望於遠方伊人的魚雁傳書，似乎也惟有她的一聲問候才能寬解愁緒。看他筆下迴環吞吐，多麼深切，多麼悽惋，尤其那口語化的"拚則"二句，真是妙絕。

蝶戀花

......................趙令時

欲減羅衣寒未去，不捲珠簾，人在深深處。紅杏枝頭花幾許？啼痕止恨清明雨。　　盡日沉煙香一縷，宿酒醒遲，惱破春情緒。飛燕又將歸信誤，小屏風上西江路。

深垂的珠簾，遮隱了望歸的倩影。清明的寒雨，却令你如此關情！紅杏枝頭的花淚，不也印着你的啼痕？繽紛如雲的春夢，就這樣一朝消歇。

一個"又"字，見歸期被燕兒誤了幾春？一縷沉香，究竟將伴你度到何年？宿酒醒遲又何如不醒，屏風西江終竟歸舟緲影！

趙令時與東坡交往甚密，也因此獲罪遭罰。這閨情若不寓有深意，何以抒寫得如此悲婉？

（徐旭文）

孫永

空床臥聽南窗雨 誰復挑燈夜補衣
補衣 丁卯年歲冬 寫於湖上 花雲軒 耀泓

程寶泓

半死桐 (思越人，又名鷓鴣天)

.....................賀　鑄

重過閶門萬事非，[①]
同來何事不同歸？
梧桐半死清霜後，
頭白鴛鴦失伴飛。

原上草，露初
晞。[②] 舊棲新壠兩依
依。空床臥聽南窗
雨，誰復挑燈夜補
衣！

① 閶 chāng　② 晞 xī

晚居姑蘇後的偶然一次出
行，竟成了與妻子的永訣。連理
之枝，化作半死梧桐；雙棲鴛
鴦，自此寂寞獨飛：頭已飛雪的
詞人，眼前真如地坼山崩。欲哭
無淚之餘，只乾號出一聲"為何
不和我一同歸去"。是不知所云
的一問，更是摧心裂腸的一問。

露水初乾的青草在沙沙作
響，仿佛低唱着古老的《薤露》
輓歌，令墳前的詞人只有掩鼻
而返。讓新墳緊依舊居，讓亡靈
與自己相守，或許是詞人最後
的慰藉。可夜雨聲中再不見妻
子挑燈補衣的身影，空床獨臥
的詞人又何以為情！

"誰復挑燈夜補衣"，貧賤
夫妻的悲哀，貧賤夫妻的恩愛，
貧賤夫妻的生死情，千古之下，
猶在目前！

(沈維藩)

152

杵聲齊（古搗練子）

．．．．．．．．．．．．．．．．賀　鑄

砧面瑩，[①] 杵聲齊，[②]
搗就征衣淚墨題。
寄到玉關應萬里，
戍人猶在玉關西。[③]

①砧 zhēn　②杵 chǔ
③戍 shù

　　在封建兵役制下，歷代都
有大批戍卒被朝廷徵發，遠離
家鄉和親人去駐守邊關。他們
既時刻面臨戰爭和死亡的威脅，
又得不到封建統治者的愛恤，
親人對他們的揪心的掛念，遂
成爲極普遍的社會現象。賀鑄
的《搗練子》組詞六首，即摹擬
思婦的口吻，通過對其勞動場
景的生動描寫，對其心理活動
的傳神刻畫，成功地表現了這
一具有現實意義的主題。本篇
是組詞的第三首。人們多賞其
末兩句，其實「搗就」一句也很
精彩。同樣的意思，唐長孫佐轉
妻《答外》詩說「結成一衣和淚
封」，是對生活現象的直觀；而
詞人卻讓他筆下的思婦以淚水
濡墨染毫，題寫包袱皮，藝術地
對生活現象進行了再創造。這
樣描寫思婦的哀戚，似更有情
味，更爲傳神。

　　　　　　　　　　（鍾振振）

吳聲

唐逸覽

踏莎行

...........................賀　鑄

楊柳回塘，鴛鴦別
浦，綠萍漲斷蓮舟
路。斷無蜂蝶慕幽
香，紅衣脫盡芳心
苦。　　　返照迎潮，
行雲帶雨，依依似
與騷人語。當年不
肯嫁春風，無端却
被秋風誤。

　　詞人志行高潔，不阿權貴，
故在新舊兩黨交替執政的任何

時候都未受到重用。此詞即借
詠荷吐訴自己懷才不遇的一腔
政治憤懣，物與我，花與人打成
一片，比興卓絶，寄託遙深。"紅
衣"句寫荷花凋落而蓮子生成，
詠物已窮妍極態；更兼以蓮心
之味苦雙關人心之情苦，擬喻
亦出神入妙。"當年"兩句扣住
荷花盛開於夏日的特點，固然
精切不移，挪用於他卉不得；而
"春風"、"秋風"之影射對立的
政治派別，也靈動妥貼。

　　《離騷》創香草美人以譬君
子的比興手法，採用"香草——

君子"、"美人——君子"之分喻
並列形式；賀詞則爲"香草——
美人——君子"三重架構，三位
一體，象外成象，比中有比，在
繼承《離騷》的基礎上又有所新
變。

（鍾振振）

臺城游 （水調歌頭）

賀　鑄

南國本瀟灑，六代浸豪奢。臺城游冶，襞箋能賦屬宮娃。[①] 雲觀登臨清夏，璧月流連長夜，吟醉送年華。回首飛鴛瓦，却羨井中蛙。

訪烏衣，成白社，不容車。舊時王謝，堂前雙燕過誰家？樓外河橫斗掛，淮上潮平霜下，牆影落寒沙。商女篷窗罅，[②] 猶唱後庭花。

①襞 bì　②罅 xià

此詞爲北宋金陵懷古之佳作。開頭一筆帶過六代繁華競逐於金陵的史實，繼而鋪叙南朝風流天子陳後主如何驕奢淫逸，旋拈出隋軍破陳，後主挾張、孔二妃投井躲藏的狼狽情狀，給人以國莫亡於奢的深刻歷史教訓。過片更以昔日簪纓聚居之地今竟淪爲尋常百姓家的重大變遷，喚起讀者的興亡之感；又間入三句秋夜秦淮景色，渲染氣氛，極蕭瑟蒼凉之致；收拍運化唐人杜牧詩意，再度跌宕，借商女"猶唱後庭花"，傳歷史之遥遠回聲，餘韵裊裊，發人深思。全篇筆墨凝重而一氣呵成，叙史則點面兼及，抒感則情景相生。尤爲特出的是創爲平上去三聲通叶，别饒一種聲韵繁複的音樂美。

（鍾振振）

盧星堂

周志龍

青玉案

.........................賀　鑄

凌波不過橫塘路，
但目送、芳塵去。錦
瑟華年誰與度？月
橋花院，瑣窗朱戶，
只有春知處。
飛雲冉冉蘅皋暮，
彩筆新題斷腸句。
若問閒情都幾許？
一川煙草，滿城風
絮，梅子黃時雨！

　　一位綽約如仙的女郎，偶然經過姑蘇的橫塘路，却害苦了寓居此地的詞人賀鑄。

　　害得他極目遠送、望斷芳塵；害得他浮想連翩，認定她是深鎖花院、獨自傷春；更害得他直到暮雲四垂，還呆立在蘅蕪叢生的水曲。

　　但詞人到底是詞人，情到入痴，愁到斷腸，奇思妙想也匋然湧生。看他隨手指點身邊的暮春之景，便道盡了自己的閒情愁緒：那是煙花三月的遍地春草、彌望無際；那是滿城飄浮的風中柳絮、鋪天徹地；那是黃梅時節的霏霏細雨，霑衣惹帶，拂之不盡。能造得佳句如此，詞人便自詡爲夢筆生花的江郎，又有何愧色？

　　這位來去如鴻、姓名無考的女郎，却真立了大功一件——經她的纖腰一搦，便在張三影、紅杏尚書之後，又給詞史添了一個來自於詞人名句的雅號——賀梅子。

　　　　　　　　　　　（沈維藩）

156

伴雲來（天香）

............................賀　鑄

煙絡橫林，山沉遠照，邐迤黃昏鐘鼓。[1] 燭映簾櫳，蛩催機杼，[2] 共苦清秋風露。不眠思婦，齊應和、幾聲砧杵。[3] 驚動天涯倦宦，駸駸歲華行暮。[4] 當年酒狂自負，謂東君、以春相付。流浪征驂北道，[5] 客檣南浦。幽恨無人晤語。賴明月、曾知舊游處，好伴雲來，還將夢去。

① 邐迤 lǐ yǐ　② 蛩 qióng　杼 zhù　③ 砧 zhēn　杵 chǔ　④ 駸 qīn　⑤ 驂 cān

此詞寫游宦羈旅、悲秋懷人的落寞。點睛之筆在末三句。"美人邁兮音塵闕，隔千里兮共明月"，謝莊《月賦》將"明月"作爲一個被動、靜止、純客觀的中介物，使兩地相思之人從其清輝中得到千里如晤的精神慰藉；詞人却視"明月"爲具備感情和主觀行爲能力的良媒，真乃天外奇想，詞中傑構，藝術魅力似又在謝賦之上。全詞以健筆寫柔情，屬薌峭拔，與一般婉約詞的軟語旖旎大異其趣。賀氏本一弓刀武俠出身，故而即便是寫情詞也不免時時露出幾分英氣。

（鍾振振）

張强辛

李子侯

减字浣溪沙

............................賀　鑄

樓角初銷一縷霞，
淡黄楊柳暗棲鴉。
玉人和月摘梅花。
　　笑撚粉香歸洞
户，更垂簾幕護窗
紗。東風寒似夜來
些。

　　宋人胡仔專賞“淡黄楊柳”一句之寫景造微入妙，以爲全篇則不逮此。其實不然。起句以掃爲生，字面只述天邊一抹緋紅隱去，而長空暮色之紺青自可想見，難道不是佳句麼？第三句、人、月、花同其皎潔，天上之清輝、地下之素蕊，人中之玉肌交相映射，意境何其優美！且摘花而並花上之月光亦摘得之，構思何其穎妙！難道不是佳句麼？二句之美，絶不在“淡黄楊柳”句之下！上片已極工筆設色之能事，下片正不妨以淡墨寫意稍加調劑；上片既寫出玉人折梅之事態，下片正不妨循事理而引申，借垂簾護花之舉動、心思以見其愛梅之深情。故雖無警句可摘，然傳神之處正在阿堵中！美人之至美在其神，專以貌求，豈是真賞？

　　　　　　　　　（鍾振振）

六州歌頭

·············賀　鑄

少年俠氣，交結五都雄。肝膽洞，毛髮聳，立談中，死生同。一諾千金重，推翹勇，矜豪縱；輕蓋擁，聯飛鞚，[1] 斗城東。轟飲酒壚，春色浮寒甕，吸海垂虹。間呼鷹嗾犬，[2] 白羽摘雕弓，狡穴俄空。樂匆匆。　似黃粱夢，辭丹鳳，明月共，漾孤篷。官冗從，懷倥傯，[3] 落塵籠。簿書叢，鶡弁如雲衆，[4] 供粗用，忽奇功。笳鼓動，漁陽弄，思悲翁。<u>不請長纓，繫取天驕種，劍吼西風</u>。恨登山臨水，手寄七絃桐，目送歸鴻。

① 鞚 kòng　② 嗾 sǒu
③ 倥傯 kǒng zǒng
④ 鶡 hé　弁 biàn

　　宋元祐間，西夏黨項族軍隊兩度入侵，而宋王朝的執政大臣們却主張妥協，欲將部分西北要塞拱手相讓。當時遠在和州、身爲下級軍官的詞人，將自己報國欲死無戰場的一腔抑塞之氣，吐爲此詞，表達了廣大愛國軍人要求抗戰的強烈呼聲。在以輕音樂爲主的北宋詞壇上，這是一聲炸雷，爲南宋愛國詞派開了先河。全詞不但以筆力雄健警拔、神采飛揚騰矞見長，還創造性地通叶平上去三聲，連珠炮也似一押三十四韵，句短韵密，管急絃繁，誦之恰如天風海雨飄然而至，駭浪驚濤此伏彼起，激越的聲情在跳蕩的旋律中得到了完美的體現。豪放派詞人多不屑守律，而賀鑄雖作壯詞亦不嫌聲韵，甚且更加精嚴，熔蘇軾之豪邁與柳永之律呂於一爐，真可謂合金鑄劍，別有鋒芒！

（鍾振振）

辛寄七絃桐日送歸鴻　壁民

杜覺民

摸魚兒 東皋寓居①

晁補之

買陂塘、旋栽楊柳，② 依稀淮岸湘浦。

張強辛

東皋嘉雨新痕漲，沙嘴鷺來鷗聚。堪愛處，最好是、一川夜月光流渚。無人獨舞。任翠幄張天，柔茵藉地，酒盡未能去。　青綾被，莫憶金閨故步。儒冠曾把身誤。弓刀千騎成何事？荒了邵平瓜圃。君試覷，③滿青鏡、星星鬢影今如許！功名浪語。便似得班超，封侯萬里，歸計恐遲暮。

①皋 gāo　②陂 bēi　③覷 qù

宋代用《摸魚兒》這一詞牌創作的詞，最有名的也就兩闋，一闋是辛棄疾的"更能消、幾番風雨"，一闋便是晁補之的這首詞。前人謂晁詞為辛詞所本，細味之誠然。此詞上片寫景，池邊垂楊柳，沙灘聚鷗鷺，夜來明月流光，川渚生輝，頭頂蔭濃，腳下草軟，令人把酒賞玩不置。下片轉為志感，於是我們知道上片的景乃是詞人對歸隱之地的讚美。"儒冠多誤身"，宦海生是非，功名不足恃，當效邵平莫學班超，這便是詞人的感悟。你看這上片主景下片關情、上片白描下片用典的章法，是否與辛詞有幾分相似？至於那種清曠明暢的風格，我們分明可見其師蘇軾的影子。

（龐堅）

洞 仙 歌 泗州中秋作
························晁補之

青煙冪處,① 碧海飛
金鏡。永夜閒階卧
桂影。露涼時,零亂
多少寒螿,② 神京
遠,惟有藍橋路近。

水晶簾不下,
雲母屏開,冷浸佳
人淡脂粉。待都將
許多明,付與金尊,
投曉共流霞傾盡。

更攜取胡床上南樓,
看玉做人間, 素秋
千頃。

① 冪 mì　② 螿 jiāng

此詞是中秋觀月之作,當
與蘇軾《水調歌頭·明月幾時
有》、張孝祥《念奴嬌·洞庭青
草》二詞分鼎三足,並傳千古。
詞人之筆,從天上寫起,以"碧
海"擬蒼天,新穎可喜;一個
"飛"字,更極見夭矯之勢。接
着寫到人間:月影印階,寒蟬鳴
露,嘆京都路遠、憐明月光近。

下片再將筆鋒轉向天上。詞人
突發奇想要將無形的月光化作
有形之物傾入金尊, 待天曉共
朝霞一同飲盡。寫賞月這已到
極致,然詞人興致正濃,豪興正
盛,末了更將天上人間打成一
片,把月光籠罩的大地想像爲
玲瓏玉輪再造的晶瑩世界。全
詞無一句無月,骨秀神清,真乃
"冰魂玉魄,氣象萬千"(黃昇
語)。結尾兩句,更是今古艷傳。

(龐 堅)

張偉平

瑞龍吟

章臺路，還見褪粉梅梢，試花桃樹。愔愔坊陌人家，[1] 定巢燕子，歸來舊處。

黯凝佇。[2] 因念箇人痴小，乍窺門户。侵晨淺約宮黃，障風映袖，盈盈笑語。　前度劉郎重到，訪鄰尋里，同時歌舞。唯有舊家秋娘，聲價如故。吟箋賦筆，猶記燕臺句。知誰伴、名園露飲，東城閒步？事與孤鴻去。探春盡是，傷離意緒。官柳低金縷。歸騎晚，纖纖池塘飛雨。斷腸院落，一簾風絮。

① 愔 yīn　② 佇 zhù

尋訪舊妓，而伊人已杳，爲之悵然，這是宋詞中常見之題。而此篇在清真集中，獨被推爲壓卷，却是良有所以。

先是那人兒，乃乍窺游客、未識風情的小小嬌娘；那淺妝輕袖、清晨當風、痴痴嬌笑的天真模樣，決非競逐聲價的老成秋娘所能有，是爲可喜，是爲可憶。

再是那人兒的愛客，乃因他有李商隱的詩才，筆下有《燕臺》的妙句，絕非貪他的纏頭之資。是故，他們的脱帽露頂、歡飲無拘，他們的閒步傾談、知音莫違，才令他記憶良深，不能去懷。

唯因是如此的人兒、如此的相戀，尋訪不遇的詞人，才落得滿懷離緒，斷腸而歸。而他那初春垂柳之下、飛雨飄絮之中的落寞身影，也使後世讀者爲之而發的悵嘆，將倍於常篇。

（沈維藩）

傅家寶

浪淘沙慢

……………………………周邦彥

曉陰重，霜凋岸草，霧隱城堞。[1]南陌脂車待發，東門帳飲乍闋。[2]正拂面垂楊堪攬結，掩紅淚、玉手親折。念漢浦離鴻去何許，經時信音絕。　　情切。望中地遠天闊。向露冷風清無人處，耿耿寒漏咽。嗟萬事難忘，唯是輕別。翠尊未竭，憑斷雲、留取西樓殘月。　　羅帶光銷紋衾疊，[3]連環解、舊香頓歇。怨歌永、瓊壺敲盡缺。恨春去、不與人期，弄夜色，空餘滿地梨花雪。

①堞 dié　②闋 què　③衾 qīn

　　陰沉沉的霜霧之晨，悲悽悽的陌上離宴。美人強抑悲淚，玉手親折垂楊，贈我留別。自茲一去，信音全絕，令人每念，肝腸為斷。此篇懷人之作，詞人未言所別何人、為何而別，但觀此臨歧的慘涼之狀，便可知伊人在他心頭的地位何如。

　　因此，別來雖已經時，他還是時常極目翹望；到露冷風清之處，他還是悲淚難禁；別時是如此的殷殷難捨，他還是自責輕於離別。甚至樓頭獨酌，他還會寄語斷雲，痴想連翩。

　　痴想終無效果，他又轉而重覓舊物。但伊人的羅帶已不復生光、錦衾已皺摺層疊、香澤已消歇散盡，令他唯有悲歌不

已。欲在春夜下有所排遣吧，春卻也棄他而去，只遺下一地如雪梨花，供他對之悵惘而已……

　　最常見的離別之題，經詞人的多層鋪排、曲折盤旋，便有

了光景常新之感，周美成真不愧長調作手。

（沈維藩）

王　贊

王夢湖

浣溪沙

……………………周邦彥

樓上晴天碧四垂，
樓前芳草接天涯。
勸君莫上最高梯。

　　新笋已成堂下
竹，落花都上燕巢
泥。忍聽林表杜鵑
啼。

　　登樓遠眺，碧天垂至地平，芳草遙接天涯。景象是如此的高曠深長，詞人却不想再攀上樓的最高處。何以不想？是怕惹起他更悠長的鄉思，還是怕鄉思起了却無以排遣，更添憂愁？不曾説。

　　下樓近看，幼笋已長成修竹，落花已零落成泥。雖是一長一消，却都在告訴他韶光已逝、歲月已老。此時，林外的杜鵑也啼起了“不如歸去”，似與堂竹燕泥的無言作證相呼應，詞人却不忍去傾聽。何以不忍？是怕動起他久抑的歸心，還是怕有歸心而無歸所，徒增悲懷？不曾説。

　　不曾説，故更覺冷雋。更冷雋，故更覺深婉，更包籠無限。

　　　　　　　　（康　橋）

滿庭芳 夏日溧水無想山作

……………………周邦彥

風老鶯雛，雨肥梅子，午陰嘉樹清圓。地卑山近，衣潤費爐煙。人靜烏鳶自樂，① 小橋外、新綠濺濺。② 憑闌久，黃蘆苦竹，疑泛九江船。　　年年，如社燕，飄流瀚海，來寄修椽。③ 且莫思身外，長近尊前。憔悴江南倦客，不堪聽急管繁絃。歌筵畔，先安簟枕，④ 容我醉時眠。

①鳶 yuān　②濺 jiān
③椽 chuán　④簟 diàn

　　春末夏初，似乎是一年中最能"發育"萬物的時節。你看那雛鶯幾乎是一天變一個樣，在風中長大了，梅子則吸足了雨水，結得肥嫩而又碩大，窗外的大樹青翠欲滴、團團如蓋，橋下的流水也奔瀉得愈發歡快。但是，對照自然界的欣欣向榮，再返觀自身如社燕般的到處飄泊，詞人的心就煩躁地騷動了起來——身在這地卑山近的溧水縣衙，豈不就像當年白居易貶居九江的情景？於是，他就只能效學杜甫和陶淵明的辦法，借酒驅愁，對客醉眠，讓一切的煩悶和抑鬱盡在那醉醺醺的夢境中得到排遣。

（楊海明）

邱陶峰

165

劉旦宅

蘇幕遮

·····················周邦彥

燎沉香，消溽暑。①
鳥雀呼晴，侵曉窺
檐語。葉上初陽乾
宿雨，水面清圓，一
一風荷舉。　　故
鄉遙，何日去？家
住吳門，久作長安
旅。五月漁郎相憶
否？小楫輕舟，②夢
入芙蓉浦。

①溽 rù　②楫 jí

　　每一個人都有故鄉。鄉思，
是人們心中永遠解不開的情結。

　　這不，一個雨後初晴的夏
天早晨，詞人步出戶外，忽地看
見初日照耀之下圓潤的荷葉綠
淨如拭，那亭亭玉立的荷花更
在曉風的吹拂之下，一一顫動
起來，這道風景顯得多麼亮
麗！他不由想到故鄉吳地的
“十里荷花”，此時想必更加嫣
然可愛，但可惜自己久住京師，
無緣再親她的芳澤。惆悵之餘，
唯能把一腔鄉思交託給夢境，
希冀能在那甜蜜而帶憂傷的睡
夢中，駕一葉扁舟，馳入美麗如
畫的故鄉荷塘月色之中。

（楊海明）

少年游

·····························周邦彦

并刀如水，吴鹽勝
雪，纖手破新橙。錦
幄初温，①獸煙不
斷，相對坐調笙。

　低聲問：向誰行
宿？城上已三更。
馬滑霜濃，不如休
去，直是少人行。

①幄 wò

　冬天，寒夜，户外的北風吹
得行人直打顫兒。可是室内的
氣氛却温馨如春。一把小刀，一
撮細鹽，一雙柔白的纖手輕巧
地剖開一隻隻新橙，這三個特
寫鏡頭的叠現告訴人們：多情
的女主人正在殷勤地招待客人。
接着，錦幃展開，一對男女的側
影映現在裊裊的爐煙和熒熒的
燭光之中，一個調笙，一個静
聽，其情調是多麽地纏綿悱惻。
過了不知多久，畫面上的女子
終於開口説話了。她先是低聲
問道：你今晚到哪裏住宿？見
那男子沉吟不語，她又進而叮
囑：時光不早，城頭已打三更
了。外面路滑霜濃，馬要打滑，
我看你就不要走吧。詞情到此
結束了，但故事的結局，聰明的
讀者一定猜想到了吧。

　　　　　　　　（楊海明）

王有政

唐逸覽

水龍吟 梨花

周邦彦

素肌應怯餘寒，艷陽占立青蕪地。樊川照日，靈關遮路，殘紅斂避。傳火樓臺，妒花風雨，長門深閉。亞簾櫳半濕，①一枝在手，偏勾引、黃昏淚。　別有風前月底，布繁英，滿園歌吹。朱鉛退盡，潘妃却酒，昭君乍起。雪浪翻空，粉裳縞夜，②不成春意。恨玉容不見，瓊英謾好，與何人比？

①櫳 lóng　②縞 gǎo

　　未嘗不畏怯晚春的餘寒，但素肌勝雪的梨花，却亭亭玉立於艷陽之下，芳草地上，獨自送春。而同樣號稱雪浪粉裳的李花，此時已與桃紅一起，隨春而逝。即此一節，梨花便非桃李能及——雖說它也能與桃李結伴、黃昏帶雨，枝垂簾櫳，引人清淚。

　　梨花也有不遜於桃李的輝煌：北至長安樊川，南及滇中靈關，它都映日遮路，盛容驕人；至於明皇聚子弟歌吹於梨園，更是它千載一時的佳話——雖說它的素性，原是無意於繁華。

　　以梨花的素潔，豈可不擬之於美人：日暮傳燭的寒食時節，它是凄風苦雨中掩門惜花的陳阿嬌；白晢的潘妃若辭酒不飲，那顏色便是它的傳神寫照；昭君雖出塞不返，琴歌中猶不忘梨葉萋萋；至於寂寞淚闌的太真仙子，更惟有梨花帶雨的美喻當得起——雖說美人均已塵土，令詞人慨嘆"與何人比"。

　　無人能比，却有人能知。不然，這辭美意遠的梨花頌曲，又何以出自詞人之手？

（沈維藩）

六 醜 薔薇謝後作

................周邦彦

正單衣試酒，悵客裏光陰虛擲。願春暫留，春歸如過翼，一去無跡。爲問花何在？夜來風雨，葬楚宮傾國。釵鈿墮處遺香澤，[1]亂點桃蹊，輕翻柳陌。多情爲誰追惜？但蜂媒蝶使，時叩窗槅。[2]

東園岑寂，[3]漸蒙籠暗碧。静繞珍叢底，成嘆息。長條故惹行客，似牽衣待話，別情無極。殘英小，强簪巾幘。[4]終不似、一朵釵頭顫裊，向人欹側。[5]漂流處，莫趁潮汐。恐斷紅尚有相思字，何由見得。

① 鈿 tián　② 槅 gé　③ 岑 cén
④ 簪 zān　⑤ 幘 zé　⑤ 欹 qī

此篇殆爲周邦彦提舉大晟府後所作。時詞人技藝，已臻純青，故不憚處處犯險，以極美、極難自課，自度此千古詠物名曲。

客裏惟春爲伴，而春又去如過鳥，了無踪跡，欲求暫留，亦不可得——數句不過交待問花之由來，而愁已千轉、腸已百迴矣。

風雨送春，一夜花盡。柳下桃蹊，隨處墜片零亂，如宮娃葬後，一地釵鈿粉澤——詞至此，

猶爲詞客於蜂蝶叩窗報訊時之懸想，然已傷心慘目、魂奪神摇矣。

荒園赴弔，惟對碧葉殘絲，悵然嘆息。然詞客多情，又別有懷抱：長條牽衣，便知其故惹人，欲説別情；殘英簪巾，翻憐其生小怯弱、難傍美人。客之憐花，愴意良深；花若解語，亦可無憾——詞至此，似已言意兩盡矣。

而詞人又奇思突起，寄語殘紅：相思勿誤，當有題詞贈我；我情無極，莫隨流水天涯——一結姿態橫空，餘響真可渺焉遐空矣。

此詞相傳聲調亦美，然今已無考。惟其字句之頓挫轉折、華美精深，後之作手，亦難追武矣。

（沈維藩）

施永成

吳玉梅

席。梨花榆火催寒食。愁一箭風快，半篙波暖，回頭迢遞便數驛。望人在天北。　悽惻，恨堆積！漸別浦縈迴，津堠岑寂，①斜陽冉冉春無極。念月榭攜手，露橋聞笛。沉思前事，似夢裏，淚暗滴。

①堠 hòu　岑 cén

告別汴京之作。詞題爲"柳"，便寓別情。汴河隋堤兩岸，柳樹成行，柳絲飄拂，柳綿亂飛，古今多少人折柳送客，而今輪到送自己。京華冠蓋雲集，既令人厭倦，又讓人難捨。

行前遍看舊時踪跡，不覺行期亦已到來，在寒食前夕，舉行餞宴。席間曲奏陽關，燈燭閃爍的情景，令人難以忘懷。照理說趕路越快越好，却愁一箭風快，回頭之間，便過數驛，原來"美人如花隔雲端"呵。

行漸遠，恨堆積，一路說不盡的迂迴寂寞。夕陽無限好，春天還没完，好叫人又想起月榭攜手，露橋聞笛，種種前事來。想着想着，淚水上來了，只好背着人偷偷地滴了。

既然離別是如此痛苦，又不能留，必有不得已的理由。難怪宋人傳說道：這首詞是作者爲與李師師相好，得罪了宋徽宗，被逐出都門，與李師師告別之作。

（周嘯天）

蘭陵王 柳

............周邦彥

柳陰直，煙裏絲絲弄碧。隋堤上、曾見幾番　拂水飄綿送行色。登臨望故國，誰識、京華倦客？長亭路，年去歲來，應折柔條過千尺。

閒尋舊踪跡，又酒趁哀絃，燈照離

西河 金陵

.......................周邦彥

佳麗地，南朝盛事誰記？山圍故國繞清江，髻鬟對起。怒濤寂寞打孤城，風檣遥度天際。
斷崖樹，猶倒倚。莫愁艇子曾繫。空餘舊跡鬱蒼蒼，霧沉半壘。夜深月過女墻來，傷心東望淮水。　酒旗戲鼓甚處市？想依稀、王謝鄰里。燕子不知何世。入尋常、巷陌人家，相對如說興亡，斜陽裏。

《西河》寫興亡之感。周邦彥生當北宋末世，深懷隱憂，而噤不敢發。故借金陵之滄桑，寓當下之隱憂。詞分三叠，反覆致慨，但絕非故作搖曳，乃所以提醒讀者。

清清江水，繞行山周，青山環抱金陵，宛如佳人髻鬟對起，山水依然無恙。長江潮起潮落，依舊拍打石頭城；風檣帆影片片，依舊點綴水天之際。唯有南朝盛事，金粉佳麗，都歸於寂寞，無人記憶，良足感慨。

上闋是概言山川，中闋則細看城下。斷崖老樹猶在，曾繫莫愁艇子，然當年風流，早已雲散。鬱鬱蒼蒼的山形，霧氣沉沉中的殘垣敗壘，似在訴說昔日的虎踞龍盤，如今已是虛設。夜深時，唯有明月照在秦淮河上，

趙　豫

徘徊而過舊時城墻。月如有情，亦自傷心。

當年的秦淮河，酒旗戲鼓，佳麗如雲，而今安在哉？遙想烏衣巷裏，王謝子弟，比鄰而居，文酒高會，何其盛也？而今，"舊時王謝堂前燕，飛入尋常百姓家"。唯有一雙燕子，似不知今是何世，相對呢喃，如說興亡，於斜陽返照裏。

（鄧小軍）

周志龍

蝶戀花

......................周邦彥

月皎驚烏棲不定，
更漏將殘，轆轤牽
金井。**喚起兩眸清
烱烱，**^①**淚花落枕紅
綿冷。** 執手霜
風吹鬢影，去意徊
徨，別語愁難聽。樓
上闌干橫斗柄，
露寒人遠雞相應。

①烱 jiǒng

這是一首寫閨中戀別的小
詞，細膩深婉，曲盡人情。

上片寫別夜的依戀。棲烏、
殘漏、轆轤，都是離人枕上所
聞。"喚起"的剎那，不是睡眼
惺忪，而是"兩眸烱烱"，說明
她一直沒有入睡；"喚起"的往
事，都是美好的情景，是她永遠
也忘不了的。所以"淚花"如雨，
連枕芯都濕透了。語少意多，回
味無窮。

下片寫別後的情懷。兩情
繾綣，終須一別。霜風中他們握
別了。那留戀的情意，那叮嚀的
祝福，更增添了她的愁緒。等她
回到樓上，已是星斗闌干、霜風
淒緊、村雞亂叫的黎明了，而她
心上的人已經走遠了，這就使
她倍感孤獨，倍覺淒涼。意匠之
巧，傷感之深，正是美成此類詞
的藝術特色。

(羊春秋)

172

江神子

…………………謝　逸

杏花村館酒旗風，
水溶溶，颺殘紅。①
野渡舟横，楊柳綠
陰濃。望斷江南山
色遠，人不見，草連
空。　　夕陽樓外
晚煙籠，粉香融，淡
眉峰。記得年時，相
見畫屏中。只有關
山今夜月，千里外，
素光同。

①颺 yáng

　　"獨在異鄉爲異客"，所思
除鄉里親友之外，便是情侶了，
此詞正抒發了游子的這一番眷
懷之情。首句"杏花村館酒旗
風"，出於杜牧《清明》詩句："借
問酒家何處有，牧童遥指杏花
村。"小杜的第二句"路上行人
欲斷魂"也是詞人的借意所在，
下面四句以景色作鋪墊之後，
詞人便抒發了望斷遠山人不見
的憂愁。"昔我往矣，楊柳依
依"，今對濃蔭，頓陷苦思，他
回憶起温馨的往事，不由百感
交集。一結既遠借謝莊《月賦》
"美人邁兮音塵絶，隔千里兮共
明月"，又近取蘇軾《水調歌頭》
"但願人長久，千里共嬋娟"，妙
在悵惘而不頹喪，有疏儁之氣
而無俗艷之態。

　　　　　　　　　(龐　堅)

陸一飛

唐逸覽

漢宮春 梅

…………………………晁冲之

瀟灑江梅，向竹梢稀處，橫兩三枝。東君也不愛惜，雪壓風欺。無情燕子，怕春寒、輕失花期。惟是有、南來歸雁，年年長見開時。

清淺小溪如練，問玉堂何似，茅舍疏籬？傷心故人去後，冷落新詩。微雲淡月，對孤芳、分付他誰。空自倚、清香未減，風流不在人知。

這裏所寫的梅花，不是"白玉堂前一樹梅"、栽植於富貴人家的梅花，而是長在茅舍疏籬、"向竹梢稀處，橫兩三枝"的野梅。它寂寞得很，就連燕子都不肯與它親近；它又艱難得很，無情的風雪經常向它施加淫威。可它却就是耐得住寂寞、經得起摧殘。你看它在清如白練的小溪旁，疏影橫斜，清香依舊。"風流不在人知"，這正是它的骨格精神。難怪詞人詩興大發，要在林和靖之後，再爲梅花寫下這首贊歌。

(楊海明)

174

惜分飛 富陽僧舍作別語

贈妓瓊芳

································毛　滂

淚濕闌干花著露，^①
愁到眉峰碧聚。此
恨平分取，更無言
語空相覷。^②　斷
雨殘雲無意緒，寂
寞朝朝暮暮。今夜
山深處，斷魂分付
潮回去。

①著 zhuó　②覷 qù

　　宦游的詞人卸官於杭州，
多情的歌妓相送到富陽。都知
道終有一別，可又都知道這一
別之後，從此斷鴻零燕，再無會
期。於是，珠淚滴濕了欄杆，如
嬌花帶露；凝愁堆上了眉黛，似
翠峰聚碧。一層深重的別恨，分
壓在兩顆棲愴的心上，令他們
到了臨歧之際，竟唯有淚眼相
看，再無一語可發！

　　昔日的襄王神女，曾有過
朝雲暮雨的高唐歡會；可他倆
的霧水之戀，却落到了行將雲
散雨收、歸於永寂的地步。絕望
的詞人，唯有舉目蒼天，望斷殘
雲，直望到杳遠的山深處：那
裏，是他今夜的凄涼獨宿處；那
時，只有他傷感的精魂，才能隨
着晚潮，追回到她的身邊！

　　詞中所錄，乃是詞人的親
歷和心語，故語雖淺近，却如花
上鮮露，晶瑩動人，千古如新。

　　　　　　　　　(沈維藩)

吳　聲

周志龍

卜算子

..........................徐　俯

天生百種愁，掛在
斜陽樹。綠葉陰陰
自得春，草滿鶯啼
處。　　不見凌波
步，空憶如簧語。柳
外重重叠叠山，遮
不斷、愁來路。

　　愁本無形，詞人却使之有
形，如斜陽下的煙靄，掛在他
目眺所極的遠山樹頭——詞的

首二句，起得妙甚。綠葉陰陰、
草滿鶯啼，舉目之間，絕無惹愁
處；然葉也、草也、鶯也，皆欣
欣自得，全不顧我之愁懷，此正
是最惹愁處——詞的次二句，
承得也巧甚。

　　但詞人的狀愁之妙，尚不
止此。至過片方知，他的愁因，
乃是與一體態輕盈、語音嬌媚
的女郎的分攜。唯因伊人已杳
不可見，那擋住他視綫的遠山
煙靄，便化作了無窮閒愁。剛
才，它還掛在樹梢，轉眼之間，

它已如波起雲湧，直奔詞人而
來，縱有重重叠叠的羣山爲阻，
也遮攔不住它的奔湧之勢……

　　到此，愁非但有形，甚而能
行矣。奇思妙想，非多愁善感之
天生情種，不能出此。

（沈維藩）

176

水調歌頭

..........................葉夢得

秋色漸將晚，霜信報黃花。小窗低戶深映，微路繞欹斜。①為問山翁何事，坐看流年輕度，拚却鬢雙華。徙倚望滄海，②天净水明霞。

念平昔，空飄蕩，遍天涯。歸來三徑重掃，松竹本吾家。却恨悲風時起，冉冉雲間新雁，邊馬怨胡笳。誰似東山老，談笑静胡沙！

①欹 qī ②倚 xǐ

這是傳統士人常見的矛盾心態：既有山林高隱的向往，又有國家興亡的關懷。

你看，在詞人面前，一方面是滄海林澤，雲霞明滅，松竹蒼翠，曲徑幽寂──那裏有身心的自由逍遥；一方面是聲聲入耳的邊塞風號，雲間雁鳴，戰馬長嘶，胡笳哀唱──那裏有抗敵復土的鏖戰……

他多麽歆羨那"東山高卧時起來"、"為君談笑静胡沙"的東晉風流宰相謝安，既能"獨善"，又能"兼濟"。

因為他終難忘懷天下。

(蕭華榮)

宋玉麔

吳 聲

虞美人 雨後同幹譽、才卿置酒來禽花下作

································· 葉夢得

落花已作風前舞，又送黃昏雨。曉來庭院半殘紅，惟有游絲千丈罥晴空。①

殷勤花下同攜手，更盡杯中酒。美人不用斂蛾眉，我亦多情無奈酒闌時。

①罥 juàn

又是落花風雨的傷春時節，可在詞人眼中，落花也非只有一味的淒惋。它們似乎不是被風吹落，却是因風起舞，連黃昏時收起的苦雨，也像是給它們催送而去的。到了天曉，飛花自然終歸要匍匐於庭院，可往日老是無力墜地的柳絮，此刻却高掛於千丈晴空，便似是昨夜花舞後留下的影子。

深受感染的詞人，熱心地拉來友人，置酒於來禽（林檎）花下。他們在借酒銷愁，爲了落花的終歸塵土；他們却也舉杯滿飲，爲了落花曾有過的凌雲健意。多情才人的忽憂忽喜，侍酒的美人自是凝眉不解，可無奈已到了酒殘人醉之時，這滿懷曲衷也無暇給她們細說了。

人言此詞風格高騫，極似蘇軾。誠然也。在花落春殘時能作豪語痛飲，詞人這番以勁健出纏綿的情懷，與東坡在懷人之夕把酒問青天、在弔古之夜唱大江東去，真如出一轍。

（康 橋）

卓鶴君

喜遷鶯 曉行

............................劉一止

曉光催角。聽宿鳥未驚，鄰雞先覺。迤邐煙村，①馬嘶人起，殘月尚穿林薄。淚痕帶霜微凝，酒力衝寒猶弱。嘆倦客、悄不禁重染，風塵京洛。　追念人別後，心事萬重，難覓孤鴻託。翠幌嬌深，②曲屏香暖，爭念歲寒飄泊。怨月恨花煩惱，不是不曾經著。③這情味，望一成消減，新來還惡。

①迤邐 yǐ lǐ　②幌 huǎng
③著 zhe

　　拂曉，角聲。鳥巢尚無聲息，晨雞啼聲却時有所聞。詞人騎馬上路，經過幾許村莊，殘月透過長林，隱約可見。他臉帶惜別傷感的淚痕，儘管已喝過酒，還是覺得寒冷。此次歲暮進京，他很不情願。想起陸機"京洛多風塵，素衣化爲緇"的話頭，更添了對風塵濁地的厭惡。

　　途中心事萬重，無可告訴，想念家人，又恨音信難通。家是多麼溫暖，妻子多善解人意，誰願歲寒飄泊在外呢？

　　最讓他煩惱的是，無法拋開煩惱。所以他抱怨道：這種怨天尤人的心情，又不是沒有經歷過，這種鬱抑情味，本指望漸漸減輕，誰知道非但沒有減輕，近來還反而加重。

　　本篇借曉行寫倦於宦游的心情，表現了詞人對幸福平安生活的渴求。

　（周嘯天）

孫永

點絳唇

......................汪藻

新月娟娟，夜寒江靜山銜斗。起來搔首，梅影橫窗瘦。

好個霜天，閒却傳杯手。君知否？亂鴉啼後，歸興濃於酒。

作者爲官泉州，官場很不得意，時得調令遷宣州，便寫下了這首詞。

冬夜，天上一彎新月，地下江靜無聲，山頭北斗橫斜。詞人睡不着，看着映在窗紙上的梅樹的影子，且搔首且靜思。

"好個霜天"——霜天何以好？好在接到調令，再用不着出席官場的宴會、傳杯應酬了。好在不用理會小人們的謠言中傷，就權當它亂鴉聒噪一陣罷了。好在赴任之前，可以歸家探視親人了。

即興爲詞，深有寄託，雖小却好。

（周嘯天）

菩薩蠻

························陳　克

綠蕪墻繞青苔院，
中庭日淡芭蕉捲。
蝴蝶上階飛，烘簾
自在垂。　玉鈎
雙語燕，寶甃楊花
轉。①幾處簸錢聲，
綠窗春睡輕。

①甃 zhòu

　　墻上爬滿綠蕪，院裏不少
青苔，有"花徑不曾緣客掃"的
意味。春日可愛，淡淡的光綫不
像夏日那麼强烈，芭蕉的芳心
尚未被東風吹展。蝴蝶上階飛，
可見走廊無人。簾兒自在垂，可
見主人未起。楊花落地無聲，燕
語呢喃輕軟，更添小院之靜意。

　　前六句一層深一層，寫足
庭院靜穆，使人心清。再寫綠窗
春睡，無須著意，幽趣自佳。作
者卻不滿足於此，獨出新意，於
靜中寫出"幾處簸錢聲"：不知
誰家女兒在作簸錢之戲，發出
輕微聲響，以響襯靜，愈見其
靜，於綠窗春睡尤覺相宜。

　　全詞充溢着閒適自得的情
趣。若無前六句襯托，詞境固難
深細。若無後二句的點睛，則詞
境必不精彩。

　　　　　　　　　(周嘯天)

鄭惠康

好事近 漁父詞

··························朱敦儒

摇首出紅塵，醒醉
更無時節。活計緑
蓑青笠，^① 慣披霜
衝雪。　晚來風定
釣絲閑，上下是新
月。千里水天　色，
看孤鴻明滅。

①蓑 suō

　　作者曾長期寓居嘉禾，過
着一種放浪形骸的自由生活。
那裏有湖山之勝，唐代的"煙波

釣徒"張志和曾在此留下足跡。
告別了喧囂的紅塵、擺脫了名
繮利鎖的束縛，醉醒醒醉，一任
神行，詞人成了一名快活的漁
父，然而他志不在魚，所向往的
是浪跡江湖、獨釣江天的自由
生活。"千里水天一色，看孤鴻
明滅"，這可入畫的詞句，皴染
出一幅寒江獨釣圖，正是詞人
"天姿曠遠，有神仙風致"(《花
庵詞選》贊作者語) 的形象寫
照。

(祝振玉)

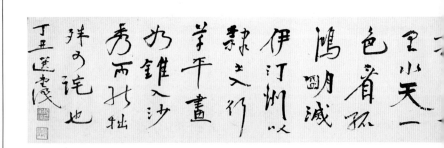

摇首出红
塵醒醉
更無時節
生計孤
襄青箬
慣披霜
衡雪晚
來風定
釣其間

饒宗頤

相見歡

苗重安

相見歡

......................朱敦儒

金陵城上西樓，倚清秋。萬里夕陽垂地大江流。　　中原亂，簪纓散，① 幾時收？試倩悲風吹淚過揚州。

① 簪 zān

　　在一個蕭瑟的清秋，詞人登上金陵城西的高樓，但見殷紅的夕陽染遍天空、灑滿大地，浩浩長江在一派暮色中默默東流。此時的詞人，絕非在吟賞煙霞、詠懷古跡，而在為中原板蕩、朝廷潰散痛心疾首，他急切盼望收復失地，但一介書生不諳兵馬，唯有一掬傷時之淚，灑向江天，讓嗚嗚的悲風吹過揚州，寄託他對故土的眷念……

　　風景不殊，舉目有山河之異！看來，北宋淪亡的現實，使他再沒有心思做"且插梅花醉洛陽"（《鷓鴣天》）的"山水郎"了！

（祝振玉）

鷓鴣天 ①

....................——周紫芝

一點殘紅欲盡時，
乍涼秋氣滿屏幃。
梧桐葉上三更雨，
葉葉聲聲是別離。

調寶瑟，撥金
猊。② 那時同唱鷓鴣
詞。如今風雨西樓
夜，不聽清歌也淚
垂。

①鷓鴣 zhè gū　②猊 ní

　　全詞寫秋夜懷人。上片寫
乍涼未寒，一派淒涼的氛圍中，
詞人守着一盞將滅的孤燈，聽
雨打梧桐，一葉葉，一聲聲，喚
起了滿腹離愁。不寫人，而人呼
之欲出；不寫愁，而愁見於言
外。下片以强烈的對比，寫昔聚
今散，昔樂今愁的情景：昔日彈
琴，焚香，同唱愛情的曲子，何
等歡樂，何等温馨！如今獨處西
樓，面對着無情風雨，隔着窗兒
滴在梧桐上，又是何等的孤獨，
何等的淒涼。撫今追昔，自然要
傷感，要淚垂了。全詞述事抒
懷，情深意摯，真切感人。

(羊春秋)

郎承文

185

燕山亭 北行見杏花

……………………………*趙 佶*

裁剪冰綃，輕疊數重，淡著胭脂勻注。新樣靚妝，[1] 艷溢香融，羞殺蕊珠宮女。易得凋零，更多少無情風雨。愁苦。問院落淒涼，幾番春暮。　憑寄離恨重重，這雙燕，何曾會人言語。天遙地遠，萬水千山，知他故宮何處。怎不思量，除夢裏有時曾去。無據。和夢也新來不做。

①靚 jing

宋徽宗荒淫失政，以九五之尊，受臣奴之大辱，生活中的巨大反差，使他百感交集，寫下了這首血淚交融的詞。

上片以細膩的筆觸，寫杏花像裁剪的白綢，疊成重重的花瓣，然後勻勻地染上淡淡的胭脂，就連“蕊珠宮女”見了，也要自慚形穢的。忽然筆勢陡轉，那光彩照人、芳香撲鼻的杏花，遭到“無情風雨”的摧殘，一下就零落成塵了。這是憐杏，更是自憐；是傷花，更是自傷。

下片直寫自己的哀感悲憤。他想託南去的雙燕捎個信兒，傾訴重重的離恨，可燕兒不懂人語；他想在夢中重游故國，可新來連夢也不做了。真可謂愁腸百結，哀音千轉，愈轉愈深，愈深愈難以爲懷。若掩去昏君的姓名，只當作懷念故國之作來讀，自能令人哽咽悽愴，不忍卒讀。

（羊春秋）

江　宏

點絳唇

..........................李清照

蹴罷秋千，[1] 起來慵
整纖纖手。露濃花
瘦，薄汗輕衣透。

　見客入來，襪剗
金釵溜。[2] 和羞走，
倚門回首，却把青
梅嗅。

①蹴 cù　②剗 chǎn

　春日，清晨，花園内。綠楊
掩映着秋千架，架上繩索還在
悠悠地晃動。年輕的女詞人剛
剛蕩完秋千，兩手有氣無力，懶
懶地下垂。在她身旁，瘦瘦的花
枝上掛着晶瑩的露珠；在她身
上，涔涔香汗滲透着薄薄的羅
衣。花與人相襯，顯得格外的嬌
美。

　驀然間，進來一位客人。她
猝不及防，抽身便走，連鞋子也
來不及穿上；頭髮蓬鬆，連金
釵也滑落下來。客人是誰？詞
中未作正面描寫，但從詞人的
反應中可以知道，他定是位風
度翩翩的少年。詞人走到門口，
又强按心頭的激動，回眸偷覷
那位客人的丰姿。爲了掩飾自
己的失態，她嗅着青梅，邊嗅邊
看，嬌羞怯怯，昵人無那。

　此詞雖化用韓偓"見客入
來和笑走，手搓梅子映中門"詩
句，然以"羞"字易"笑"字，
便有輕浮放肆與矜持含蓄之別，
可謂青出於藍而勝於藍。

（徐培均）

郭全忠

漁家傲

························· 李清照

天接雲濤連曉霧，
星河欲轉千帆舞。
仿佛夢魂歸帝所。
聞天語，殷勤問我
歸何處？　我報路
長嗟日暮，學詩謾
有驚人句。九萬里
風鵬正舉。風休住，
蓬舟吹取三山去！

　　南渡以後，詞人曾從海上
航行去溫州、紹興，歷經風濤之
險。詞所寫雖爲夢境，但確是其
海上生活的真實感受。

　　東海上，白浪滔天、大霧濛
濛。船兒在浪峰波谷中顛簸，抬
眼望，銀河似要倒轉過來；向前
看，無數船帆在風中飛舞。詞人
仿佛進入夢幻的境界，朦朧中
聽到了天帝親切的問候。可拿
什麼去回答天帝呢？她已經歷
了漫漫長途，暮年也冉冉將至。
雖然勉力學詩，也曾有佳什秀
句，可當此國破家亡之際，造語
驚人已非她所願。她只願化身
爲扶搖九萬里的大鵬，只想大
聲叱喝風兒，快把她的船吹向
海上仙山、送往更高遠的境
界！

　　身爲女子、在現實中難展
抱負的詞人，終於在海濤的催
激下噴吐了她胸中的鬱勃之氣，
也揭開了她"婉約"面紗之下的
豪放雄俊的真面目。

　　　　　　　　　　(徐培均)

毛國倫

误入藕花深处 李清照词意 李春海画

李春海

如夢令

·················· 李清照

常記溪亭日暮，沉
醉不知歸路。興盡
晚回舟，誤入藕花
深處。爭渡，爭渡，
驚起一灘鷗鷺。

這是一組常常出現在詞人
記憶中的鏡頭：紅日西沉、晚霞
映照着溪亭，玩了一天的游人

漸漸歸去，獨有年少的詞人依
依不捨，流連忘返。是剛飲過美
酒，酒意未消？是景色宜人，惹
她陶醉？她游玩興盡方駕回舟。
湖上嬌艷的荷花向她綻開笑靨，
輕柔的晚風推着她的船兒。她
情不自禁地蕩起雙槳，往前划
去。划呀、划呀，竟不知不覺誤
入荷花深處，進也不能，退也不
是，怎麼辦？她用足力氣，"爭
渡，爭渡"。驀然間，響起一陣

撲簌簌的聲音，原來沙灘上的
沙鷗和白鷺被她驚飛了。

全詞截取整個游程最後一
個片段，僅用三十三字，便將環
境氣氛、人物的心理和動作，有
聲有色地描繪出來，言簡意賅，
情景交融。結句以動襯靜，更使
畫面生動活潑，洋溢着青春的
朝氣。

（徐培均）

張培成

如夢令

························· 李清照

昨夜雨疏風驟，濃睡不消殘酒。試問捲簾人，却道海棠依舊。知否，知否？應是綠肥紅瘦！

　　小詞篇幅短，容量小，但工於詞者却能於短幅中藏無限曲折，一層深入一層，含有無窮意蘊。此詞共三十三字，既寫了雨疏風驟的昨夜，又寫了醉酒後的濃睡，更寫了女主人與侍女的對話，"一問極有情，答以'依舊'，答得極淡，跌出'知否'二句來"（《蓼園詞選》），於是，深閨少婦的傷春惜別情懷，小丫環天真無邪的神態，栩栩然如在目前。特別是"綠肥紅瘦"一句，警動千古，它不僅摹寫了風雨之後自然界的變化，也透露了女主人紅顏易老的哀感，真是"無限悽婉，却又妙在含蓄"（《蓼園詞選》）。

（徐培均）

鳳凰臺上憶吹簫

............李清照

香冷金猊，[①] 被翻紅
浪，起來慵自梳頭。
任寶奩塵滿，[②] 日上
簾鈎。生怕離懷別
苦，多少事、欲說還
休。<u>新來瘦，非干病
酒，不是悲秋。</u>

休休！這回去也，千
萬遍陽關，也則難
留。念武陵人遠，煙
鎖秦樓。惟有樓前
流水，應念我、終日
凝眸。凝眸處，從今
又添，一段新愁。

①猊 ní　②奩 lián

　　一般寫離情，總是着重寫
別時如何難分難捨，此詞則截
取別前別後兩個橫斷面。別前
詞人神情慵怠，懶於梳妝，表達
了害怕離別的心態。中間進行
大幅度跳躍，過渡到別後。此時
丈夫趙明誠遠去，詞人被重重
煙霧所封鎖，天天倚樓凝望樓
前流水，覺得流水也對她的離
懷別苦表示同情和憐憫。前人
認爲這是痴語，實爲情深之語。
她的心情無人理解，唯有樓前
流水印下她鍾情凝望的眼神。
流水本是無知之物，此時却被
擬人化了，今人亦謂之"通感"。
詞人正是運用這些手法，刻畫
了一位思婦的形象。

　　　　　　　　　(徐培均)

李　覺

191

一剪梅

·····························李清照

紅藕香殘玉簟秋，[①]
輕解羅裳，獨上蘭
舟。雲中誰寄錦書
來？雁字回時，月滿
西樓。　　花自飄
零水自流。一種相
思，兩處閒愁。此情
無計可消除，才下
眉頭，却上心頭。

①簟 diàn

　　此詞最精彩的是歇拍："此
情無計可消除，才下眉頭，却上
心頭。"清人王士禛認爲這三句
是從范仲淹"都來此事，眉間心
上，無計相迴避"詞句變化而
來；而明人俞仲茅小詞"輪到相
思沒處辭，眉間露一絲"，又是
盜用這三句。相比起來，范詞較
平實，李詞較靈動，她以"眉
頭"、"心頭"對舉，以"才下"、
"却上"相應，便形成一條動蕩
起伏的感情流波。然而紅花需
有綠葉相扶，沒有前文的鋪墊
烘托，這三句也不可能如此精
彩。

(徐培均)

戴敦邦

192

張立柱

醉花陰

························李清照

薄霧濃雲愁永晝，
瑞腦消金獸。佳節
又重陽，玉枕紗厨，
半夜涼初透。
東籬把酒黃昏後，
有暗香盈袖。莫道
不消魂，**簾捲西
風，人比黃花瘦。**

　一年容易又重陽。窗外，雲封霧鎖；窗內，獸形銅香爐吐着裊裊香煙。從漫長的白晝好容易挨到夜半，瓷枕生涼，紗帳高懸，孤眠的詞人又陷入重重的寂寞。

　往年此日，詞人與丈夫飲酒賞菊，何其溫馨。如今，她却悄坐東籬，獨自斟飲，不免情懷落寞。菊花的暗香陣陣襲來，她默念起了兩句古詩：“馨香盈懷袖，路遠莫致之。”花香再濃，也無法送給負笈遠游的丈夫。面對西風黃菊，她唯有黯然魂銷。

　相傳趙明誠將此詞雜入自己的五十首詞中，讓友人評判，友人最終却指出此詞歇拍三句最佳。確實，西風捲起了繡簾，自然也捲動了簾下瘦於黃花的思婦的情懷：這情景，還不令人銷魂麽？這詞境，還怕不得人知賞麽？

（徐培均）

王夢湖

念奴嬌

·· 李清照

蕭條庭院，又斜風細
雨，重門須閉。寵柳
嬌花寒食近，種種惱
人天氣。險韵詩成，扶
頭酒醒，別是閒滋味。
征鴻過盡，萬千心事
難寄。　樓上幾日春
寒，簾垂四面，玉闌
干慵倚。[①] 被冷香銷
新夢覺，不許愁人不

起。清露晨流，新桐初
引，多少游春意。日高
煙斂，更看今日晴未?

①慵 yōng

　　在丈夫趙明誠出仕在外的
一個春天，風雨連綿，陰晴不
定，詞人獨守深閨，離情萬種。
她欲飲酒賦詩，又怕招來閒愁;
欲寄萬千心事，又恐傳遞無人;
欲倚欄眺遠，又覺嬌慵無力;欲
擁衾獨卧，又感被冷香銷。全詞
如剝笋抽繭，從各個角度，各個
層次，展示了難以排解的離情

別緒，婉曲刻摯，低迴不盡。
　　前人以爲此詞結構散漫，
有句無章，實爲皮相之見。從章
法上講，此詞從上闋的天陰到
下闋的天晴，從前面的愁緒縈
迴到後面的情懷軒朗，寫來條
貫雅暢，層次井然;而感情的起
伏始終與天氣變化相適應，融
情入景，自然邃密，堪稱渾成之
作。

　　　　　　　　　　　(徐培均)

永遇樂

························李清照

落日鎔金，暮雲合
璧，人在何處？染柳
煙濃，吹梅笛怨，春
意知幾許！元宵佳
節，融和天氣，次第
豈無風雨？來相召，
香車寶馬，謝他酒
朋詩侶。　中州盛
日，閨門多暇，記得
偏重三五。鋪翠冠
兒，撚金雪柳，簇帶
爭濟楚。如今憔悴，
風鬟霜鬢，怕見夜
間出去。不如向、簾
兒底下，聽人笑語。

吳　聲

元宵。南宋首都杭州。金色
的太陽緩緩西下，灰色的雲層
漸漸合攏。每逢佳節倍思親，詞
人又想起已故的丈夫趙明誠。

縱然街頭煙柳、笛裏梅花捎來
點點春意，也逗不起絲毫游興。
上門邀她觀燈的酒朋詩侶，都
被婉言謝絕。

最難忘，北宋的汴京。那時
她還是閨閣千金，對一年一度
的元宵佳節特別重視。女伴們
相偕觀燈，一個個打扮得整整
齊齊，花枝招展。如今呢，形容
憔悴，兩鬢染霜，最怕在燈火闌
珊的夜裏拋頭露面。唉，不如閉
門深坐，聽那些呆兒痴女說說
笑笑。

此詞以對比手法，通過南
北宋元宵節的不同，表現故國
之思。宋亡後劉辰翁每聞此詞，
輒不自堪，爲之涕下，足見其有
強烈的感人力量。

　　　　　　　(徐培均)

莊壽紅

武陵春 春晚

………………………… 李清照

風住塵香花已盡，
日晚倦梳頭。物是
人非事事休，欲語
淚先流。　　聞說
雙溪春尚好，也擬
泛輕舟。只恐雙溪
舴艋舟，[①]載不動許
多愁。

①舴艋 zé měng

　　金華的雙溪，也屬名勝，雖
說春光只是尚好，但避亂到此
的清照，也未始不可泛舟溪上，
聊以散憂。可她却擬往而又止，
怕的是所懷之愁，壓得小船無
法划動。這愁，果然是這麼沉重
麼？

　　惱人的風颶了一天，到晚
上才好容易平息，剛快愿於塵
中飄起的香氣，猛然又悟到了
花已盡數零落成泥———揚一
抑之下，愁起了。別人晚來都該
卸妝了，詞人還懨懨初起，尚未
梳洗，也懶去梳洗———將我與
人相較，愁又深了。何以懶梳頭
呢？蓋因年過五旬的清照，此
番已是時隔多年後的第二次避
亂金華了，舉目所見，物是人
非，撫今追昔，事事堪哀。那麼，
一吐苦腸吧？淚水却搶先湧出，
哽咽住了喉頭———這愁，愈抑
愈悲，愈轉愈深，小小的舴艋
舟，當真是承載不動。

　　歇拍三句，若無清照之愁，
則僅爲巧思而已；唯因是清照
之愁，乃成千古名句。

　　　　　　　　　　　（沈維藩）

聲聲慢

················李清照

尋尋覓覓，冷冷清清，悽悽慘慘戚戚。乍暖還寒時候，最難將息。三杯兩盞淡酒，怎敵他晚來風急？雁過也，正傷心，却是舊時相識。

滿地黃花堆積，憔悴損，如今有誰堪摘？守着窗兒，獨自怎生得黑！梧桐更兼細雨，到黃昏、點點滴滴。這次第，怎一個愁字了得！

韓　碩

秋日的黃昏，人在深閨。她恍恍若有所失，東尋西覓。是在尋往日的歡欣，還是在覓心中的愛侶？然而這一切已變成如煙的夢幻，她所尋來的只能是悲哀。那乍暖還寒的天氣，似在捉弄人。欲以酒抗寒，這三杯兩盞淡酒，又怎能抵擋！因為寒氣已透過肌膚，滲入內心。正在傷心之際，雁聲嘹唳，這故鄉來的老朋友，可曾帶來什麼消息？

秋風蕭瑟，菊花憔悴，花兒與人兒一樣可憐，誰忍心去摘她？没奈何，她獨自守着窗兒，想捱到天黑。可是剛到黃昏，那點點滴滴細雨又打着梧桐，打着她一顆破碎的心靈。她茫然了。

全詞寫一個愁字。這愁字有聲，是用一組組叠字組成。這愁字有色，是用滿地黃花繪就。這愁字有態，是細雨中瑟瑟縮縮的梧桐。唉，怎一個愁字了得！

（徐培均）

王夢湖

鷓鴣天①

..........................向子諲②

有懷京師上元，與韓叔夏司諫、王夏卿侍郎、曹仲穀少卿同賦。

紫禁煙花一萬重，
鰲山宮闕倚晴空。③
玉皇端拱彤雲上，④
人物嬉游陸海中。

星轉斗，駕迴龍，五侯池館醉春風。而今白髮三千丈，愁對寒燈數點紅。

①鷓鴣 zhè gū ②諲 yīn
③鰲 áo 闕 què ④彤 tóng

南渡詞人，親身經歷了靖康之難翻天覆地的劇變，每借懷舊之作來抒發他們的身世之感、家國之恨，這首小詞，便是此類作品中的佼佼者。上元佳節，故都汴梁，年年此時，彩燈輝耀，宮室街衢，游人川流，喧鬧異常；皇帝端坐御樓賞燈，夜深方才起駕回宮。詞的上片與下片前三句便是寫這一幕情景，讀來令人有身臨其境之感。但這一切"俱往矣"，如今作者已是滿頭白髮，只能對着幾星燈火"淒涼感舊，慷慨生哀"而已！一結語陡轉調陡落，"白髮三千"與"寒燈數點"的鄰接對比，與"煙花一萬"的首尾對比，尤觸目驚心，發人深省。

(龐堅)

198

江梅引 憶江梅

...........................洪 皓

天涯除館憶江梅。
幾枝開？使南來，還
帶餘杭春信到燕臺？
準擬寒英聊慰遠，
隔山水，應銷落，赴
愬誰！① 空恁遐
想笑摘蕊，②斷迴
腸，思故里。漫彈綠
綺，引三弄，不覺魂
飛。更聽胡笳，哀怨
淚霑衣。亂插繁花須
異日，待孤諷，怕東
風，一夜吹。

①愬 sù ②恁 rèn

　　這是一闋不同於一般的詠
梅詞，作者並不着眼於梅花傲
霜鬥寒的品性、芬芳高潔的氣
骨，在他的筆下，梅花是故國家
鄉的象徵物。

　　作為出使金國被羈押的宋
臣，他堅貞不屈，但心中的痛苦
又向誰去傾訴？聞說南宋使者
將來，聽到歌手唱《江梅引》"念
此情，家萬里"之句，不禁思緒
萬千。他想問使者江南梅開幾
枝？京城臨安有何佳音？他想
得到故國梅花，但千里捎梅，花
朵想必零落，他只能想像自己已
回到故鄉採摘梅花，彈一段《梅
花三弄》悠然魂銷，聽一支胡笳
哀曲清然淚落。他希望頭插梅
花，夢想成真，他又怕東風吹花謝，
一切皆空。這層層思緒，詞人寫
來就如抽絲剝蘭般真切動人，無
怪當時人們會"爭傳寫焉"。

　　　　　　　　　　（龐 堅）

楊正新

憶 王 孫 春詞
·· 李重元

萋萋芳草憶王孫，
柳外樓高空斷魂。
杜宇聲聲不忍聞。
欲黃昏，雨打梨花
深閉門。

　　自《楚辭·招魂》留下"目
極千里傷春心"的千古名句之
後，"傷春"便同"悲秋"一樣
成爲中國傳統文學的母題之一。

　　此詞所寫的春景，看上去似乎
只有"空斷魂"、"不忍聞"這幾
個字眼帶着一絲愁緒，實則句
句都籠罩着一層淡淡的感傷。
第一句從《楚辭·招隱士》"王
孫游兮不歸，春草生兮萋萋"化
出，第二句暗用王粲《登樓賦》
"登茲樓以四望兮，聊暇日以銷
憂"，第三句又令人想起《楚辭·
離騷》"恐鵜鴃之先鳴兮，使夫
百草爲之不芳"，第四句"黃昏"
乃暗昧之詞，第五句"深閉門"

有死寂之意。你看，這春景並不
明媚亮麗呢！不過我們當明白：
古典詩詞中無處不在、迷離惝
恍的春愁，本質上是生命的悲
劇意識的外化，對之正不必滿
懷疑惑。

（龐 堅）

李春海

關渡小嶺看新晴古今多少事
漁唱起三更辛巳春日寫意
惠帝中醫遊 王右景然

白崇然

臨 江 仙 夜登小閣憶洛中舊游

.....................陳與義

憶昔午橋橋上飲，坐中多是豪英。長溝流月去無聲。杏花疏影裏，吹笛到天明。 二十餘年如一夢，此身雖在堪驚。閒登小閣看新晴。古今多少事，漁唱起三更。

此詞上片回憶南渡之前在洛陽午橋上與衆多豪傑之士的歡飲，叙事中有寫景。「長溝流月」一句隱喻歲月流逝，一個「流」字質直之中見出鍛煉。「杏花」二句造語奇麗而又自然渾成，劉熙載稱其「仰承‘憶昔’，俯注‘一夢’，……不覺豪酣轉成悵惋，所謂好在句外者也」，真是一語破的。下片所述時間上由昔轉今，空間上由洛陽轉回江南，是詞人一番深之又深的感慨。國事陵替，交游零落，恍如一夢，不免悲從中來；但「閒登小閣」一句又化悲慨爲曠達，將筆勢宕開。結句俯仰古今，從漁歌樵唱中體悟人生，語淺意深，是飽經滄桑者的肺腑之言，最耐咀嚼。全詞辭不繁、意不散、氣不浮，當得起張炎「真是自然而然」的評語。

(龐 堅)

賀新郎 寄李伯紀丞相

......張元幹

曳杖危樓去。斗垂天、滄波萬頃，月流煙渚。掃盡浮雲風不定，未放扁舟夜渡。宿雁落、寒蘆深處。**悵望關河空弔影，正人間、鼻息鳴鼉鼓**。[1]誰伴我，醉中舞。 十年一夢揚州路。倚高寒、愁生故國，氣吞驕虜。要斬樓蘭三尺劍，遺恨琵琶舊語。謾暗澀、銅華塵土。喚取謫仙平章看，[2]過苕溪、尚許垂綸否？[3]風浩蕩，欲飛舉。

①鼉 tuó ②謫 zhé ③綸 lún

讀此詞，最初的印象是氣魄宏大，境界雄闊，細細品味之後，覺得還得加上"沉鬱頓挫"四字。看上片第一句"曳杖危樓去"，那種豪邁的精神便已躍然紙上。下面幾句寫星斗、江波、夜月、狂風、落雁、叢蘆，或蒼莽，或荒寒，也都出以健筆，善爲烘托。歇拍幾句轉入主題，有"衆人皆醉我獨醒"之意，並引李綱爲知己同志，其胸襟之磊落，歷歷如見。下片連用數典，撫今追昔，抒豪情，嘆苟安，與李綱共勉決不退縮，繼續爲收復故土而奮鬪，語重句奇，尤覺浩氣干雲。結句"風浩蕩，欲飛舉"，更如强弓引滿，有千鈞之力。論其全篇藝術手法之完滿，自足與稍後之辛棄疾比肩。

（龐堅）

周志龍

白崇然

賀新郎 送胡邦衡待制

························張元幹

夢繞神州路。悵秋風、連營畫角，故宮離黍。① 底事崑崙傾砥柱，② 九地黃流亂注？聚萬落千村狐兔。天意從來高難問，況人情、老易悲難訴！更南浦，送君去。　涼生岸柳催殘暑。耿斜河、疏星淡月，斷雲微度。萬里江山知何處？回首對床夜語。雁不到、書成誰與？目盡青天懷今古，肯兒曹、恩怨相爾汝？舉大白，聽金縷。

① 黍 shǔ　② 砥 dǐ

紹興年間，胡銓因上書反對和議，請斬秦檜，被貶為福州簽判。數年後再貶，除名編管新州。時張元幹退居福州，作此詞送行。

志士的夢魂總縈繞着神州故土。可嘆的是，連營的號角雖長鳴於秋風中，汴京故宮却依然是禾黍離離。悲憤中，不禁要問天：崑崙柱折、黃流滾滾、神州陸沉，究竟所為何事？杜詩云：“天意高難問，人情老易悲。”更何況人間知音少，今日送君去，情何以堪！

過片預想別後。公之去也，我自當佇立目送，以至於岸柳生涼，暑氣消退，月明星稀，銀河當空。由澹宕高遠之景，體佇送懷念之情，數句真是逸品。然念及從此天各一方，鴻雁不到，詞人又悲不自勝。然公與我胸中所關懷，乃宇宙古今天下國家，寧有兒女之悲，此豈小人所知哉！且舉大白，聽《金縷》，彼此心照，夫復何言！

全篇慷慨悲涼、沉鬱頓挫，詞而有此，又何減於老杜詩境？

(鄧小軍)

石州慢 己酉秋吳興舟中作

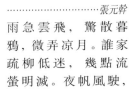

......................張元幹

雨急雲飛，驚散暮鴉，微弄涼月。誰家疏柳低迷，幾點流螢明滅。夜帆風駛，滿湖煙水蒼茫，菰蒲零亂秋聲咽。夢斷酒醒時，倚危檣清絕。　　心折。長庚光怒，羣盜縱橫，逆胡猖獗。欲挽天河，一洗中原膏血。兩宮何處？塞垣只隔長江，[①]唾壺空擊悲歌缺。萬里想龍沙，泣孤臣吳越。

①垣 yuán

　　急雨、飛雲、暮鴉、涼月、疏柳、流螢、夜帆、滄波、亂草、危檣，加上一個"夢斷酒醒"之人，此情此景，何等淒清，何等蒼涼，何等悲壯！景語皆情語，上片用冷色調繪就的湖上夜色，正反映出一個愛國志士在金兵南下、國難當頭之際的孤憤之情。仰望金星，內憂外患令人心情沉重，於是他振奮精神發出"欲挽天河，一洗中原膏血"的誓願。回頭想到徽欽二帝尚蒙塵異域，江北國土大部淪喪，他不禁又悲憤難平、長歌當哭。看下片，其筆勢抑而後揚、揚而復抑，風格沉鬱頓挫，一似長短句體的杜甫傷時之作。而上下片之間以倚檣神清、望星心折相銜接，完成由寫景到抒情的轉換，又何其自然真切。

(龐堅)

曹文馳

小重山

.........................岳 飛

昨夜寒蛩不住鳴，[①]
驚回千里夢，已三
更。起來獨自繞階
行。人悄悄，簾外月
朧明。 白首爲
功名，舊山松竹老，
阻歸程。欲將心事
付瑤琴，知音少，絃
斷有誰聽？

①蛩 qióng

　　一個充滿熱望的"夢"，就
這樣被驚破了——那是千里進
擊、"直搗黃龍府"的岳元帥之
夢呵！

　　壯願在夢中的失落，由此
轉換成三更"繞階"的悄愴獨
行。

　　一腔嘯嘆難盡的心事，是
只有借琴音來傾訴的了——那
是這位抗金志士"還我河山"的
血脈之賁張呵！然而，在"議
和"聲浪甚囂塵上之中，誰又是
這聲裂絃索的真正知音？

　　故園的山竹老了，壯士的
鬢髮白了！此刻充斥詞境的，
便只有朦朧月光下蟋蟀的悽苦
悲吟……

　　　　　　　　　　（潘嘯龍）

毛國倫

205

施大畏

靖康恥，猶未雪。臣子恨，何時滅！駕長車，踏破賀蘭山缺。壯志饑餐胡虜肉，笑談渴飲匈奴血。待從頭收拾舊山河，朝天闕。①

①闕 què

一起寫登高臨遠、憑欄眺望，句中隱括了荆軻於易水餞別、座中人髮盡衝冠的故事。連"瀟瀟雨歇"一語，亦神似《易水歌》。長嘯而仰天，足以表壯懷之激烈。

三十功名，八千里路，一縱一橫，兼寫壯懷壯舉，概括性極强。又信手拈來古樂府名句"少壯不努力，老大徒傷悲"，將及時努力與抗金事業聯繫，洋溢着愛國主義激情，爲千古箴銘。

上片寫出責任感、緊迫感，過片更直書國恥，慷慨陳詞。謂當激勵士卒，功期再戰，北逾沙漠，喋血虜廷。這裏，"饑餐渴飲"和"食肉寢皮"兩個成語熔鑄一聯，如實反映了慘遭凌暴的宋人對於金兵的仇恨，切齒之聲紙上可聞。又由於"壯志"、"笑談"等語的運用，造成"爲君談笑静胡沙"的輕快語調，表現出在戰略上對敵人的蔑視。結尾以收拾金甌的決勝氣概鎮住全詞，與發端的力量悉稱。

全詞濡染大筆，直抒胸臆，忠義憤發，元氣淋漓。寓絶大感慨，饒必勝信念。從而成爲豪放詞的千古傑作，至與岳飛英名，同垂不朽。

(周嘯天)

滿江紅 寫懷

───────────────────岳 飛

怒髮衝冠，憑闌處、瀟瀟雨歇。抬望眼，仰天長嘯，壯懷激烈。三十功名塵與土，八千里路雲和月。莫等閒、白了少年頭，空悲切。

李　覺

長相思 游西湖

...........................康與之

南高峰，北高峰，一
片湖光煙靄中。①春
來愁殺儂。　郎
意濃，妾意濃，油壁
車輕郎馬驄。②相逢
九里松。

①靄 ǎi　②驄 cōng

　　西子湖美，四圍青山下的
西湖更美。得了雙峰入雲的映
襯，那輕煙薄靄中的西湖，不
是更風姿綽約、更叫人陶醉了

麼？

　　春光秀媚如許，不想，却傳
來了一聲"愁殺"、一聲發自吳
儂軟語的深深怨嘆！

　　不解。緊着往下看，依然不
解——只看到北高峰下的九里
雲松間，一個是濃情蜜意的她，
猶如油壁香車中的蘇小小；一
個是同樣濃情蜜意的他，便似
青驄馬上的阮郎君。一對春天
的兒女，在湖光山色間邂逅相
遇、一見鍾情——這是任誰也
猜得到的結局，可要説這段旖
旎情事中有個愁字，却任誰也

看不出來!

　　但她實在是愁了，愁得便
如西湖上散不去的煙靄：在情
意綿綿的那一日之後、在與那
一日同樣的春色之前……

（沈維藩）

207

霜天曉角 題采石蛾眉亭

·····················韓元吉

倚天絕壁，直下江千尺。天際兩蛾凝黛，愁與恨，幾時極！　暮潮風正急，酒闌聞塞笛。試問謫仙何處？① 青山外，遠煙碧。

①謫 zhé

您游覽過采石磯嗎？它下俯長江，懸崖千丈，而不遠的東、西梁山又像兩彎蛾眉，夾江對峙。其山川之奇麗由此可以想見。不僅如此，這裏還凝聚着豐厚的人文積澱，號爲"謫仙人"的李白在此留下了"捉月"、"騎鯨"的神奇傳說，並且還把他的仙骨留給了江畔的青山綠水。而更令人懷念的是，就在詞人寫作本詞之前不久，南宋將士曾在此奏響過"采石大捷"的凱歌。不過當作者登臨懷古之際，形勢卻又發生了變化，南宋統治集團重又推行起苟安媾和的政策。懷着國事日非的憂懼，詞人此刻之所見所聞，當然就是一派"兩蛾凝愁"和"潮怒風急"的景色了。"境由心造"，其言良然。

(楊海明)

傅以新

眼兒媚

遲遲春日弄輕柔，
花徑暗香流。清明
過了，不堪回首，雲
鎖朱樓。　午窗
睡起鶯聲巧，何處
喚春愁？綠楊影裏，
海棠亭畔，紅杏梢
頭。

　　春風戲弄着柳條，小徑流
動着花香，正是清明雨過後的
大好時光。然而，一位深鎖朱樓
的女詞人，却正在爲春而煩惱，
正在怨恨春的遲遲不去。

　　她的怨春，自有一段不堪
回首的春日往事。但在此時，她
無心細說，却只顧去責怪那擾
醒她的春鶯。鶯聲嚦嚦，囀得正
巧，可在她聽來，却無非愁聲。

　　鶯兒全不關情，在綠楊影
裏、在海棠亭畔、在紅杏梢頭，
到處是它們的巧舌如簧，到處
是它們的嬌語媚音。可嘆可悲，
在如此悦耳的啼春聲中，竟有
一人，塞耳厭聽，如坐愁城！

　　暮春之傷，人多有之；陽春
之傷，但多愁善感之女詞人能
之！

　　　　　　　（康　橋）

池沙鴻

209

蝶戀花 送春

························朱淑真

樓外垂楊千萬縷，欲繫青春，少住春還去。猶自風前飄柳絮，隨春且看歸何處？ 綠滿山川聞杜宇，便做無情，莫也愁人苦。把酒送春春不語，黃昏卻下瀟瀟雨。

　　春天終於又要離去了。任憑垂楊用千萬縷柳絲，想把春天繫住，可她卻停不住匆匆的脚步。那末就讓我們隨着紛紛飄飛的柳絮，去追尋春的歸宿吧，但追尋的結果却仍莫明其踪跡──只見到滿眼的山川已變得碧綠一片，而杜鵑鳥則啼叫得令人發愁。無奈之下，詞人只好舉起酒杯，默默爲春天送行；春却緘口不語，飄然灑下濛濛的細雨，似向詞人揮淚告別。

　　　　　　　　（楊海明）

陸一飛

張谷旻

水調歌頭 定王臺

......................袁去華

雄跨洞庭野，楚望古湘州。何王臺殿，危基百尺自西劉。尚想霓旌千騎，依約入雲歌吹，屈指幾經秋。嘆息繁華地，興廢兩悠悠。

登臨處，喬木老，大江流。書生報國無地，空白九分頭。一夜寒生關塞，萬里雲埋陵闕，[1] 耿耿恨難休。徒倚霜風裏，[2] 落日伴人愁。

①闕 què ②倚 xǐ

定王臺，在今湖南長沙市東，相傳是漢景帝子定王劉發爲瞻望其母唐姬墓而建。遙想當時定王登臨，何等威儀：旌旗蔽空，如虹霓飛展，車蓋千乘，呼擁前後，一路絲竹管絃，響遏行雲。歲月如流，興廢悠悠，但詞人的不勝今昔之感並沒有落入一般詠懷古跡的窠臼，而是升華爲感傷時事的愛國之情，先抒自己請纓無路、徒然白首的悲憤心理，後敘山河淪落、故土失陷的慘痛局面。"一夜"兩句是作者的虛設象徵之筆。描寫金兵猝然南侵、關塞失守，有如一夜之間寒生山河，當時北宋皇帝的陵寢均在北方，如今俱已淪入敵手，故有"雲埋陵闕"之嘆。伴隨着"耿耿恨難休"的强烈民族感情，昔日的定王臺頓時成了愛國詞人的"望鄉臺"！

(祝振玉)

211

杜覺民

鷓鴣天[1]

————————陸游

懶向青門學種瓜，
只將漁釣送年華。
雙雙新燕飛春岸，
片片輕鷗落晚沙。

歌縹緲，櫓嘔
啞，酒如清露鮓如
花。[2]逢人問道歸何
處，笑指船兒此是
家。

①鷓鴣 zhè gū　②鮓 zhà

陸游爲鎮江通判時，因力
主對金用兵獲罪，被免職歸紹
興鏡湖，作此詞以自遣。

漢初邵平棄官後在長安青
門外種瓜，其味甚美，久爲佳
話。而鏡湖是水鄉，不好種瓜好
捕魚。所以詞人以"懶向青門學
種瓜，只將漁釣送年華"自詡。
細味"送年華"三字，亦有自嘲

自嘲之意。"雙雙新燕"、"片片
輕鷗"二句描寫鏡湖風光，用筆
清新妍美如畫。漁歌與柔櫓，又
增添以美的聲音。醇酒鮮魚，又
增添以好的口福。看來詞人樂
得以船爲家了。

其實，這種生活哪裏是陸
游由衷的選擇，不過迫於現實，
強顏歡笑而已。知人論世，讀者
當從詞外會意。

(周嘯天)

釵頭鳳

·····················陸游

紅酥手，黃縢酒，^①滿城春色宮墻柳。東風惡，歡情薄。一懷愁緒，幾年離索。錯，錯，錯。　春如舊，人空瘦。淚痕紅浥鮫綃透。^②桃花落，閒池閣。山盟雖在，錦書難託。莫，莫，莫！

①縢 téng　②浥 yì　綃 xiāo

　　陸游初娶唐氏，夫婦風情甚美。然兒媳不合婆婆心意，老人家活活拆散了這一姻緣。幾年後的一個春日，陸游在家鄉城南禹跡寺旁的沈園邂逅已經別嫁的前妻，她仍遣人送酒看致意，使陸游惆悵莫名，即成此詞，揮筆題寫於園壁。

　　“紅酥手”三句由眼前回憶昔游，“東風惡”二句怨母之辭。“春如舊”三句記沈園重逢。“桃花落”遙應“東風惡”，象喻美滿的愛情橫遭摧殘。“山盟雖在，錦書難託”極言主觀願望毀於冷酷現實，有情深緣淺之痛。“錯莫”本是一個聯綿詞，常見於唐詩，意即落寞。詞中拆而用之，作上下片結束之疊字，除具“錯”、“莫”二字的本義外，也應兼有合成詞的含義。

（周嘯天）

張培成

秋波媚 七月十六日晚登
高興亭望長安南山

·····························陸　游

秋到邊城角聲哀，
烽火照高臺。悲歌
擊筑，憑高酹酒，[①]此
興悠哉！　多情誰
似南山月，特地暮
雲開。灞橋煙柳，曲
江池館，應待人來。

①酹 lèi

　　陸游應愛國將領王炎之邀，從軍南鄭，是其一生最為意氣風發的時代。南鄭是當時抗金前綫。高興亭在南鄭內城西北，正對南山（即終南山）。山那邊的漢唐故都長安，當時淪陷在金人手中。

　　陰曆七月十六日傍晚，角聲吹過，平安火放過，詞人一行登上高興亭，憑高酹酒，慷慨悲歌，壯懷激烈。賓主意氣相投，河山收復有望，詞人無比高興。"此興"的"興"字，兼切亭名。

　　少焉，月出於南山之上，徘徊於參井之間。它是如此明亮，如此多情，暮雲為之一掃。它仿佛在向英雄示意：灞橋煙柳，曲江池館，一切長安風物，都在深情盼望王師的到來。

　　詞中運用豐富的想像和擬人化手法，洋溢着浪漫主義的豪情壯懷。

（周嘯天）

李春海

卜算子 詠梅

喬 木

............................陸 游

驛外斷橋邊，寂寞
開無主。已是黃昏
獨自愁，更著風和
雨。　　無意苦爭
春，一任羣芳妒。零
落成泥碾作塵，只
有香如故。

　　僻野驛外，荒凉斷橋，一樹
野梅花，獨自開放，無人栽培，
無人愛惜，更無人欣賞。日暮黃
昏，她獨自愁苦，可此時偏又遭
風雨摧殘！她本無心與百花爭
奇鬥艷，因此任憑她們妒嫉而
毫不介意。她不堪風吹雨打，零
落成泥，碾作塵埃，唯有那清幽
的香氣一如既往，永不改變！
"似花還似非花"，詞人詠的是
梅，但所詠不僅在梅，"梅"實
是他人格的化身，凸印出他即
便粉身碎骨也要堅持愛國理想、
民族氣節、君子操守的頑強品
性。中國古代的詠物詩，自屈
原《橘頌》開始，就有以貞木勁
草比擬正人直士、藉嘉卉幽芳
歌頌高風亮節的優良傳統。這
在陸游這首詞中，又得到了一
次完美的體現。

　　　　　　　　（鍾振振）

沈 虎

鵲橋仙 夜聞杜鵑

..............................陸 游

茅檐人静，蓬窗燈
暗，春晚連江風雨。
林鶯巢燕總無聲，
但月夜、常啼杜宇。

　　催成清淚，驚
殘孤夢，又揀深枝
飛去。故山猶自不
堪聽，況半世、飄然
羈旅！①

①羈 jī

　　夢中還是從戎南鄭的邊城
角聲，醒來却只聞羈旅成都的
杜鵑啼鳴。

　　"千里曜戈甲"的壯景，由
此破碎爲茅檐孤燈的暗夜；那
"氣吞殘虜"的雄懷，又何堪臨
對這春晚的"連江風雨"？

　　杜鵑是蜀中望帝的化身。
它的啼鳴，似乎總在提醒羈人
"歸去"。但放翁的志向，本就在
"欲傾天上銀河水，净洗關中胡
虜塵"，他也曾在詩中再三申
訴："四方男兒事，不敢恨飄

零。"

　　那麽，這"故山"就不應只
指故鄉山陰，當還包含了半壁
淪落的故國河山。而半世飄然
的"羈旅"，更還伴和着"老却
英雄似等閒"的無限悲慨了！

　　　　　　　　　　(徐旭文)

訴衷情

……………………陸 游

當年萬里覓封侯，
匹馬戍梁州。①關河
夢斷何處，塵暗舊
貂裘。　胡未滅，
鬢先秋，淚空流。此
身誰料，心在天山，
身老滄洲。

①戍 shù

　　衰颯人生的老年是最難排
遣的，何況又是胸懷"上馬擊狂
胡，下馬草軍書"之志、以禦敵
報國爲己任的抗金志士。

　　此詞開篇激蕩澎湃。在"萬
里覓封侯"的開闊空間中，推出
"匹馬戍梁州（此指南鄭邊地）"
的雄奇剪影，真有一派"會看金
鼓從天下"的壯色！

　　然而只"當年"二字，便將
詞人最值得自豪的"從戎"生
涯，化作了一個再難追踪的往
日之"夢"。現在站立在詞中的，
分明已是閒居山陰、塵暗貂裘
的皤髮老翁。

　　於是，"胡未滅，鬢先秋，淚
空流"的過片疾節，便如狂彈的
琵琶之聲，伴着"心在天山，身
老滄洲（指閒居之地）"的喟嘆，
不歇於故鄉夢回的老淚縱橫之
中了。

　　　　　　　　（潘嘯龍）

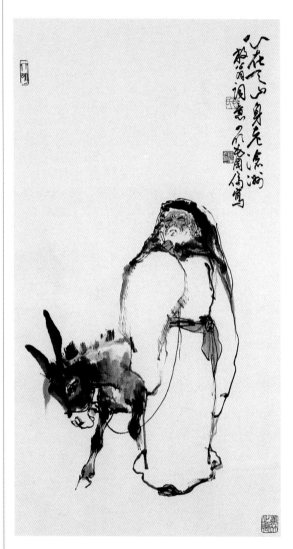

毛國倫

謝池春

............................陸　游

壯歲從戎，[1] 曾是氣
吞殘虜。陣雲高、狼
煙夜舉。朱顏青鬢，
擁雕戈西戍。[2] 笑儒
冠自來多誤。
功名夢斷，却泛扁
舟吳楚。漫悲歌、傷
懷弔古。煙波無際，
望秦關何處？嘆流
年又成虛度。

①戎 róng　　②戍 shù

俊爽豪邁的從戎生涯，就
是在煙波泛舟的清寂晚景中憶
來，也依然令人神旺：

那"陣雲高、狼煙夜舉"的
南鄭邊關，至今不還升騰着"朝
看十萬閒武罷，暮馳三百巡邊
行"的吞虜壯氣？再加一筆"朱
顏青鬢"、擁戈躍馬的肖像勾
勒，憶念中便凸現了怎樣一種
倜儻、雄邁的"壯歲"風采！

也許正因了這風采的輝照，
下片辭情的急劇跌轉，也未能
讓讀者覺得頹喪——即使"悲
歌"，即使"傷懷"，衣衫飄拂於
扁舟之上的，終竟是一位心繫
秦關而不甘心流年虛度的暮年
烈士！

（潘嘯龍）

戴明德

杜覺民

釵頭鳳

························唐 琬

世情薄，人情惡，雨
送黃昏花易落。曉
風乾，淚痕殘。欲箋
心事，獨語斜闌。
難，難，難！ 人
成各，今非昨，病魂
常似秋千索。角聲
寒，夜闌珊。怕人尋
問，咽淚裝歡。瞞，
瞞，瞞！

唐琬這首詞，是對陸游所
作《釵頭鳳》詞的呼應。

在唐琬看來，世道人情是
那樣的險惡，一條封建禮法就
把她和陸游這對恩愛夫妻活活
拆散。遭受打擊的她猶如風雨
黃昏中的殘花。滿腹心事無處
訴說，只能「獨語斜闌」。一疊
聲的「難」字，包含了心中多少
的無奈和痛恨。此時的唐琬，猶
如秋千架上的繩索，飄飄蕩蕩，
無法把握自己的命運。而更爲
不幸的是，改嫁之後，連表達悲

苦的自由也沒有了。長夜無眠，
角聲淒涼，欲訴痛苦，又「怕人
尋問」，只得「咽淚裝歡」。「瞞、
瞞、瞞」三字，淋漓盡致地抒寫
了她內心的巨大痛苦。

據說，唐琬作此詞後不久，
便鬱鬱而卒。這首詞傾吐了她
對封建禮法的極端痛恨。與陸
游詞相比，這首詞所叙寫的痛
苦之狀更爲悲切，思念之情更
爲深沉，因此也更真切感人。

(高克勤)

219

李子侯

秦樓月

⋯⋯⋯⋯⋯⋯范成大

樓陰缺，闌干影臥
東廂月。東廂月，一
天風露，杏花如雪。
　　隔煙催漏金虬
咽，[1] 羅幃暗淡燈花
結。燈花結，片時春
夢，江南天闊。

①虬 qiú

　　素月當空，風淡露濃，欄杆
影斜，花如白雪。如此清幽的景
色難免會使人產生寂寞空虛之
感，何況是獨臥羅幃之中的思
婦。春閨中的情景更添思婦幽

怨之感：燈芯結花，燃膏將盡，
只聽得漏壺上的銅龍透過煙霧
傳來滴滴漏聲。思婦終於進入
了夢鄉，夢魂飛到了離人所去
的江南，那是一片開闊的天地。
詞到此戛然而止。

　　這首小詞沒有用濃墨重彩
來抒寫思婦的相思之苦，而是
通過環境的烘托、景物的描寫
來體現思婦懷遠的感情，顯得
自然淡雅，在抒寫春閨懷人的
同類作品中別具一格。結尾兩
句化用岑參"枕上片時春夢中，
行盡江南數千里"詩句，尤爲含
蓄而耐人尋味。

（高克勤）

眼兒媚

·····················范成大

萍鄉道中乍晴，臥輿中，睡
甚，小憩柳塘。①

醂醂日腳紫煙浮，
妍暖破輕裘。困人
天色，醉人花氣，午
夢扶頭。　春慵
恰似春塘水，一片
縠紋愁。②　溶溶泄
泄。③　東風無力，欲
皺還休。

①憩 qì　②縠 hú　③泄 yì

　　生活中一些尋常的體驗，
在寫景言情的高手筆下，卻是
那樣饒有情趣。范成大這首詞
對春慵感受的細膩、生動的刻
畫，就是如此。

　　作者乘輿道中，時值日光
高照，地上升騰起一片霧氣，融
融的暖意直透輕裘。暖暖的天
氣使人困乏，加上醉人的花香
沁人心脾，更使人昏昏欲睡，悠
然入夢。這種困乏的感受本難
以比況，而作者卻在詞中將這
種感受形容得非常具體、形象：
春慵就像春塘中的水，微微泛

着細波、帶着絲絲淡淡的愁緒；
又像塘水一般緩緩晃動，在和
煦的春風吹拂下，皺了還平，平
了還皺。"風乍起，吹皺一池春
水"，這本是馮延巳《謁金門》中
的名句，被范成大化入表現春
慵的惱人景色，不但一如己出，
而且妙得神理，充滿了美感。

　　　　　　　　　　（高克勤）

丘 挺

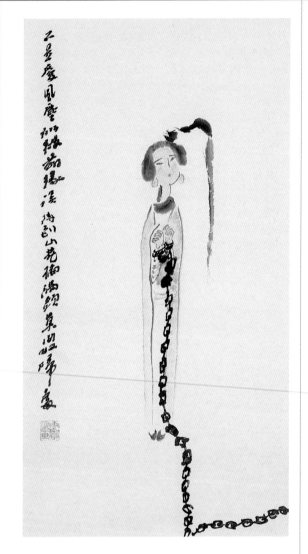

李　覺

卜算子

·····························嚴　蕊

不是愛風塵，似被
前緣誤。花落花開
自有時，總賴東君
主。　　去也終須
去，住也如何住！若
得山花插滿頭，莫
問奴歸處。

作者是南宋孝宗淳熙年間
台州的營妓（地方官妓），因誣
下獄，備受箠楚。面對新任的
浙東提點刑獄公事岳霖，她口
占此詞，以陳心願。

作者首先自我辯白：自己
不是生性淫蕩，淪落爲妓只是
命運的捉弄。接着以“花落花
開”爲喻，說明自己的命運如同
花兒一樣掌握在司春之神“東
君”的手裏。這裏既有對自己命
運無奈的感嘆，也有希望長官
爲自己作主之意。下片一“去”
一“住”兩句，表達了作者不堪
再忍受營妓生涯、希望脫離苦
海的心願，作者向往的是“山花
插滿頭”自由自在的平常婦女
的生活。

這首詞真實地表達了一個
弱女子渴望自由的心聲，表達
得明確又婉轉，不卑不亢，神情
畢肖。無怪乎岳霖聞之，即日判
令嚴蕊出獄，脫籍從良。這既顯
現了作者人格尊嚴的力量，也
體現了藝術真實的效果。

（高克勤）

222

六州歌頭

...........................張孝祥

長淮望斷，關塞莽然平。征塵暗，霜風勁，悄邊聲。黯銷凝。追想當年事，殆天數，非人力，洙泗上，絃歌地，亦膻腥。[1] 隔水氈鄉，落日牛羊下，區脫縱橫。[2] 看名王宵獵，騎火一川明。笳鼓悲鳴，遣人驚。

念腰間箭，匣中劍，空埃蠹，[3] 竟何成！時易失，心徒壯，歲將零。渺神京。干羽方懷遠，靜烽燧，且休兵。冠蓋使，紛馳鶩，[4] 若爲情！聞道中原遺老，常南望、翠葆霓旌。使行人到此，忠憤氣填膺，有淚如傾。

① 膻 shān　② 區 ōu
③ 蠹 dù　④ 鶩 wù

華　拓

　　張孝祥的《六州歌頭》，是南宋初期愛國詞中的傑作。紹興年間，孝祥到建康，這首詞即他在建康留守張浚宴客席上所賦。

　　上片寫江淮前綫的嚴峻態勢。極目千里江淮征塵暗淡，不聞軍聲，只聞霜風凄緊。宋無防衛可言，令人愴然神傷。追想靖康之恥，天耶、人耶？而今洙泗絃歌之地，已是一片膻腥，淮北耕稼之地，化爲游牧之區。帳幕遍野，哨所林立，獵火照野，笳鼓聲聞，令人心驚！

　　金人大兵在境，朝廷却一味求和。自己空有長劍利矢，而無用武之地。時光易逝，故都日渺，朝廷苟且偷安，唯有求和使節奔馳往來，何以爲情！只可憐中原父老翹盼王師、望眼欲穿。身臨前綫，念及於此，不禁滿腔激憤，熱淚涔涔！

　　此詞篇幅宏大，音節繁促，詞人滿懷積鬱，噴泄而出，壯氣干雲，感人至深。相傳"歌闋，魏公（張浚）爲罷席而入"（《朝野遺記》）。

　　（鄧小軍）

223

水調歌頭 泛湘江

······張孝祥

濯足夜灘急，[①] 晞髮
北風涼。[②] 吳山楚澤
行遍，只欠到瀟湘。
買得扁舟歸去，此
事天公付我，六月
下滄浪。蟬蛻塵埃
外，蝶夢水雲鄉。

製荷衣，紉蘭佩，
把瓊芳。湘妃起舞
一笑，撫瑟奏清商。
喚起九歌忠憤，拂
拭三閭文字，[③] 還與
日爭光。莫遣兒輩
覺，此樂未渠央。

①濯 zhuó　②晞 xī　③閭 lǘ

在落職北歸途中，有幸泛
舟於屈原遷逐的瀟湘之水，也
實在是"天公"付與的一大奇
緣！

於是這江間的雲水，皋岸
的蘭芷，全染印了詞人當年的
奇思逸韵：

"濯足"灘流，猶聞"漁父"
鼓枻而歌《滄浪》；"晞髮"波
風，又恍見女神"少司命"飄然
來伴；效《離騷》之"製芰荷以
爲衣"，邀《九歌》之"湘靈"鼓
瑟；當手把"瓊芳"拜祭水天的
時候，九霄雲中是否還有劍佩
雍容的"東皇太一"降臨？

湘江的泛舟，就這樣幻化
成三閭大夫導引的一次縹緲行
吟——兩位愛國志士的芳潔和
忠憤，在穿越時空的奇思中，正
同江共流……

(徐旭文)

周陽高

蔡天雄

水 調 歌 頭 金山觀月

························張孝祥

江山自雄麗，風露
與高寒。寄聲月姊，
借我玉鑒此中看。
幽壑魚龍悲嘯，[1] 倒
影星辰搖動，海氣
夜漫漫。湧起白銀
闕，[2] 危駐紫金山。

表獨立，飛霞
珮，[3] 切雲冠，漱冰濯
雪，[4] 眇視萬里一毫
端。[5] 回首三山何
處，聞道羣仙笑我，

要我欲俱還。揮手
從此去，翳鳳更驂
鸞。[6]

①壑 hè　②闕 què　③珮 pèi
④濯 zhuó　⑤眇 miǎo
⑥翳 yì　驂 cān

　　獨立於波光浮漾的金山之
巔，落職歸鄉的詞人，便儼然成
了"雲冠"、"霞珮"的仙侶！
　　那麼，"寄聲月姊"，在冉冉
飄降的嫦娥手中借此玉鏡，也
便不算奇想；而月光照耀的金
山，忽然化爲容容湧升的仙宮
銀闕，更不是縹緲的幻境了！
在"眇視萬里"之中，見幽壑的
魚龍吟嘯出没，星辰的倒影隨

波搖動；似還見巨龜背負的海
上"三山"，有鸞駕鳳騎的"羣
仙"飛集……
　　或許是現實太令詞人失
望？這山巔的"風露與高寒"，
竟也没能打破那空靈、飄逸的
奇思。所以詞之結拍，依然留一
片"笑"聲，任讀者仰看着詞人
乘鳳驂鸞，隨邀約的衆仙倏然
消隱。

　　　　　　　　（徐旭文）

念奴嬌 過洞庭

······················張孝祥

洞庭青草，近中秋、更無一點風色。玉鑒瓊田三萬頃，著我扁舟一葉。**素月分輝，明河共影，表裏俱澄澈**。悠然心會，妙處難與君說。

應念嶺海經年，孤光自照，肝膽皆冰雪。短髮蕭騷襟袖冷，穩泛滄溟空闊。**盡吸西江、細斟北斗，萬象為賓客**。扣舷獨嘯，[1] 不知今夕何夕。

① 舷 xián

倘若不是風歇浪静，這兩湖相連的青草和洞庭，就仍將波起濤湧，又何有"玉鑒瓊田三萬頃"之恬美和寧潔？

倘若不是時"近中秋"，有"素月"之輝耀、銀河之"共影"，便不免暗淡清冷，又何得如此璀璨和明麗？

舟兒呢，妙在只"著我"一葉，愈見其物我兩適、縱馳無涯。人兒呢，偏生是一樣的"冰雪"肝膽，正適合相照這表裏剔透的澄澈一碧！

前人稱孝祥詞有一段"瀟散出塵之姿"、"邁往凌雲之氣"。當你在悠然心會中，品賞過"盡吸西江、細斟北斗、萬象為賓客"的出塵奇想，再聽一曲"不知今夕何夕"的扣舷獨嘯，別忘記還得追加一語：空靈中自還有幾許得意忘形的清狂。

（潘嘯龍）

傅以新

見說到天涯芳草無歸路　探魚兒詞意　王章志龍

周志龍

摸魚兒

························辛棄疾

　　淳熙己亥，自湖北漕移湖南，同官王正之置酒小山亭，爲賦。

　　更能消、幾番風雨？匆匆春又歸去。惜春長怕花開早，何況落紅無數。春且住。見說道、天涯芳草無歸路。怨春不語。算只有殷勤，畫檐蛛網，盡日惹飛絮。　　長門事，準擬佳期又誤。蛾眉曾有人妒。千金縱買相如賦，脈脈此情誰訴？君莫舞，君不見、玉環飛燕皆塵土！閒愁最苦。休去倚危闌，斜陽正在、煙柳斷腸處。

　　自然界，最美的是春天。然而，幾番風雨侵襲，落花滿地，春天難免衰老。她要辭行，匆匆回歸。詞人惜愛春光，害怕春天早逝。他痴情勸說春天留步，但未有應答。倒是蜘蛛織網，逗惹飛絮，殷勤裝點殘春。

　　人世間，最美的是青春。佳麗吸引艷慕的眼光，也引發無名的妒火。見妒失寵，固有怨難訴；而得寵一時，也終化塵土。詞人不堪閒愁煎熬，更不忍倚樓眺望，讓斜陽煙柳勾起滿腹憂傷！

　　詞中惜春的意緒交織着年華空逝、壯志難酬的悲慨，娥眉見妒的嘆息融合着受讒遭妒、無路請纓的憤懣，而斜陽煙柳的暮景則映射着南宋朝廷的頹勢。意象、典實與人生喟嘆，三者妙合無垠，於婉約中透出沉鬱和悲涼。

　　　　　　　　　　　　(吉明周)

馬振聲

水龍吟 甲辰歲壽韓南澗尚書

·····辛棄疾

渡江天馬南來，幾人真是經綸手？① 長安父老，新亭風景，可憐依舊！夷甫諸人，神州沉陸，幾曾回首！算平戎萬里，功名本是，真儒事，公知否？　況有文章山斗，對桐陰、滿庭清晝。當年墮地，而今試看，風雲奔走。綠野風煙，平泉草木，東山歌酒。待他年，整頓乾坤事了，為先生壽。

①綸 lún

這是一闋別具一格的壽詞，讀來耳目一新，精神一振。

"幾人真是經綸手？"一聲喝問，直羞煞渡江南來的滿朝文武！中原父老的翹盼，志士仁人的憂傷，當權秉政的麻木，銘心縈懷，升華為禦敵靖邊的神聖使命感：真正的儒者也應該追求平戎萬里的顯赫功名。詞中稱譽韓元吉(號南澗)出身名門世家，又是文壇泰斗，有前代賢相遺風，但絕非諛詞，而是激勵友人在風雲際會之時大有作為。末句"待他年，整頓乾坤事了，為先生壽"，寄語未來，志存高遠，有大期許、大決心，是祝禱，更是共勉。

一首申祝頌禱的壽詞，借題生發為一篇憂國傷時的讜論，稼軒的迴異凡俗往往如此。

(吉明周)

水龍吟 登建康賞心亭

...........辛棄疾

楚天千里清秋，水隨
天去秋無際。遙岑遠
目，① 獻愁供恨，玉簪
螺髻。② 落日樓頭，斷
鴻聲裏，江南游子。
把吳鈎看了，闌干拍
遍，無人會、登臨意。

　休說鱸魚堪膾，③
儘西風、季鷹歸未? 求
田問舍，怕應羞見，劉
郎才氣。可惜流年，憂
愁風雨，樹猶如此! 倩
何人喚取，紅巾翠袖，
搵英雄淚!④

① 岑 cén　② 簪 zān
③ 膾 kuài　④ 搵 wèn

水無際，天無際，秋無際，
好一幅楚天千里清秋圖! 但在
江南游子眼中，滿目青山，滿目
憂愁。他悲哀國勢如落日難挽，
感傷已身似孤雁失羣，撫看寶
刀，拍遍欄杆，可惜無人理解他
登臨的旨趣。故鄉令人神往，但
遭金人蹂躪，思歸不得歸; 而買
地置屋，胸無大志，怕也無臉去
見英雄豪傑。風雨如磐，憂愁如
山，時光如水，人何以堪! 時無

知音，又請誰喚來少女，爲英雄
拭去傷心的眼淚呢?

　寥闊的秋光載負着詞人浩
茫的心事: 一種憂憤，萬般無
奈，久久充溢在清秋廣袤的天
水之間。"把吳鈎看了，闌干拍
遍"，此時無言勝有言，其中包
蘊多少沉鬱和悲愴! 誦讀此詞，
誰又不爲稼軒的慷慨"登臨意"
怦然動懷呢?

(吉明周)

趙　豫

念奴嬌 書東流村壁

——辛棄疾

野棠花落，又匆匆過了，清明時節。剗地東風欺客夢，① 一枕雲屏寒怯。曲岸持觴，② 垂楊繫馬，此地曾輕別。樓空人去，舊游飛燕能說。　聞道綺陌東頭，行人長見，簾底纖纖月。舊恨春江流不斷，新恨雲山千叠。料得明朝，尊前重見，鏡裏花難折。也應驚問，近來多少華髮？

①剗 chǎn　②觴 shāng

　　一段刻骨的情感歷程，一次銘心的舊地尋訪，定格在兩度難忘的清明：前番繫馬垂楊，岸邊暢飲，此番人去樓空，夢驚枕寒。早知相見時難，唯有舊燕相識，真後悔當初離別太輕易！詞中主人公把孤眠夢醒，怪罪於料峭春風的欺客，無理卻有情。終於獲悉她的芳踪，但夢中人已成鏡裏花，可看而不可折，真是舊恨綿綿不絕，又添新恨重重。料想明日相見，定會有"近來多少華髮"的驚問。一聲簡單的問語，蘊含多少體貼，多少愛撫，多少溫存！這正是他別來苦苦相思的表徵。妙在以懸想中的揣摩口吻道出，更覺情韻裊裊，真摯感人。

（吉明周）

卓鶴君

傅以新

菩薩蠻 書江西造口壁

·················辛棄疾

鬱孤臺下清江水，
中間多少行人淚。
西北望長安，可憐
無數山。　青山
遮不住，畢竟東流
去。江晚正愁余，山
深聞鷓鴣。①

①鷓鴣 zhè gū

　　行人的淚水何以匯成江流？欲穿的望眼何以總向長安？無數的青山何以令人怨恨？聒噪的鷓鴣聲何以平添愁緒？種種疑團，只須一讀《鶴林玉露》所記本事，便自然消釋："蓋南渡之初，虜人追隆祐太后御舟至造口，不及而還，幼安自此起興。'聞鷓鴣'之句，謂恢復之事行不得也。"追懷國事，縈念故土，是尋繹詞旨的關鑰。"青山遮不住，畢竟東流去"，兩句橫空出世，乃是一篇之警策。

大江以其雄邁的氣勢衝決一切重巒叠嶂的遮阻，終於滾滾向東奔流而去。這意象給人深邃的歷史和人生的哲理啟示。詞人近寫水，遠寫山，又山水並寫，總在山水上着力，託物寓意，忠憤自見。

　　一首《菩薩蠻》盡掃艷情麗辭，大聲鏜鎝，實開千古詞境，真非稼軒才情氣概莫辦。

　　　　　　　　　(吉明周)

吳　聲

祝英臺近 晚春

·····························辛棄疾

寶釵分，桃葉渡，煙柳暗南浦。怕上層樓，十日九風雨。斷腸片片飛紅，都無人管，更誰勸啼鶯聲住？　鬢邊覰。① 試把花卜歸期，才簪又重數。② 羅帳燈昏，哽咽夢中語。是他春帶愁來，春歸何處？却不解帶將愁去。

①覰 qù　②簪 zān

　　寶釵、渡頭、煙柳，無不是睹物思人的觸媒。風雨、飛紅、啼鶯，無不是傷春斷腸的憑據。"怕上層樓"，一個"怕"字凝聚多少感傷和憂愁！怨飛紅無人管，怪啼鶯無人勸，怨得奇妙，怪得無理；而春便在花落鶯啼中流逝，人便在春的殘敗中衰老，這怨這怪又覺合理合情。對鏡自憐的春心，忽化作摘花卜歸的痴情；夢中哽咽的囈語，竟傳遞春何不解帶愁去的詰問。思婦眷念的情懷，表現得何等深刻動人！

　　一種閨怨，萬般風情。上片惜春，管飛紅，勸啼鶯，怨語委婉；下片懷人，摘花卜歸，夢囈話愁，痴情悽惻。誰說稼軒激揚奮厲，最不工綺語呢？這首詞"昵狎溫柔，魂銷意盡"，嫵媚風流又何曾讓步於花間艷情？

(吉明周)

青玉案 元夕

辛棄疾

東風夜放花千樹。
更吹落，星如雨。寶
馬雕車香滿路。鳳
簫聲動，玉壺光轉，
一夜魚龍舞。
蛾兒雪柳黃金縷，
笑語盈盈暗香去。
衆裏尋他千百度。
驀然回首，① 那人却
在，燈火闌珊處。

① 驀 mò

是夜來的東風催綻了千樹
春花，又吹落滿天星斗？花如
潮，星如雨，是造物的有意安
排，還是人工的匠意裝點？原
來是滿城燈彩輝耀，滿天煙火

飛騰。哦，這美妙的元宵夜！車
馬，衣香，人潮；月光，簫聲，
燈舞。哦，這不夜的狂歡節！盛
妝的游女紛紛走過，灑下一路
輕盈的笑語，郁馥的香澤。詞中
主人公千百回向人羣中尋覓，
尋覓意中人的倩影，突然發現，
她却佇立在燈火稀疏的冷角。

一紙的熱鬧，却是要襯出
最末的冷落，突現意中人的孤
高、淡泊和自甘寂寞。"衆裏尋
他千百度。驀然回首，那人却
在，燈火闌珊處。"這是詞人的
美學追求，也是詞人獨抒的懷
抱。梁啓超稱此詞"自憐幽獨，
傷心人別有懷抱"，是讀出個中
意味的。

（吉明周）

李 覺

清平樂 村居

...........................辛棄疾

茅檐低小，溪上青
青草。醉裏吳音相
媚好，白髮誰家翁
媼。①　　大兒鋤豆
溪東，中兒正織雞
籠。最喜小兒無賴，
溪頭臥剝蓮蓬。

①媼 ǎo

　　一座矮小的茅房，一彎清澄的水溪，一片青綠的小草，一幅清新的圖畫。畫中，誰家白髮翁媼，舉杯對酌，醉顏酡紅？那逗趣的醉態，那悅耳的吳音，真讓畫外的詞人深深陶醉了！他又關注到翁媼的三個兒郎，竟是一律的忙碌：老大在溪東豆地鋤草，老二正編織着雞籠。可笑那年幼的老三也不甘清閒，淘氣地躺在溪頭，手剝蓮蓬，津津有味地嘗新呢！詞人真想步入畫面，與他們分享田園樂了。

　　詞人漫游鄉村，只是把眼中所見、耳中所聞，信手拈來，平實道出，那村居的古樸、風物的秀麗、生活的閒適、人情的淳美、農家的勤達，便給人留下美好的印象，而詞人傾慕、向往田園生活的情感也自然流溢其間。

　　　　　　　　（吉明周）

賀友直

西江月 夜行黃沙道中

·······辛棄疾

明月別枝驚鵲，清
風半夜鳴蟬。稻花
香裏說豐年，聽取
蛙聲一片。　七
八個星天外，兩三
點雨山前。舊時茅
店社林邊，路轉溪
橋忽見。

　明月、清風，裝點出一個幽
清的夜。烏鵲的驚飛擇枝、蟬兒
的夜半鳴唱，多少劃破了夏夜
的寧謐。稻花飄香，沁人心脾；
蛙聲喧鬧，爭說豐收在望的年
景。這一切，驅散了夜行的寂
寞，詞人領略着意外的喜悅。天
外，七八顆疏星閃爍；山前，兩
三點微雨輕飄。輕快、疏朗、恰
與詞人的閒適、灑脱相契合。最
難忘轉過小橋時，社廟旁樹林
邊突然發現一家熟識的茅屋小
店。那份驚喜，正與"柳暗花明
又一村"的感覺相仿佛。

　這是一幅有聲的水墨畫，
透露出詞人賦閒後熱愛生活的
情趣，展示他在沉鬱悲壯外另
一番心靈天地。

　　　　　　　(吉明周)

陸一飛

賀新郎

............................辛棄疾

邑中園亭，僕皆爲賦此詞。一日，獨坐停雲，水聲山色，競來相娛。意溪山欲援例者，遂作數語，庶幾仿佛淵明思親友之意云。

甚矣吾衰矣。悵平生、交游零落，只今餘幾！白髮空垂三千丈，一笑人間萬事。問何物、能令公喜？**我見青山多嫵媚，料青山見我應如是**。情與貌、略相似。　一尊搔首東窗裏。　想淵明停雲詩就，此時風味。江左沉酣求名者，豈識濁醪妙理？[①] 回首叫、雲飛風起。**不恨古人吾不見，恨古人不見吾狂耳**。知我者，二三子。

①醪 láo

如若把"甚矣吾衰矣"單純理解爲悲慨衰老，便辜負了詞人的一片苦心。故交零落，白髮空垂，人間萬事以一笑了之，分明有孔子慨嘆"久矣吾不復夢見周公"的政治意味。再看詞人自許與青山的嫵媚情貌略似，又何嘗有半點衰老的影子？他企慕陶淵明的風采，鄙棄功名，在酒中尋覓妙理；但那回首大叫時雲飛風起的豪氣，又絲毫不減當年。不見古人他不遺憾，遺憾的是古人沒領略自己的狂放。然而，知己者太少，這倒是最令詞人痛心疾首的。

據傳，詞人每開宴，必令侍姬歌所作詞，特好歌《賀新郎》，自誦其警句："我見青山多嫵媚，料青山見我應如是。""不恨古人吾不見，恨古人不見吾狂耳。"偏愛至此，實在是因爲這兩句傳神寫照，勾勒了詞人的精神風貌，抒發了詞人的壯志豪情。

（吉明周）

杜覺民

少年不識愁滋味愛上層樓愛上層樓爲賦新詞強說愁而今識盡愁滋味欲說還休欲說還休却道天凉好個秋丑秋辛稼軒詞意如年紹敏作於可齋

鄭紹敏

醜奴兒 書博山道中壁

............辛棄疾

少年不識愁滋味，
愛上層樓。愛上層
樓，爲賦新詞強說
愁。　而今識盡
愁滋味，欲說還休。
欲說還休，却道天
凉好個秋。

歷盡滄桑、識盡愁滋味之

後，反思少年時代"爲賦新詞強
說愁"的一段經歷，不禁爲當年
的單純幼稚啞然失笑了。那時
何嘗懂得什麼是憂愁呢？只是
出於好奇，喜愛模仿前賢登樓
賦愁罷了。那勉強説出的愁，又
有什麼真情實感！然而，如今
不同了。目睹了國事日非的現
狀，感受了報國無門的悲憤，這
愁就有了"心事浩茫連廣宇"的
深度和廣度；又值主和派當朝，

許多事難以直言，只能"欲說還
休"，王顧左右而言他。"天凉好
個秋"，一聲深深的感嘆，把深
深的愁埋入了鬱憤的心中。

其實，"愁"爲"心"上"秋"，
道"秋"又何嘗不是道"愁"呢？
（吉明周）

237

太常引 建康中秋爲呂叔潛賦

...................辛棄疾

一輪秋影轉金波。飛鏡又重磨。把酒問姮娥，[1] 被白髮欺人奈何？　乘風好去，長空萬里，直下看山河。斫去桂婆娑，[2] 人道是清光更多。

[1]姮 héng　[2]斫 zhuó　婆 suō

　　豐富的想像，美麗的神話，熔鑄成出人意表的奇妙構思。以金波四射的轉輪比月之圓，奇；以重新磨光的飛鏡喻月之新，更奇。舉杯邀嫦娥，奇；向她求教如何對付白髮的欺侮，更奇。乘風直上萬里長空，俯看大好河山，奇；飛奔月宮，決意砍去婆娑的桂樹，讓清光灑滿人間，更奇。此真奇情、奇思、奇語、奇篇。

　　然而，如果把這奇僅看作是浪漫的暢想，便忽略了詞人現實的寄意。白髮欺人，分明有壯志未酬的嗟傷；俯看山河，分明含故國家園的縈念；斫去桂樹，分明寓鏟除一切黑暗勢力的宏願。如此品味，庶幾爲稼軒的知音。

　　　　　　　　（吉明周）

徐君陶

馬振聲

破陣子 爲陳同甫賦壯詞以寄

....................辛棄疾

醉裏挑燈看劍, 夢回吹角連營。八百里分麾下炙,① 五十絃翻塞外聲。沙場秋點兵。 馬作的盧飛快, 弓如霹靂弦驚。了却君王天下事, 贏得生前身後名。可憐白髮生!

① 麾 huī　炙 zhì

壯士的醉, 醉不言愁, 唯挑燈看劍。這無聲的一"挑"一"看", 蘊含多少深沉的意蘊! 感慨投閒置散, 悲嘆壯志未酬, 盼望立功沙場, 這看劍, 大有深意。是醉眼矇矓, 還是光暗視弱? 這挑燈總爲審視劍器。霜刃逼人, 寶劍未老, 壯心又何嘗老?

壯士的夢, 夢不言悲, 唯吹角點兵。吹角驚醒好夢, 點兵指實夢境。好夢初醒, 號角猶在耳畔回響, 沙場秋點兵的場景猶在眼前。夢裏戰馬奔馳, 弓弦雷鳴, 壯士發誓完成恢復中原的大業, 贏得千古不朽的美名。

然而, 無情的現實却是白髮滿頭。這白髮, 是悲的體現, 是愁的象徵。"可憐"二字, 沉鬱悲慟, 道盡心中悲苦和失意。

由醉而夢, 由夢而醒, 醉情、夢境、現實三者交融, 表現理想與現實的尖銳矛盾。一首壯詞, 終究由雄壯化爲悲壯。

（吉明周）

239

京口北固亭懷古辛棄疾詞意甲寅夏於襄陽施於龍〔印〕

施大畏

永遇樂 京口北固亭懷古
·····················辛棄疾

千古江山，英雄無
覓，孫仲謀處。舞榭
歌臺，[1] 風流總被，
雨打風吹去。斜陽
草樹，尋常巷陌，人
道寄奴曾住。想當
年、金戈鐵馬，氣吞
萬里如虎。　　元嘉

草草，封狼居胥，[2]
贏得倉皇北顧。四十
三年，望中猶記，烽火
揚州路。可堪回首，佛
狸祠下，一片神鴉社
鼓。憑誰問、廉頗老矣，
尚能飯否？

①榭 xiè　②胥 xū

　　亂世出英雄，也呼喚英雄。
生當亂世，壯懷激烈，登樓四
望，仰天長嘯，追懷往古豪傑，
尋覓當今英雄，自在情理之中。
三國時孫權“坐斷東南戰未
休”，南朝時劉裕(小名寄奴)兩
度北伐，力圖克復中原，“氣吞
萬里如虎”，偏安江南的南宋朝
廷正需要這樣的英雄。可惜時
間冲刷盡歷史遺迹，何處去尋
找英雄的踪影？

　　歷史的教訓豈能忘記？草
率出兵、大敗而歸的悲劇不能
再重演。可嘆當年抗金烽火記
憶猶新，而今侵占者的行宮却
被當作神廟祭祀。歷史正被淡
忘，現實令人悲慨。但詞人不以
老爲念，而以廉頗自況，企盼再
度起用，率兵抗敵。一片忠憤，
躍然紙上。

　　據載，同時的岳珂批評此
詞“用事多”，詞人也承認“實
中余痼”，“乃味改其語，日數十
易，累月猶未竟”。其實，詞中
用典精切得當，出神入化，營造
懷古氛圍，發抒沉鬱襟抱，正是
其成功之處。後人稱辛詞當以
此爲第一，良有以也。

　　　　　　　　　　(吉明周)

240

南鄉子 登京口北固亭有懷

—— 辛棄疾

何處望神州？滿眼
風光北固樓。千古
興亡多少事？悠悠，
不盡長江滾滾流！
年少萬兜鍪，①
坐斷東南戰未休。
天下英雄誰敵手？
曹劉。生子當如孫
仲謀！

① 兜鍪 dōu móu

登上京口北固亭，詞人極
目遠眺，感慨萬千，仰天叩問，
悲愴雄邁。

一問神州。"何處望神
州？"發抒對中原故土的深切
縈懷。北固樓周遭風光依舊，但
中原淪陷，山河改易，這滿眼風
光不免使人別有一種滋味在心
頭。

二問興亡。"千古興亡多少
事？"表達對國家興亡的關注。
朝代更迭，人事變易，歷史的舞
臺上搬演着多少興亡的壯劇！
詞人思悠悠，恨悠悠，恰似萬里
長江滾滾東流，永無止息。

三問英雄。"天下英雄誰敵
手？"喊出時代渴望英雄的呼
聲。歷史上雄據東南的孫權(字
仲謀)，奮戰不息，建立與曹操、
劉備鼎立抗衡的不朽勳業，不
愧天下英雄。無怪一代梟雄曹
操感嘆："生子當如孫仲謀，劉
景升(劉表)兒子若豚犬耳！"
詞摘取上句讚賞孫權一類英雄，
而對劉表之子一類庸才的鄙夷
也自在言外。

此詞一氣三問，石破天驚，
思神州，感興亡，喚英雄，唱出
時代強音，具有強烈感召力。

(吉明周)

馬振聲

水調歌頭 送章德茂大卿使虜

..........................陳 亮

不見南師久，漫說北羣空。當場隻手，畢竟還我萬夫雄。自笑堂堂漢使，得似洋洋河水，依舊只流東？且復穹盧拜，會向藁街逢！①

堯之都，舜之壤，禹之封。於中應有，一個半個恥臣戎！萬里腥膻如許，②千古英靈安在，磅礴幾時通？③胡運何須問，赫日自當中！

①藁 gǎo　②膻 shān
③磅礴 páng bó

開篇中聳立着一位隻手擎天的雄夫，那"洋洋河水"的自笑，蘊蓄着豈甘年年逝波東流的奇氣！在忍辱出使（章德茂出使乃爲賀金主生辰）的自慰中，展出懸首敵虜於藁街（漢代長安街）的壯思，使上片歇拍，震蕩起何等豪邁的雄聲。深情綿邈的過片，橫空鋪展出堯、舜、禹夏的壯麗河山。那"千古英靈安在"的呼喊，激起的應是羣山萬壑的隆隆回響！於是"恥"於臣戎、凈掃"萬里腥膻"的宏願，便如山嶽般升騰，令詞行刹那間彌漫了充斥天地的正氣……

陳亮的詞，正與他自許的爲人一樣，如"堂堂之陣，正正之旗，風雨雲雷交發而並至，龍蛇虎豹變化而出沒"。其所以如此，正在於他有着"推倒一世之智勇，開拓萬古之心胸"的志士襟懷。

(潘嘯龍)

施大畏

念奴嬌 登多景樓

………………………陳 亮

危樓還望，嘆此意、今古幾人曾會？鬼設神施，渾認作、天限南疆北界。一水橫陳，連崗三面，做出爭雄勢。六朝何事，只成門户私計？

因笑王謝諸人，登高懷遠，也學英雄涕。憑却長江，管不到、河洛腥膻無際。[①]正好長驅，不須反顧，尋取中流誓。小兒破賊，勢成寧問強對！[②]

①膻 shān　②寧 níng

南宋淳熙年間，詞人以一介布衣赴鎮江觀覽山川形勢，上書宋孝宗，陳說抗金北伐的大計方略。此詞與上書乃同時之作，核心內容也是一致的。以政治策論入詞，前所罕見，爲龍川詞之特色。詞人用戰略家的眼光指點江山，審視歷史，破長江乃天限南北的舊說，發京口可爭雄中原的宏論，嗟六朝只經營門户之私計，笑庸人空仿效英雄之揮涕，進而大聲疾呼，鼓吹北伐。全篇高屋建瓴，勢不可當，頗有戰國縱橫家之氣。同爲鎮江懷古之作，辛棄疾的《永遇樂》沉鬱頓挫，是百煉鋼化爲繞指柔；而陳亮這首詞則痛快淋漓，如寶劍出匣，寒光直射人眼。

（鍾振振）

車鵬飛

江 宏

水 龍 吟 春恨

……………………陳 亮

鬧花深處層樓， 畫簾半捲東風軟。春歸翠陌， 平莎茸嫩，①垂楊金淺。遲日催花，淡雲閣雨，輕寒輕暖。恨芳菲世界，游人未賞，都付與、鶯和燕。寂寞憑高念遠，向南樓、一聲歸雁。金釵鬪草，青絲勒馬，風流雲散。羅綬分香，翠綃封淚， 幾多幽怨！正銷魂又是，疏煙淡月，子規聲斷。

①莎 suō

大地的春色幾乎全薈萃到了這裏：碧綠伸展的是小徑，嫩草鋪出的是平野；淡青的雲，剛收住輕飛的雨，長長的春日，催放着繽紛的花。抬頭之際，你是否還望見了，鬧花深處的一檐紅樓，畫簾捲處隱現的倩影？

然而明麗的春景，襯托的却是一次次寂寞的憑欄；歸雁的高鳴，勾起的只是如幻如夢的憶念：那是與遠人抽釵鬪草的嬉笑？還是駕青絲勒馬的輕車，在"洛化與芝蓋同飛"中共馳？當子規聲聲將她從幻夢中驚回，她看到的便只有那一彎初升的淡月、一抹裊裊的疏煙……

一位"推案大呼"的豪士，竟也有如此哀婉的麗詞，顯示了陳亮詞風的剛柔多姿。倘若這幽怨還寄寓着故國沉淪的悲思，則又"言近旨遠，直有宗留守（宗澤）大呼渡河之意"（劉熙載語）了！

（潘嘯龍）

沁園春

............................劉　過

寄辛承旨。時承旨招，不赴。

斗酒彘肩，[1]風雨渡江，豈不快哉！被香山居士，約林和靖，與坡仙老，駕勒吾回。坡謂西湖，正如西子，濃抹淡妝臨鏡臺。二公者，皆掉頭不顧，只管銜杯。

白雲天竺去來，[2]圖畫裏、崢嶸樓觀開。愛東西雙澗，縱橫水繞，兩峰南北，高下雲堆。逋曰不然，[3]暗香浮動，爭似孤山先探梅。須晴去，訪稼軒未晚，且此徘徊。

①彘 zhì　②竺 zhú　③逋 pū

南宋嘉泰年間，詞人旅居杭州。在紹興任職的辛棄疾聞名邀他去作客。他不擬即刻前往，便賦此作答。

全篇構思極新穎奇妙，它打破現實生活中的時空界限，讓白居易、林逋、蘇軾三位時代不同但都與杭州有密切關係的先賢起死回生，來演一場挽留詞人、不放他離杭的喜劇；又匠心獨運，隱括他們詩中描繪杭州景物的佳句，編排了一番相互爭執首先應游杭州何處的精彩對白——如此鮮活生動、風趣盎然的譎幻情節，有詞以來實不多見。古代寒士很講究人格尊嚴，對達官貴人的招請，一呼即來，似有失身價；屢邀不至，又未免過傲；通常作法是稍稍拿點架子，再請或三請而後行。詞人對辛棄疾這位元老重臣的首次邀約，既表示盛情難卻，又婉言暫不能至，措辭不卑不亢，態度不即不離，處理方式極爲得體。

（鍾振振）

陳福興

車鵬飛

唐多令

……………………… 劉 過

安遠樓小集，侑觴歌板之姬黃其姓者，[①] 乞詞於龍洲道人，爲賦此《唐多令》。同柳阜之、劉去非、石民瞻、周嘉仲、陳孟參、孟容。時八月五日也。

蘆葉滿汀洲，寒沙帶淺流。二十年重過南樓。柳下繫船猶未穩，能幾日，又中秋。　　黃鶴斷磯頭，故人今在不？舊江山渾是新愁。欲買桂花同載酒，終不似、少年游。

①侑 yòu　觴 shāng

二十年前，詞人曾到南樓（即安遠樓，在武昌蛇山）；二十年後，他經行舊地，舟次岸邊，雖有歌者佐歡，高朋滿座，終難抑他不勝今昔之感。逝者如斯，顚沛流離之中，已過二十春秋。不幾日，又屆中秋，客中游子，觸目蘆葉寒沙，不勝鄉愁，欲駐日回景，終係枉然。在交織着故交零落、新愁困擾、青春不再的感慨中，詞人已將滄桑之感、家國之憂打成一片，其愁思恰如浩浩長江，滾滾難平……

（祝振玉）

點絳唇 丁未冬過吳松作

......................姜夔①

燕雁無心，太湖西畔隨雲去。數峰清苦，商略黄昏雨。

第四橋邊，擬共天隨住。今何許？憑闌懷古，殘柳參差舞。②

①夔 kuí ②參差 cēncī

這是一場人生的思索，這是一段心靈的歷程。詞人追求超越，却總也超越不了。

"雲無心以出岫，鳥倦飛而知還"。他多願像那舒卷的白雲、翩飛的歸鳥，脱略世事，游心方外！但他却在峰巒間看出了"清苦"，這"清苦"忽又幻化爲凄風苦雨般的國事——他無法忘懷的國事呀！

好了，他總算找到異代的知音——唐人"天隨子"（陸龜蒙）。這裏有他隱遁的足迹，任運隨化的身影，和"雲似無心水似閒"的吟唱。但他又轉瞬消失了，唯見"殘柳參差舞"——那不猶如風雨飄摇中的南宋衰世嗎？

是的，他總也超越不了。他無法超越自己的良知……

（蕭華榮）

車鵬飛

踏莎行

............................姜 夔[①]

自沔東來，[②] 丁未元日至金陵，江上感夢而作。

燕燕輕盈，鶯鶯嬌軟，分明又向華胥見。[③] 夜長爭得薄情知？春初早被相思染。　　別後書辭，別時針綫，離魂暗逐郎行遠。淮南皓月冷千山，冥冥歸去無人管。

① 夔 kuí　② 沔 miǎn　③ 胥 xū

輕盈如燕、軟語如鶯的合肥女郎，是白石一生無時或忘的心頭人，曾再三形諸吟詠。此番泊舟金陵、新春伊始，他首先夢到的又是她。

夢中的她，自是嬌嗔滿面、細訴相思；夢後的他，自是重展她的書信，重撫當年的針綫：這些，還都是題中應有之義，算不得奇筆。奇的是，情痴的他，竟生出了這樣的痴想：明明是他的夢遇，他却偏說是她的魂兒遠來相會。更離奇的一筆是：他

還擔憂着那魂兒的獨自歸去，責備着自己未能一路相送。

然而，離奇則離奇矣，詞人却也給我們展開了一幅清奇至絶的圖畫：在皓潔而清冷的月光下，在淮南千山峭冷的陰影中，一個單薄如剪影、晶瑩如冰雪的離魂倩女，正寒瑟瑟、孤零零地，跋涉於猶如冥界的長夜……

(沈維藩)

趙保民

唐逸覽

齊天樂

..............姜　夔①

　　丙辰歲，與張功父會飲張達可之堂。聞屋壁間蟋蟀有聲，功父約予同賦，以授歌者。功父先成，辭甚美。予裴回茉莉花間，②仰見秋月，頓起幽思，尋亦得此。蟋蟀，中都呼爲促織，善鬥。好事者或以三二十萬錢致一枚，鏤象齒爲樓觀以貯之。

　　庚郎先自吟愁賦，淒淒更聞私語。露濕銅鋪，苔侵石井，都是曾聽伊處。哀音似訴。正思婦無眠，起尋機杼。③曲曲屏山，夜凉獨自甚情緒？　　西窗又吹暗雨。爲誰頻斷續，相和砧杵？④候館迎秋，離宮弔月，別有傷心無數。幽詩漫與。⑤笑籬落呼燈，世間兒女。寫入琴絲，一聲聲更苦。

①夔 kuí　②裴回 páihuái
③杼 zhù　④和 hè　砧 zhēn
杵 chù　⑤幽 bīn

　　一個美麗的秋夜，詞人徘徊在茉莉花間，仰見明月，俯聽草叢間蟋蟀鳴叫，頓時激起了無限的幽思愁緒。他從這淒淒切切如同兒女私語的蟲聲中，聯想到了難以入眠的思婦起身

織布以排遣離愁，聯想到了流落異鄉的徽、欽二帝正在離宮中對月嗟嘆，聯想到了風雨之夜人間無數不幸者共同的唏噓之聲……而正在這時，耳邊卻傳來了一羣天真爛漫的孩子提燈捉蟋蟀的歡聲笑語，此輩尚未涉世的少年人，又豈能體會吾輩淒涼的秋夜情懷？

　　這首詠物詞以蟋蟀之聲，生發個人之愁、他人之愁，進而推到家國之愁、天下人之愁，使愁思層層遞進，達到欲避而不能的境地，最後陡變聲情，以樂寫哀，使愁思進入“一聲聲更苦”的高潮，藝術地再現了哀怨淒涼的境地。

　　　　　　　　　（楊海明）

楊善深

凌波去。只恐舞衣寒易落，愁入西風南浦。高柳垂陰，老魚吹浪，留我花間住。田田多少，幾回沙際歸路。

①夔 kuí　②涸 hé　③朅 qiè
④舸 gě　⑤陂 bēi

小序不可不讀，大意說昔日為客武陵，曾於古城野水中賞荷，今來吳興，又賞荷於太湖。繼而游杭，夜泛西湖，更得賞荷奇趣。而這首詞，就是綜合三地賞荷的生活體驗，提煉而為的。

在繁開的荷花中，著我一條小船，只有對對鴛鴦作伴。許許多多的水塘，荷花亭亭，看她們"風為裳，水為佩"（李賀語），一個個全是蘇小小的化身。涼風吹着翠葉，花容銷紅如醉，一陣細雨灑來，似為美人醒酒。再沒有靈感的人，在這樣的環境下，怕還寫不成詩！"嫣然搖動，冷香飛上詩句"，不就是神來之筆！

換頭已是晚景，荷葉亭亭玉立，猶如等候情人的仙子，不忍凌波而去。只怕西風來時，將紅衣脫盡，空餘苦心。高處垂下柳枝，游魚掀起波浪，無不留人暫住花間，以慰寂寥。人呢，不得不歸，當其沿着沙際回船時，又總忘不了那田田的荷葉，深深為之欷歔然。

此詞善於造境，極有興致，頗多俊語。雖是為荷傳神，卻也多少打併入詞人身世，隱隱流露出美人遲暮之感。

（周嘯天）

念奴嬌

............姜夔①

余客武陵，湖北憲治在焉。古城野水，喬木參天。余與二三友日蕩舟其間，薄荷花而飲，意象幽閒，不類人境。秋水且涸，②荷葉出地尋丈，因列坐其下，上不見日，清風徐來，綠雲自動。間於疏處窺見游人畫船，亦一樂也。朅來吳興，③數得相羊荷花中。又夜泛西湖，光景奇絕。故以此句寫之。

鬧紅一舸，④記來時、嘗與鴛鴦為侶。三十六陂人未到，⑤水佩風裳無數。翠葉吹涼，玉容銷酒，更灑菰蒲雨。嫣然搖動，冷香飛上詩句。　　日暮青蓋亭亭，情人不見，爭忍

琵琶仙

.........................姜　夔①

《吳都賦》云："戶藏煙浦，家具畫船。"唯吳興爲然。春游之盛，西湖未能過也。己酉歲，予與蕭時父載酒南郭，感遇成歌。

雙槳來時，有人似、舊曲桃根桃葉。歌扇輕約飛花，蛾眉正奇絕。春漸遠，汀洲自緑，更添了、幾聲啼鴂。②十里揚州，三生杜牧，前事休説。　又還是、宮燭分煙，奈愁裏、匆匆換時節。都把一襟芳思，與空階榆莢。千萬縷、藏鴉細柳，爲玉尊、起舞回雪。想見西出陽關，故人初別。

① 夔 kuí　② 鴂 jué

此湖州冶游、感懷舊情之作。蓋詞人年輕時，在合肥有一段終身難忘的戀愛經歷，對方身屬歌女，善彈琵琶，此曲自度，故名《琵琶仙》。

詞人方泛舟太湖，忽有畫船從旁駛過，船上靚女載歌載舞，一看驚它：竟酷似當年坊曲中的相知，看她輕舉歌扇如接飛花的動作，還有那眉目，真是一般莫二哩。不待回過神來，船兒早已過了，越去越遠了。耳畔傳來"不如歸去"的鵜鴂聲，汀洲空綠，恍然如夢，游湖的興致如此這般都給攪了。

又是一個寒食節，風景依然，年華却暗中偷換。面對楊花榆莢亂飛，成何心情？千條柳絲，漸可藏鴉，令人回想起當時別莚，柳絮撲面，有如風雪；還記得那人曾唱陽關別曲，勸我更進杯酒。萬萬沒有想到，那就是彼此最後的一面呵。

抓住一個冶游的偶發事件，傾倒出多年積壓的感情。雖然用了一些典故，但詞境是渾成的。合肥在南宋已成邊城，其南城赤欄橋西、柳色夾道，詞人嘗寓居焉，詞中提到陽關與柳色，亦有由矣。

（周嘯天）

沈虎

丘　挺

揚州慢

……………………姜　夔①

淳熙丙申至日，予過維揚，夜雪初霽，② 薺麥彌望。③ 入其城則四顧蕭條，寒水自碧。暮色漸起，戍角悲吟。④ 予懷愴然，感慨今昔，因自度此曲，千巖老人以爲有黍離之悲也。

淮左名都，竹西佳處，解鞍少駐初程。過春風十里，盡薺麥青青。自胡馬窺江去後，廢池喬木，猶厭言兵。漸黃昏，清角吹寒，都在空城。　杜郎俊賞，算而今、重到須驚。縱豆蔻詞工，⑤ 青樓夢好，難賦深情。二十四橋仍在，波心蕩、冷月無聲。念橋邊紅藥，年年知爲誰生！

①夔 kuí　②霽 jì　③薺 jì　④戍 shù　⑤蔻 kòu

這是悲涼得近乎窒息的景象：殘冬黃昏，暮色漸緊；高曠的城樓，吹起了清寒的號角——不，是號角吹出了徹骨寒氣。此際，一座空城，就這樣沉沉地壓在了那暮色和寒氣之下……

是戍關？是邊塞？否也，那是風流俊賞的杜牧贊爲“春風十里”、却在金兵南犯後化爲廢墟的揚州名都！十五年矣，劫後的池木，至今還不忍回首往事；至於駐馬竹西亭下的詞人，目睹彌望的野薺青麥，又怎能不起黍離之悲？

再去尋訪杜牧筆下的“二十四橋明月夜”吧。然而，今夜再無玉人的簫聲，橋下只有一帶寒波，波心只有一彎冷月，在顫顫地抖動。一派死靜，近乎恐怖！

山河破碎，繁華消歇。此情此景，杜牧便是重到，也不能再有佳句詠得；至於愴然悲懷的詞人，更只有獨對着橋邊尚未枯凍的芍藥，悄聲低語而已！

（沈維藩）

暗香

························姜　夔[1]

辛亥之冬，予載雪詣石湖。止既月，授簡索句，且徵新聲，作此兩曲。石湖把玩不已，使工妓隸習之，音節諧婉，乃名之曰暗香、疏影。

舊時月色，算幾番照我，梅邊吹笛？喚起玉人，不管清寒與攀摘。何遜而今漸老，都忘却、春風詞筆。但怪得、竹外疏花，香冷入瑤席。

江國，正寂寂。嘆寄與路遙，夜雪初積。翠尊易泣，紅萼無言耿相憶。[2]長記曾攜手處，千樹壓、西湖寒碧。又片片吹盡也，幾時見得？

①夔 kuí　②萼 è

劉天煒

此詞因詠梅而懷人，所懷之人即詞中所謂"玉人"。爲什麼懷人要出以詠梅呢？只因梅花是當日情事的見證呵，試語繹其意：

皎潔的月光，曾多少次灑在你我身上，我在梅下吹笛，你傍梅樹歌唱。喚起心愛人兒，在清寒中摘來花香。而今我漸老去，筆下再無熱情激蕩。只怪那梅花還和過去一樣幽香，從竹邊飄飄而來，落在瑩潔的席上。

我伴着寂寞，獨自羈留邊遠的江鄉。一枝紅梅在手，夜來雪深路長，無由相寄，我心中惆悵。對着酒杯我落了淚，手拈花枝我沉入回想：在那西子湖旁，你我攜手的地方，千樹梅影壓着湖水，那麼清、那麼涼。風吹花瓣片片飛盡，幾時你再回我身旁？

詞以詠梅爲主幹，抒情懷人，今昔交叠，情景相生，讀來尤覺迴環宛轉之妙。

（周嘯天）

劉天煒

猶記深宮舊事，那人正睡裏，飛近蛾綠。莫似春風，不管盈盈，早與安排金屋。還教一片隨波去，又却怨、玉龍哀曲。等恁時、重覓幽香，②已入小窗橫幅。

①夔 kuí　②恁 rèn

曾慥《類說》曾引用趙師雄羅浮山梅林遇仙故事，故事中梅仙的綠衣侍童在天明後化爲梅樹上的翠鳥。詞一起即用之，賦梅花以靈性。梅與竹同入歲寒三友，其品格是孤芳自賞，所以詞人運用杜甫詠佳人"天寒翠袖薄，日暮倚修竹"來映襯梅花。梅花非凡花，乃昭君怨魂所化，故詞人又以杜甫詠昭君"畫圖省識春風面，環佩空歸月夜魂"的名句以詠之。

還有一個人日的傳說，見於《太平御覽》：梅花落在壽陽公主額上，成五出花，宮女因而創意，爲梅花妝。說到落梅，則想到護花，信手拈來漢武帝金屋藏嬌的話頭，又聯想到《梅花落》這個曲名。結尾道：梅花縱然落盡，其橫斜枝影映在小窗，依然如畫，依依令人神往，又隱隱使人聯想起漢武帝請方士爲李夫人招魂的故事。

《暗香》明寫"梅"，其實意不在梅。《疏影》無"梅"字，却句句詠梅，又處處用典，有的與梅相關，有的與梅無關，然而梅花女性化，却是一致的。這樣看來，這首詠梅詞中也略約寄託了一些傷逝之感吧。

（周嘯天）

疏 影

姜　夔①

苔枝綴玉，有翠禽小小，枝上同宿。客裏相逢，籬角黃昏，無言自倚修竹。昭君不慣胡沙遠，但暗憶、江南江北。想佩環、月夜歸來，化作此花幽獨。

惜紅衣

............................姜 夔①

　　吳興號水晶宮，荷花盛麗。陳簡齋云：「今年何以報君恩，一路荷花相送到青墩。」亦可見矣。丁未之夏，予游千巖，數往來紅香中，自度此曲，以無射宮歌之。②

簟枕邀涼，③琴書換日，睡餘無力。細灑冰泉，并刀破甘碧。墻頭喚酒、誰問訊、城南詩客。岑寂。④高柳晚蟬，說西風消息。　　虹梁水陌。魚浪吹香，紅衣半狼藉。維舟試望故國、眇天北。⑤可惜渚邊沙外，⑥不共美人游歷。問甚時同賦，三十六陂秋色。⑦

①夔 kuí　②射 yè　③簟 diàn
④岑 cén　⑤眇 miǎo
⑥渚 zhǔ　⑦陂 bēi

楊善深

　　詞人寓居吳興，水鄉荷花盛麗。淳熙年間夏天，他多次去千巖蕭蕭，來往於紅香之中。

　　當日天氣暑熱，午眠之後，洗來水果，用快刀切了，啖畢，順手翻開杜集，有《夏日李公見訪》詩：「貧居類村塢，僻近城南樓。……隔屋問西家，借問有酒否？墻頭過濁醪，展席俯長流。」杜甫貧居，尚有客須訪，可喚鄰家借酒，自己索居沒人來訪，只有窗外蟬聲聒噪，聲聲提醒說：秋風將至，荷花快謝了，可以出行了。

　　一條水路通過垂虹橋，魚戲蓮葉間，荷花半已凋零。繫船登上洲渚，遙望天北，那是合肥方向。心想：水鄉湖塘之多，號稱三十六陂，究竟何時能與伊同賞、同詠這大好秋光呢。

　　此詞基本上叙一日情事，結構意脉曲折精微，上片專寫永晝難消，就是爲下片寫懷人之苦預爲鋪墊。曲爲自度，調名《惜紅衣》，取賀鑄「紅衣脫盡芳心苦」詞意，兼有惜荷花與思美人的雙重含意。

（周嘯天）

風入松

.... *俞國寶*

一春長費買花錢，日日醉湖邊。玉驄慣識西湖路，[①]騎嘶過、沽酒樓前。紅杏香中簫鼓，綠楊影裏秋千。　暖風十里麗人天，花壓鬢雲偏。畫船載取春歸去，餘情付、湖水湖煙。**明日重扶殘醉，來尋陌上花鈿。**[②]

① 驄 cōng　② 鈿 tián

太上皇趙構微服出游，偶見太學生俞國寶題於酒肆的此詞，稱賞之餘，即日授國寶官職，還將原作中"明日再攜殘酒"改爲"明日重扶殘醉"：這是載於《武林舊事》、艷傳於士子之口的佳話。

趙構固是庸君，但這一句却改得着實好：一春有錢買花沽酒、跨下玉花驕驄，這手面、這身份，能是提殘酒而歸的寒澀人麼？

再說，目接紅杏、耳聞簫鼓、閒眺綠楊秋千，這西湖春光，還不叫人杯杯皆空、一醉方休，如何還殘得下酒來？

還有，十里長堤，風暖日晴，游女如織，雲鬢花顏，固能令太學生目眙神摇；但當真要在衆目下去陌上拾取她們遺下的花鈿，還非得帶三分殘醉佯狂之態不成呢！

但俞國寶也非無佳句。載走西湖的春光和青春氣息，讓滿溢的春情與湖上煙水同飄渺——這份風流瀟灑，便太上皇的御筆也只堪充作陪賓。

（沈維藩）

吳　聲

滿江紅 赤壁懷古

························戴復古

赤壁磯頭，一番過、
一番懷古。想當時，
周郎年少，氣吞區
宇。萬騎臨江貔虎
噪，[1]千艘列炬魚龍
怒。捲長波、一鼓困
曹瞞，今如許？
江上渡，江邊路。形
勝地，興亡處。覽遺
踪，勝讀史書言語。
幾度東風吹世換，
千年往事隨潮去。
問道傍、楊柳爲誰
春，搖金縷。

①貔 pi

　很難說此詞能與蘇東坡爭
勝：

　平實的開筆，總覺少了"大
江東去"的雄奇；緬懷的周郎，
也失却幾分"雄姿英發"的瀟
灑。然而"萬騎臨江貔虎噪"的
渲染，畢竟騰升了決戰赤壁的
壯氣；"捲長波，一鼓困曹瞞"
後的冷然反詰，亦有狂瀾逆折
般的警醒之力！

　過片語重而氣促，似聞風
振潮湧之聲滌蕩其間。結句的
發問雖從杜甫詩中化生，依然
有世遷景存的無限感慨推湧。

　大抵東坡所緬懷的，是輝
耀江天的英雄功烈，故多從人
物風神着墨。此詞所感慨的，則
是昔盛今衰的興亡時勢，故時
以論議入調。神采之略遜，正有
哀感之深沉相補，此足以論本
詞之得失乎？

　　　　　　（徐旭文）

陳應華

吳玉梅

綺羅香 詠春雨

......................史達祖

做冷欺花，將煙困柳，千里偷催春暮。盡日冥迷，愁裏欲飛還住。驚粉重、蝶宿西園，喜泥潤、燕歸南浦。最妨它、佳約風流，鈿車不到杜陵路。　　沉沉江上望極，還被春潮晚急，難尋官渡。

隱約遙峰，和淚謝娘眉嫵。臨斷岸、新綠生時，是落紅、帶愁流處。記當日、門掩梨花，剪燈深夜語。

這是一首詠春雨的詞。詞人從不同的角度，窮形盡相地描繪春雨，而終篇不露一個"雨"字，不是以寄託爲能，而是以工麗見長。

上片攝取近處的雨景，妙在不從正面着墨，而從側面傳雨之神。它做寒作冷，欺凌百花，它朦朧如煙，困壓細柳，它暗催春光歸去；它使蝶驚"粉重"，困宿花枝，使燕喜得春泥，忙築小巢；使才子佳人不能趕赴佳約，出車春游。所繪無一句不切春雨。

下片描摹遠處的雨景，多融化前人詩句，另創新境。春潮晚急，官渡迷濛，遠峰隱約如佳人眉黛，斷岸綠水新漲，流水飄帶落紅。目之所見，無一處非景；筆之所至，無一景不是春雨風光。結處化用前人句意，明是點題，却仍藏着"雨"字，不露痕跡，美妙入神。

（羊春秋）

雙雙燕 詠燕

························史達祖

過春社了，度簾幕
中間，去年塵冷。差
池欲住，試入舊巢
相並。還相雕梁藻
井，又軟語商量不
定。<u>飄然快拂花梢，
翠尾分開紅影</u>。

芳徑，芹泥雨潤。
愛貼地爭飛，競誇
輕俊。<u>紅樓歸晚，看
足柳昏花暝</u>。①應自
棲香正穩，便忘了、
天涯芳信。愁損翠
黛雙蛾，日日畫闌
獨憑。

① 暝 ming

喬 木

    燕子大約自己也不會想到，
到了詞人筆下，它們竟會如此
地活靈活現、姿態百出——

    春分才過，雙燕便穿過重
幕，飛回到塵封冷落的舊巢。撲
閃着翅膀打算住下，還擠進巢
裏試了試地位，可端詳起華麗
的房梁屋頂有點陌生，它倆又
犯起疑心來，那細聲軟語呢喃
個不休的親親密密模樣，看着
可着實可愛可憐。

    商量停當，雙燕便輕快地
拂過花梢，張開尾剪剪碎花影，
去春雨滋潤的花徑叼銜巢泥，
順便還比試了一番誰的貼地飛
行更顯得輕盈俊俏。玩累了，天
也晚了，它倆才穿花度柳，飛回
香巢，睡得甜甜美美、穩穩實
實。又一個雙棲雙宿的美好春
天，就從這一宵開始了……

    此篇是調名自擬的自度曲，
故詞人於"雙雙"二字，尤為注
重，非但連用"相並"、"商量"、
"爭飛"、"競誇"諸語，以為醒
目；甚至連篇末那位忘了給她
捎信的深閨思婦，她那"畫闌獨
憑"之姿，也不免作了恩愛雙燕
的反襯。

             （沈維藩）

三 姝媚

...........................史達祖

煙光搖縹瓦。^①望晴
檐多風，柳花如灑。
錦瑟橫床，想淚痕
塵影，鳳絃常下。倦
出犀帷，頻夢見、王
孫驕馬。諳道相思，
偷理綃裙，自驚腰
衩。　　惆悵南樓
遙夜，記翠箔張燈，
枕肩歌罷。又入銅
駝，遍舊家門巷，首
詢聲價。可惜東風，

將恨與、閒花俱謝。
記取崔徽模樣，歸
來暗寫。

①縹 piǎo

這是一首悼憶亡妓的艷詞，
感情沉痛而又傳達細膩。

詞人趁春訪舊，已身臨她
的床頭，却不提她的玉殞，先推
想她的別後。她該是懶理樂器，
倦出繡帷，因思成夢、因夢歡
聚，解不開相思之結，又不肯在
人前透露。只有當整理舊時羅
裙之時，才驚覺腰圍瘦損，"爲
伊消得人憔悴"了。多情的風塵
少女的矜持之態、嬌痴之情，於

此寫足矣。

過片始憶及初會的歡娛：
翠綠的簾幕、華燈高張，她偎倚
在我肩頭，嬌聲輕歌。有此濃情
的一筆，下面接寫自己遍訪舊
家鶯燕，却聞名花已謝，只好憶
着她的遺容，歸去寫影，則詞人
此際內心的悲咽沉重，遺憾惆
悵，便盡可想見了。

全篇無呼天搶地之悲、無
執手相訣之淒，語極沉厚，悲涼
無限。

（羊春秋）

施永成

秋霽 ①

························史達祖

江水蒼蒼，望倦柳
愁荷，共感秋色。廢
閣先涼，古簾空暮，
雁程最嫌風力。故
園信息。愛渠入眼
南山碧。念上國。誰
是、膾鱸江漢未歸
客。② 　　還又歲
晚，瘦骨臨風，夜聞
秋聲，吹動岑寂。③
露蛩悲、清燈冷
屋，④ 翻書愁上鬢
毛白。年少俊游渾斷
得。但可憐處，無奈
苒苒魂驚，⑤ 採香南
浦，剪梅煙驛。

①霽 jì　②膾 kuài　③岑 cén
④蛩 qióng　⑤苒 rǎn

吳 聲

史達祖平生大部分時間是
在都城臨安度過的。韓侂冑被
殺後，詞人亦受牽連下獄，繼而
黥面流放江漢。

謫中逢秋，既倦又愁，不覺
移情於江上柳荷。登臨舊閣，舉
目暮天，自己不勝風力，便覺連
雁行飛行也是吃力的。得不到
家園的信息，只苦苦思念着南
山西湖。想晉人張翰因秋風起，
思念吳中蓴羹鱸膾，説走就走，
多少瀟灑。嘆自己待罪遠州，身
不由己，客愁無限。轉眼又是一
年到頭，身體越發不支，夜裏總
難成眠，風聲蟲聲，俱覺可悲。
頭髮也愁白了，同學少年也久
違了。故友時常入夢，令我魂驚
心搖，然採香剪梅，欲有所寄，

又從何人寄之？此情此景，真
只有"可憐"二字，乃得形容!

全詞辭苦聲酸，却又含蓄
蘊藉，感人至深。

（周嘯天）

唐逸覽

少年游 草

…………………………高觀國

春風吹碧，春雲映綠，曉夢入芳裀。① 軟襯飛花，遠隨流水，一望隔香塵。　　萋萋多少江南恨，翻憶翠羅裙。冷落閑門，淒迷古道，煙雨正愁人。

①裀 yīn

　　草被春風吹碧，被春雲映綠，柔軟的芳草映襯着飛花，茸茸草地隨着流水伸向遠方。這原本是一片明麗的春景，而主題詞却是"曉夢"、"隔香塵"。"香塵"即女子的芳踪。"曉夢"二字點出前面所寫乃是一場春夢。原來詞人夢魂，在拂曉時曾沿着春水，穿越綠茵，去尋他的愛人。

　　惜乎夢醒太快，醒後不免惆悵，"翻憶翠羅裙"反用牛希濟"記得綠羅裙、處處憐芳草"句意，謂因睹春草而思閨人。末寫庭院孤寂，悵望古道，煙雨愁人，賦愁象愁。

　　《楚辭》"王孫游兮不歸，春草生兮萋萋"二語深入人心，故詠草詩詞，多連及別離之情。不過通常只取閨中憶遠的角度，所謂"芳草萋萋憶王孫"。而此詞則換新角度，偏寫游子思念閨中，僅此便不落窠臼。

（周嘯天）

262

沁園春 夢孚若

························劉克莊

何處相逢？登寶釵樓，訪銅雀臺。喚厨人斫就，^①東溟鯨膾，^②圉人呈罷，^③西極龍媒。天下英雄，使君與操，餘子誰堪共酒杯？車千乘，^④載燕南趙北，劍客奇才。　飲酣畫鼓如雷，誰信被晨鷄輕喚回。嘆年光過盡，功名未立，書生老去，機會方來。使李將軍，遇高皇帝，萬戶侯何足道哉！披衣起，但凄凉感舊，慷慨生哀。

①斫zhuó ②膾kuài ③圉yǔ
④乘shèng

　這是一首寫與好友夢中相會的詞。由於兩人志向遠大、性格豪爽，所以夢境亦非常人可比：他們相逢在中原（此時已淪陷），登臨漢代的寶釵樓、游覽曹魏的銅雀臺，吃的是東海長鯨之肉，乘的是西極天馬"龍媒"。他倆以曹操、劉備一流英雄自許，結交的都是些燕南趙北的劍客奇才。正當他們在夢中遨游、一展豪傑情懷時，晨鷄報曉，詞人回到了"功名未立，書生老去，機會方來"的現實處境。夢中與現實的强烈反差，不禁使詞人"凄凉感舊，慷慨生哀"，然而，矢志報國的詞人，並沒有就此消沉，他認爲機遇正在向他招手，相信有實現夢境的一天，這正是他拳拳報國、志在有爲的精神寫照。

(祝振玉)

夏小龍

263

吳　聲

賀新郎 送陳真州子華

······················劉克莊

北望神州路。試平章、這場公事，怎生分付？記得太行山百萬，曾入宗爺駕馭。今把作握蛇騎虎。君去京東豪傑喜，想投戈下拜真吾父。談笑裏，定齊魯。　　兩淮蕭瑟惟狐兔。問當年、祖生去後，有人來否？多少新亭揮淚客，誰夢中原塊土？算事業須由人做。應笑書生心膽怯，向車中、閉置如新婦。空目送，塞鴻去。

　　詞人送朋友去真州赴任，但條陳的卻是抗敵之策。真州，南宋時地處抗金前綫，他建議朋友要聯絡中原敵占區的各路義軍、百萬英雄好漢、內外呼應，方能平定中原。對朋友此行，他也致以嘉勉之意。他指出當時朝野的隳頹之氣，毅然以國家大計爲己任。"算事業須有人做"，樸實無華、鏗鏘有力的詞句中顯示出作者抗金復國的高度責任感，也是對朋友臨別時的最好贈語。最後，詞人嘲笑了那些無用書生在分手時的畏葸不前之態，從而反襯出他們英雄話別的豪傑本色。

(祝振玉)

玉樓春 戲呈林節推鄉兄

..........................──劉克莊

年年躍馬長安市，
客舍似家家似寄。
青錢換酒日無何，
紅燭呼盧宵不寐。

易挑錦婦機中
字，難得玉人心下
事。男兒西北有神
州，莫滴水西橋畔
淚！

好一位同鄉的林老兄，身在國都，應卯官衙，却年年歲歲，冶游無度。他躍馬街市，有家不歸，白日縱酒，夜晚豪賭，實在可嘆！

家有賢妻，他却從不理會她的堅貞嚴操；青樓的娼婦，他倒要百般去奉承她的心事。待到明了那嬌滴滴的玉人兒其實是一番虛情假意，他還要跑到水西橋下大滴其傷心淚，實在可卑！

節度推官的職守在於邊庭，西北的神州還烽火正緊。礙於同鄉的情面，只好把"戲呈"權代規箴，但詞人到篇末還是忍不住要莊言相勸：拿出你男兒的本色來！南宋末年，朝廷苟安，文恬武嬉。"男兒西北有神州"，面對頹波，正不可不有高響入雲之壯語以挽之！

（沈維藩）

陳谷長

陳應華

清平樂 五月十五夜玩月

風高浪快，萬里騎
蟾背。曾識姮娥真
體態，[1] 素面原無粉
黛。　　身游銀闕
珠宮，[2] 俯看積氣
濛濛。醉裏偶搖桂
樹，人間喚作涼風。

①姮 héng　②闕 què

　　詞人運用豐富的想像，暢
言他遨游月宮的情景。但他雖
在月宮，還是忘不了人間的涼
熱，構思之巧，令人嘆爲觀止。

　　上片寫他御氣乘風，很快
到了萬里之外的月宮。"蟾"是
"月"的代稱，不說到了月宮，而
說騎在蟾背上；不說姮娥不施
脂粉而白，而說本來與姮娥是
舊曾相識，熟悉她真正的體態，
這真是詞人豪快而浪漫的手筆。

　　下片寫他到了月宮之後：
身在九重天上，俯瞰脚下塵寰，
只見一片濛濛，渾然一體。當他
喝醉了酒，偶然搖了一下月中
的桂樹，人間便歡呼着好一陣
清涼的風。這是神來之筆，是全
詞的警策所在。

（羊春秋）

266

南柯子

............吳 潛

池水凝新碧，闌花
駐老紅。有人獨立
畫橋東，手把一枝
楊柳繫春風。
鵲絆游絲墜，蜂拈
落蕊空。①秋千庭院
小簾櫳，②多少閒情
閒緒雨聲中。

①拈 niān ②櫳 lóng

　　暮春天氣，惜春情緒。春天
孩兒面，一天變三變。剛才還是
晴空萬里，這會兒雨却又淅淅
瀝瀝下起來，於是池塘、欄花、
畫橋、楊柳、秋千、閨閣，都籠
在霏霏細雨中，好一幅煙雨春
景圖！

　　不過好景不常在，花老春
亦老，何况一場春雨一場熱，一
場春雨送走春一程。惜春的人
兒呀，你以爲一枝楊柳就能拴
住春天的脚步？須知這楊柳自
身就越來越綠，吐出了柳絮。而
柳絮，正是春色將闌的預兆！

　　不如在小樓聽雨，咀嚼你
的悵惘與閒愁……

(蕭華榮)

吳 聲

湘春夜月

························黄孝邁

近清明，翠禽枝上消魂。可惜一片清歌，都付與黃昏。欲共柳花低訴，怕柳花輕薄，不解傷春。念楚鄉旅宿，柔情別緒，誰與溫存！

空尊夜泣，青山不語，殘照當門。翠玉樓前，惟是有、一波湘水，搖蕩湘雲。天長夢短，問甚時、重見桃根？這次第，算人間沒個并刀，剪斷心上愁痕。

世上非暮春可傷，可傷者乃在天涯之羈旅；非羈旅可傷，可傷者更在生生隔絕的親人和戀情。

無怪翠禽的清歌，盡付與了落寞的"黃昏"；柳花的輕飛，更難訴凝重的"別緒"。空酒的尊，在夜色中暗暗啜泣；淡青的山，也默然無語。

過片的層層烘托，使殘月照耀的翠樓，愈加凄清。再推出一天"湘波"搖蕩的"湘雲"，便愈增缺月難圓、夢短天長之哀切！

結句的奇想，全由這不見"桃根"（代指心上人）的"愁痕"引發。然而，人間縱然有此并刀（剪子），又何能伸向心靈深處，剪斷那綿綿密密、重重纏繞的愁思？

（徐旭文）

莊壽紅

張立柱

清平樂

························周 晉

圖書一室，香暖垂簾密。花滿翠壺熏研席，①睡覺滿窗晴日。 手寒不了殘棋，籌香細勘唐碑。無酒無詩情緒，欲梅欲雪天時。

① 研 yàn

坐擁書城，與書為侶，也是一種"雅人深致"。

這書室，大概就是他的"書種"或"志雅"二堂吧？這裏有的是溫馨，是芳香──這是花香與墨香。這裏有的是靜謐，是散淡：早晨日高方起，昨夜殘棋未收；而比勘唐碑，更是尚友古人的樂事。讀書人自有讀書人的興致，讀書人自有讀書人的天地。

這小天地連着外面的大天地：早晨陽光滿窗，可想見鳶飛魚躍；午後肜雲密布，窗外雪將落，梅將開，可想見一個素潔的雪世界、梅世界、詩世界……

讀書人的書齋大着呢，讀書人的襟懷遠着呢。

（蕭華榮）

霜葉飛 重九

··吳文英

斷煙離緒。關心事，斜陽紅隱霜樹。半壺秋水薦黃花，香噀西風雨。[1]縱玉勒、輕飛迅羽，淒涼誰弔荒臺古？[2]記醉蹋南屏，彩扇咽寒蟬，倦夢不知蠻素。

聊對舊節傳杯，塵箋蠹管，[3]斷闋經歲慵賦。[4]小蟾斜影轉東籬，夜冷殘蛩語。[5]早白髮、緣愁萬縷。驚飆從捲烏紗去。謾細將、茱萸看，[6]但約明年，翠微高處。

①噀 xùn　②蹋 tà　③蠹 dù
④闋 què　⑤蛩 qióng
⑥茱萸 zhū yú

這是一首重九懷人之詞。作者於九日招友小飲，而悲白髮、厭官身、期山林，這些，已備見於前人之作，茲不多説。此詞可觀者有二。

一爲情景錯融之奇。斜陽霜樹，秋水黃花，月斜東籬，是當前之景；縱馬荒臺，是來日之事；南屏山之醉游，所看之美人歌舞，是消逝之景，記憶中事；細看茱萸，登上翠微，則是向往之景，預約之事。這些時空、虛實，真幻不同的景事，作者順其意識之流動，予以錯綜疊合，交融一片，以見其當日愁思之紛繁，這正是夢窗特有的空靈跳躍之筆。二爲措詞之奇。斷煙與離緒，一屬外界景，一屬心中情，作者並而合之，不作説明；然當此之時，二者實一，故又妙合無垠。蠻素的彩扇是往日之事，寒蟬是今日之見，作者著一"咽"字，使二者化爲一夢。此際，寒蟬與美人、蟬鳴與歌聲，亦已朦朧難分、淒迷難辨矣。

（陳邦炎）

邱陶峰

浣溪沙

門隔花深夢舊游，
夕陽無語燕歸愁。
玉纖香動小簾鈎。

　　落絮無聲春墮
淚，行雲有影月含
羞。東風臨夜冷於
秋。

　　這是一首懷人感夢之作。
其所懷之人是作者深深愛戀而
後來辭去的美姬，所感之夢是
夢到姬人的故居而未見其人。

　　夕陽寂寂，燕子歸來，隔門
遙望居室，簾鈎似在晃動，玉人
宛在室中，纖手偶現，香澤微
聞。這是一個境界淒迷而情味
溫馨的夢。夢中的燕子與纖手
則是牽動作者愁思的主要畫面。
作者在憶姬詞中貫以燕擬姬，
且常寫美姬之纖手。此番夢中
出現歸燕，正是其常視燕子為
伊人化身的心態之重現；而簾
後之玉纖，正是其平日對此纖
手之念念難忘。“落絮無聲”、
“行雲有影”，則是呈現於夢中
富有象喻意義的景物；而春之
“墮淚”、月之“含羞”，更是作
者的幽思遐想之游翔於夢中。

　　結拍“東風”一句寫夢後的
感受，只說了夜來天氣寒冷，把
內心情感的表達融入了外界氣
候的描述之中，與前五句所寫
的相思之夢不脫不粘，若即若
離，從而使夢後的惆悵迷惘之
情淡化為絃外之音、味外之味。

　　　　　　　　　（陳邦炎）

王贊

271

點絳唇 試燈夜初晴

······················吳文英

捲盡愁雲，素娥臨
夜新梳洗。暗塵不
起，酥潤凌波地。

　輦路重來，^①仿佛
燈前事。情如水，小
樓熏被，春夢笙歌
裏。

①輦 nián

　詞的上片，"素娥"句喻夜
來月色明淨。"暗塵"兩句，化
用蘇味道"暗塵隨馬去"、韓愈
"天街小雨潤如酥"詩句，並融
合《洛神賦》"凌波微步，羅襪
生塵"兩句，寫足了"試燈夜初
晴"、士女出游賞燈的盛況。

　"輦路"爲帝王車駕經過之
路，此指京城繁華大街。舊地重
來，在月下燈前，詞人的那段令
他頓生似水柔情的"燈前"往
事，又仿佛眼前。於是，在游人
喧闐之時，他却意興闌珊，獨歸
小樓，熏被而眠。此時，大街上
的沸天笙歌，猶時時傳入樓頭，
侵擾着他的春夢……

　詞開頭言"捲盡愁雲"，但
到了篇末，又添出了一段新愁。

(陳邦炎)

張爲之

272

祝英臺近 春日客龜溪游廢園

·······吳文英

採幽香，巡古苑，竹冷翠微路。鬭草溪根，沙印小蓮步。自憐兩鬢清霜，一年寒食，又身在、雲山深處。　　晝閒度。因甚天也慳春，[1]輕陰便成雨。綠暗長亭，歸夢趁風絮。有情花影闌干，鶯聲門徑，解留我、霎時凝佇。[2]

①慳 qiān　②佇 zhù

幽香、古苑、翠竹、溪邊、鬭草、蓮步、花影欄杆、鶯聲門徑，都是"游廢園"所見所感。但下片插入"綠暗長亭，歸夢趁風絮"兩句，所寫景物離開了"廢園"，似與上、下文不相承接，而全篇却賴這一詞筆的跳躍開拓了詞境、深化了詞思。這不在視野内的"長亭"，是作者朝思夕想的歸路上的長亭。身在"雲山深處"的"廢園"内，不知何時才能踏上歸程，而一片還鄉的幽夢則已逐空中飛揚的風絮而遠去。上句中的"暗"字帶有作者的感情色彩，也預爲歸夢烘托氣氛；下句中的"趁"字則既顯示柳絮之隨風飄舞，也襯出歸夢之自由飛翔。

善於以跳躍變幻之筆寫幽微窈冥之思，正是夢窗詞的藝術特徵。

（陳邦炎）

吳聲

吳　聲

手香凝。惆悵雙鴛
不到，幽階一夜苔
生。

①瘞 yi

　　作者在蘇州曾納一姬，卜
居閶門外的西園，後離去。因分
別之時在暮春，故每逢清明、寒
食必有憶姬之作。

　　上片寫當年與其人分別的
情景及其人去後的情懷。過片
即明點"西園"。作者在《浪淘
沙》詞中說"往事一潸然，莫過
西園"，而這裏却說"依舊"游
賞，語似相反，情實相通。說怕
到西園，是因園內物是人非，處
處觸目傷懷；而其仍到西園，則
因人去而記憶猶新，從舊日游
踪可追尋那已逝歲月，其心理
正與湯顯祖《牡丹亭》中的"尋
夢"相同。

　　唐宋時，女子有在清明作
秋千戲的習俗，下片"黃蜂"兩
句寫到秋千。在作者記憶中，秋
千是與姬人的纖手分不開的。
其《青玉案》詞所寫"翠陰曾摘
梅枝嗅，還憶秋千土忽手"，及
《西子妝慢》詞所寫"問彩繩纖
手，如今何許"，都因秋千而思
及其人之纖手。姬人已去，秋千
索上本不可能保留其雙手的香
澤，而作者念茲在茲，偶見黃蜂
撲向秋千索，竟產生仍有當時
香凝的綺思遐想，看似想入非
非，正見其一往情深。

　　　　　　　　　　　(陳邦炎)

風入松

…………………………吳文英
聽風聽雨過清明，
愁草瘞花銘。①樓前
綠暗分攜路，一絲
柳，一寸柔情。料峭
春寒中酒，交加曉
夢啼鶯。　　西園
日日掃林亭，依舊
賞新晴。黃蜂頻撲
秋千索，有當時、纖

鶯啼序

··············吳文英

殘寒正欺病酒，掩沉香繡戶。燕來晚、飛入西城，似説春事遲暮。畫船載、清明過却，晴煙冉冉吳宮樹。念羈情游蕩，[1]隨風化爲輕絮。　　十載西湖，傍柳繫馬，趁嬌塵軟霧。溯紅漸、招入仙溪，錦兒偷寄幽素。倚銀屏、春寬夢窄，斷紅濕、歌紈金縷。[2]暝堤空，[3]輕把斜陽，總還鷗鷺。

幽蘭旋老，杜若還生，水鄉尚寄旅。別後訪、六橋無信，事往花委，瘞玉埋香，[4]幾番風雨。長波妒盼，遥山羞黛，漁燈分影春江宿，記當時、短楫桃根渡。[5]青樓仿佛，臨分敗壁題詩，淚墨慘淡塵土。　　危亭望極，草色天涯，嘆鬢侵半苧。[6]暗點檢、離痕歡唾，尚染鮫綃，嚲鳳迷歸，[7]破鸞慵舞。殷勤待寫，書中長恨，藍霞遼海沉過雁，漫相思、彈入哀箏柱。傷心千里江南，怨曲重招，斷魂在否？

① 羈 jī　② 紈 wán　③ 暝 míng　④ 瘞 yì　⑤ 楫 jí　⑥ 苧 zhù　⑦ 嚲 duǒ

作者在杭州客居十載，曾戀一歌伎，後其人不幸身亡。此詞詳述與其初遇、定情、相別以及重訪、悼亡之始末。

首段可視作引子，寫傷春情懷，最後以"念羈情"兩句把詞情推入迷離縹緲之鄉，引出下文。

第二段以劉、阮入天台山遇仙女的神話把湖邊鶯艷、尾隨香車、侍女傳書、良宵苦短、臨別依依、淚濕金縷的情事寫得溫馨而富有傳奇色彩。"錦兒"、"歌紈"暗示其人的歌伎身份。

第三段寫别後重訪、其人已殁之恨以及那如夢如煙的艷遇之在哀傷中的再現。"長波"、"遥山"兩句追憶其人眉目之美媚與柔情；"春江宿"兩句回溯相會之歡娛；"臨分"兩句補叙分别之痛苦。這一錯綜往復之筆，正表達了在"事往花委"的殘酷現實前縈繞於作者心頭的悽惋纏綿之情。

末段抒悼亡之悲，可視作尾聲。篇終以"斷魂在否"的問語留下綿綿無盡的長恨。

四段詞合起來寫了一個完整的愛情故事。詞作空靈蘊藉、意象豐美，這在詞中是罕見的成功嘗試。

（陳邦炎）

吳山明

傅以新

八聲甘州 靈巖陪庾幕諸公游

.............................吳文英

渺空煙四遠，是何年、青天墜長星？幻蒼厓雲樹，[1]名娃金屋，殘霸宮城。箭徑酸風射眼，膩水染花腥。時靸雙鴛響，[2]廊葉秋聲。　宮裏吳王沉醉，倩五湖倦客，獨釣醒醒。問蒼波無語，華髮奈山青。水涵空、闌干高處，送亂鴉斜日落漁汀。連呼酒，上琴臺去，秋與雲平。

①厓 yá　②靸 sǎ

詞人分明登上了靈巖，而當其遠望四野之際，竟把此山一筆掃去，發爲"是何年"之問。這劈空一問，想落天外，思入洪荒，因生有而本無之遐思。眼前的蒼厓、白雲、綠樹本是自然界真景，館娃宮、吳王夫差稱霸之遺址本是歷史真跡，而詞人却以一"幻"字，把這一切視爲來自天外隕石上的幻化之象，更給人以真而實幻的迷離恍惚之感。

吳宮内的香水溪已無當年宮女傾倒的濯妝之水，而詞人在嗅覺、觸覺上仍感到其粉香脂膩；宮中的響屧廊已無當年西施的步履，而詞人在聽覺上把風吹落葉聲仍當作其踏過的聲響。這裏無而似有、幻而似真，把有與無、真與幻的感受及古與今的時空錯綜叠合在一起了。

下片由景物到人事，由懷古到傷今，詞筆騰轉，極其空靈。過片三句亦古亦今，以古喻今；而作者的傷時憂世的無限悲慨則盡包孕在亦景亦情的"蒼波無語"、"山青"奈何兩句之中。結末四句更化情爲景，宕出遠神。

（陳邦炎）

夜合花

························吴文英

自鶴江入京，泊葑門外有感。①

柳暝河橋，②鶯晴臺苑，短策頻惹春香。當時夜泊，溫柔便入深鄉。詞韻窄，酒杯長。剪蠟花，壺箭催忙。共追游處，凌波翠陌，連棹橫塘。③

十年一夢凄涼。似西湖燕去，吳館巢荒。重來萬感，依前喚酒銀缸。溪雨急，岸花狂。趁殘鴉，飛過蒼茫。故人樓上，憑誰指與，芳草斜陽。

① 葑 fēng ② 暝 míng
③ 棹 zhào

真是"重過葑門萬事非"！

蘇州葑門，是詞人與他早已離異的愛妾共同生活過的地方，是他的"溫柔鄉"。他們曾在此處飲酒、填詞、游春、蕩舟，說不盡的風流旖旎，馬鞭兒都霑滿花香！

而今玉人安在？舉目所見，唯有急雨猛擊溪面，狂風吹舞岸花，惶惶歸鴉飛過天空，懨懨西陽夕照芳草。當年可愛的她，怕已"攀折他人手"了吧？能不令人"重來萬感"！

前人云："十年生死兩茫茫。"又云："十年一覺揚州夢。"他則說："十年一夢凄涼。"十年，三千六百多個日日夜夜，隱藏着多少悲歡！

（蕭華榮）

蔡天雄

饒宗頤

唐多令

······················吳文英

何處合成愁？離人心上秋。縱芭蕉不雨也颼颼。都道晚涼天氣好，有明月，怕登樓。　　年事夢中休，花空煙水流。燕辭歸、客尚淹留。垂柳不縈裙帶住，謾長是、繫行舟。

　　"心"上加"秋"，合成一個"愁"字；而作者此刻的愁情也是由心中的離思與眼前的秋景會合而成。懷離心而怕對秋景，因秋景而撩動離心，在這裏正物我雙會、情景相生。

　　與戀人歡聚的情事恍然一夢、如花落水流之不返。念而今，戀人已如燕之辭歸，而自己則仍孤身作客他鄉。人事之無情如此。對此，作者忽生奇想，把這一無可奈何的憾事歸咎於眼前的垂柳，責怪它不繫住不願其歸而歸的伊人之裙帶，而偏偏繫住了欲歸而不得歸的自己之行舟。這千絲萬縷的柳條何顛倒錯亂如此。

　　也許這是人們在愁極思深之際都會萌生的想法，就詞情的表達而言，正是賀裳所說的"無理而妙"。

（陳邦炎）

南鄉子 冬夜

……………………黃昇

萬籟寂無聲，衾鐵
棱棱近五更。①香斷
燈昏吟未穩，淒清，
只有霜華伴月明。

　　應是夜寒凝，
惱得梅花睡不成。
我念梅花花念我，
關情，起看清冰滿
玉瓶。

①衾 qīn

　　擁被臥床的是詩人、橫枝
窗月的是梅花。

　　焚香歇了，孤燈黯然。冷寂
中又當鼓敲五更，詩句卻還未
吟個穩貼。「鐵棱棱」的衾被，更
顯得冷硬難捱！

　　窗外的梅花，似也在爲詩
人煩惱：疏影頻搖，顯然也未睡
着。

　　於是便擔心梅花，怎捱得
了這寒凝的冬夜？披衣起看玉

瓶，瓶水早凝成清冰；想來月下
的梅友，也已是滿樹霜華？

　　黃昇爲人淡泊，終身隱跡
林泉。情趣高潔，吟詠的瓶冰、
霜梅、也便如此晶瑩、清潤。

（潘嘯龍）

趙益超　張明堂

賀新郎 游西湖有感

················· 文及翁

一勺西湖水。渡江來、百年歌舞，百年醋醉。回首洛陽花石盡，煙渺黍離之地。[1]更不復、新亭墮淚。簇樂紅妝摇畫舫，[2]問中流擊楫誰人是？[3]千古恨，幾時洗？　余生自負澄清志。更有誰、磻溪未遇，[4]傅巖未起？國事如今誰倚仗，衣帶一江而已。便都道、江神堪恃。借問孤山林處士，但掉頭、笑指梅花蕊。天下事，可知矣！

①黍 shǔ　②樂 yuè　③楫 jí　④磻 bō

西湖景色雖美，但一個滿懷忠憤的南宋愛國詞人到此却別有一番感受。南渡以後，朝廷君臣不思恢復，將此作爲歌舞醋醉的安樂窩，湖中但見紅妝畫舫，什麽神州浩劫、故土之思、光復大計，再没人提起。朝廷宴安鴆毒，作者懷澄清天下之志，却請纓無路。可笑朝廷居然指望長江江神庇佑，苟且偷安。而那些自鳴清高的士大夫，竟然仍在品花賞酒，不問時政。"天下事，可知矣"！結拍表達了詞人憂國憂民的激憤呼聲。全篇以文爲詞，題"游西湖"，實爲指點江山的激揚文字，足以警頑起懦。

（祝振玉）

馬琼

柳梢青 春感

劉辰翁

鐵馬蒙氈，銀花灑
淚，春入愁城。笛裏
番腔，街頭戲鼓，不
是歌聲。　　那堪
獨坐青燈，想故國、
高臺月明。輦下風
光，① 山中歲月，海
上心情。

①輦 niǎn

亡國之音哀以思！

這是作者在南宋滅亡後寫
的沉痛詞篇。"國破山河在，城
春草木深"，不覺又到一年元宵
佳節，但臨安城中，已是江山易
主，舊俗盡改，從"鐵馬蒙氈"
到"笛裏番腔"，可見昔日的武
林舊事皆成過眼煙雲，儘管有
火樹銀花、街頭戲鼓，但這在異
族鐵蹄下的升平景象，只令他
"感時花濺淚"，覺得這歌吹之
聲也不堪入耳。矢志報國的詞
人如今獨坐青燈，遙想故國明
月和坐失大好河山的南宋小皇
帝們，悲從中來，實不堪禁受。
"輦下風光，山中歲月，海上心
情"這三個並列的四字句，表達
的是一個避居山中的大宋遺民
對亡國之君的苦戀，他以為昔
日的君臣還在海上流亡，但他
的耿耿忠心，只有明月可鑒，因
為四歲的末代皇帝昺，早已讓
陸秀夫背負跳海"成仁"了。

(祝振玉)

施永成

邱陶峰

寶鼎現 春月

..........................劉辰翁

紅妝春騎，踏月影、竿旗穿市。望不盡樓臺歌舞，習習香塵蓮步底。簫聲斷，約彩鸞歸去，①未怕金吾呵醉。甚輦路喧闐且止，②聽得念奴歌起。　　父老

猶記宣和事，抱銅仙、清淚如水。還轉盼沙河多麗。滉漾明光連邸第，③簾影動、散紅光成綺。月浸葡萄十里。看往來神仙才子，肯把菱花撲碎？　　腸斷竹馬兒童，空見説、三千樂指。等多時、春不歸來，到春時欲睡。又説向燈前擁髻，暗滴鮫珠墜。便當日親見霓裳，天上人間夢裏。

①鸞 luán　②輦 niǎn　鈿 tián
③滉 huàng　邸 dǐ

懷舊，總是交織着一個人的滄桑之感。而對於南宋遺民來説，對昔日汴京、臨安繁華的追憶，則包含着"落花流水春去也"的無限傷感。這首長調的前兩闋，寫的是兩地元宵佳節的富貴温柔。"望不盡樓臺歌舞"、"看往來神仙才子"二句前後相互映襯，竭盡摹寫之能事，使人恍然若聞念奴歌吹、若見沙河（杭州地名）多麗。第三闋"腸斷"二字，折回當前處境：那些騎竹馬兒童，豈諳前朝故事，昔日那三千人的教坊樂隊，他們何曾見過！在異族鐵蹄下，即便是元宵佳節，也難見祥和熱鬧的春意。唯有垂淚對孤燈，將天上人間的世事變遷，看作是三春一夢。

（祝振玉）

曲游春

………………………———周 密

禁煙湖上薄游，施中山賦詞甚佳，余因次其韵。蓋平時游舫，至午後則盡入裏湖，抵暮始出，斷橋小駐而歸，非習於游者不知也。故中山極擊節余"閒却半湖春色"之句，謂能道人之所未云。

禁苑東風外，颺暖絲晴絮，[1] 春思如織。燕約鶯期，惱芳情、偏在翠深紅隙。漠漠香塵隔，沸十里亂絃叢笛。看畫船盡入西泠，閒却半湖春色。　柳陌，新煙凝碧。映簾底宮眉，堤上游勒。輕暝籠寒，[2] 怕梨雲夢冷，杏香愁冪。[3] 歌管酬寒食，奈蝶怨良宵岑寂。[4] 正滿湖碎月搖花，怎生去得！

①颺 yáng　②暝 míng
③冪 mì　④岑 cén

詞牌爲《曲游春》，詞的內容則是西湖"春游曲"。看詞人筆觸細膩雅致，層層鋪叙，仿佛是繪製一幅工筆長卷。這幅圖畫裏，論花木有柳、梨、杏，論蟲鳥有燕、鶯、蝶，論音樂有歌、管、絃，論顔色有翠、紅、碧，真個是無邊春色在眼前。這樣的"春游曲"可説是老調重彈，但詞人却彈得高明。由宮苑寫到湖濱，再由外湖寫到裏湖，又回到岸上寫蘇堤，一結復歸到湖上夜月，有條不紊，絲絲入扣；數十種物象的穿插巧妙靈活，不嫌堆垛無雜；用惱、怕、奈與寒、冷、寂之類詞語，對春詞慣用的暖色調作適當的淡化，這便是此詞藝術上的成功之處。

（龐 堅）

何加林

聞 鵲 喜 吳山觀濤

周　密

天水碧，染就一江
秋色。鰲戴雪山龍
起蟄，^①快風吹海
立。　　數點煙鬟
青滴，一杼霞綃紅
濕，^②白鳥明邊帆影
直，隔江聞夜笛。

①鰲 áo　蟄 zhé　②杼 zhù

　　這是一首清麗明快的小令，
與南宋晚期婉約派詞家的長調
慢詞筆意曲折的風格明顯不同，
讀來仿佛是飽飫珍饈之後來一
顆青橄欖，頓感氣爽神清。上片
直寫登吳山觀浙江潮之所見：
遠處天水上下一碧如染；近處
浪濤激捲如神鰲負雪山而狂奔，
如白龍驚起蟄而怒躍，如海面
受風吹而陡立，雖是寫實，却也
富於想像，筆墨甚是飽滿。下片
所寫，是"絢爛之後歸於平淡"，
自然這平是平和，這淡是淡雅。
山如青鬟，霞似紅綃，波平如鏡
留帆影——大潮已退，自然一
切復歸於寧靜，而一聲夜笛隔
岸傳來，餘音裊裊，不絕如縷，
韵味又是多麼地雋永！

　　　　　　　　　　（龐堅）

吳　聲

白崇然

高陽臺 送陳君衡被召 ....周密

照野旌旗，朝天車馬，平沙萬里天低。寶帶金章，尊前茸帽風欹。①秦關汴水經行地，②想登臨、都付新詩。縱英游，疊鼓清笳，駿馬名姬。　　酒酣應對燕山雪，正冰河月凍，曉隴雲飛。投老殘年，江南誰念方回。東風漸綠西湖岸，雁已還、人未南歸。最關情，折盡梅花，難寄相思。

①欹 qī　②汴 biàn

身爲南宋遺民的周密，却要送故友應召北赴，去元廷爲官作宦；臨別之際，又不能無詞相送。這番落筆，不亦難乎？

可看他似乎全無難處，放筆直下，淋漓鋪叙了陳君衡的車馬之盛、冠帶之華，還意猶不足，更懸想他一路北上，駿馬名姬，登山臨水，其樂無窮。這般

口角津津，粗看還頗有艷羡之意呢！

然而，你可曾留意到他沉著地嵌入的"秦關汴水"四字？秦關，是南宋的苦戰地；汴水，是北宋的舊帝里。在此縱樂，於心忍乎？

下片的叮嚀故友休戀北闕、毋忘江南之意，還是易於看出的；唯上片這含蓄的數語微言，爲詞人的深心所在，非細味之，不能得也。

（沈維藩）

285

題款：
凌波
路冷秋
無際
玉夢寬
一枝燈影裏
涓涓清露
楊之新

淡泊喜意

楊正新

花犯 賦水仙

···················周　密

楚江湄，[①] 湘娥乍
見，無言灑清淚。淡
然春意。空獨倚東
風，芳思誰寄。凌波
路冷秋無際，香雲
隨步起。謾記得、漢
宮仙掌，亭亭明月
底。　　冰絃寫怨更
多情，騷人恨，枉賦
芳蘭幽芷。春思遠，
誰嘆賞、國香風味。
相將共、歲寒伴侶，
小窗净、沉煙熏翠
袂。[②] 幽夢覺，涓涓
清露，一枝燈影裏。

①湄 méi　②袂 mèi

　　水仙花，乃是聖潔之美的
象徵。它不僅體態秀美，而且氣
質高貴，給人以超凡脱俗、幽韵
冷香的美感。一個寒冷的夜晚，
詞人獨對水仙凝視出神、從她
嫻靜素雅的姿態中，他似乎看
到了湘水女神無言而灑清淚的
面容，看到了洛神凌波微步、香
雲隨起的冉冉身影，又看到了
漢宮金人在明月下手捧露盤、
亭亭玉立。他忽又猛地想起：似
這般國色天香，足可與松、竹、
梅"歲寒三友"爲伴侶，同在幽
人小窗下展露風韵；在《離騷》
中再三寄情於芳蘭幽芷的屈原，
真不該將水仙遺忘。

　　於是，一夢醒來，在清露之
下、名花之側，詞人提筆就燭，
寫下了這支水仙的頌歌。

　　　　　　　　　　(楊海明)

286

酹江月① 和友驛中言別

............................文天祥

乾坤能大，算蛟龍、元不是池中物。風雨牢愁無著處，②那更寒蟲四壁。橫槊題詩，③登樓作賦，萬事空中雪。江流如此，方來還有英傑。　堪笑一葉漂零，重來淮水，正涼風新發。鏡裏朱顏都變盡，只有丹心難滅。去去龍沙，江山回首，一綫青如髮。故人應念，杜鵑枝上殘月。

① 酹 lèi　② 著 zhuó
③ 槊 shuò

南宋亡後，詞人與友人鄧剡作為俘虜被元軍押赴北方。途經金陵，鄧因病不能同行，乃填《酹江月》一首與詞人訣別，詞人賦此作答。國破家亡，身陷敵手，虎困於柙，龍拘於池，詞人的心情本即十分沉痛；加之將與難友勞燕分飛，生離死別，又平添許多悲涼。因此，詞的基調蒼楚欲絕。但可歌可泣的是，

英雄末路，一至於此，他仍舊豪邁地預言：長江後浪推前浪，後來的英傑，必能復興國業！他那顆不屈的頭顱仍舊高昂着，他那滿腔的熱血仍舊在熊熊燃燒。"鏡裏朱顏都變盡，只有丹心難滅"，這和他"人生自古誰無死，留取丹心照汗青"詩句後先一揆，都是民族正氣的光芒閃射。凡此皆使得本篇於沉鬱中復有亢爽之致，令人慷慨激昂而瞋目決眦、髮上指冠。

（鍾振振）

鄭紹敏

酹江月　驛中言別

························鄧剡[1]

水天空闊，恨東風、不借世間英物。蜀鳥吳花殘照裏，忍見荒城頹壁。銅雀春情，金人秋淚，此恨憑誰雪？堂堂劍氣，斗牛空認奇傑。

那信江海餘生，南行萬里，屬扁舟齊發。正爲鷗盟留醉眼，細看濤生雲滅。睨柱吞嬴，[2]回旗走懿，[3]千古衝冠髮。伴人無寐，秦淮應是孤月。

①剡 shàn　②睨 nì　③懿 yì

這是又一曲怒髮衝冠的《滿江紅》，是矢盡援絕的南方之强的壯歌！

在詞人的眼中，雖然救國大業最終告敗，但那出沒波濤、南行萬里、於九死一生中奮挽天河的文天祥，他的奇功烈業，必將與氣吞强秦的藺相如、以死後魂魄驚走活司馬的諸葛孔明，並而爲三，凜然光焰，將照徹千古！

在金陵的館驛，因病留下的鄧剡，將此詞贈給了一路難同行、行將北押大都，取義成仁的文天祥。詞中雖有難雪國恥的悵憾，雖有蒼天不佑的痛惋，但他們畢竟是抗爭的志士，貫穿於全篇的，仍是一腔豪氣，直衝斗牛！

此詞與文天祥的和作，都用蘇東坡《念奴嬌·赤壁懷古》的原韵，也都有"大江東去"般的慷慨壯烈，可持鐵綽板、令關西大漢歌之！

(沈維潘)

戴明德

李覺

水龍吟 淮河舟中夜聞宮人琴聲

　　　　　　　汪元量

鼓鼙驚破霓裳,[1] 海棠亭北多風雨。歌闌酒罷,玉啼金泣,此行良苦。駝背模糊,馬頭匼匝,[2] 朝朝暮暮。自都門宴別,龍艘錦纜,空載得、春歸去。　目斷東南半壁,恨長淮、已非吾土。受降城下,草如霜白,淒涼酸楚。粉陣紅圍,夜深人靜,誰賓誰主?對漁燈一點,羈愁一搦,[3] 譜琴中語。

① 鼙 pí　② 匼匝 kē zā
③ 搦 jí 搦 ruò

　　南宋既滅,亡國君臣,及宮人樂官,皆押解北上,身為宮廷琴師的汪元量也在其列。舟次淮河,沉沉黑夜中,忽聞有宮人撫琴,深解音律的詞人,頓時悲從中來,長吟當哭。

　　一哭北上前的離宴之慘。北兵入城,宮苑失色。想到此行將長與塞北駝馬相伴,非但玉人嬌啼,連銅人也要落淚。隨船的故國舊物,只有一段江南的殘春。

　　再哭眼前之慘。山河已非吾土,邊關唯餘衰草,這是舉目所見;往昔的宮中主奴,如今雜處一舶,無復尊卑,這是回看舟中。此際,又傳來昏暗漁火中的梟鳥哀音,真叫人情何以堪!

　　此詞純述親歷,故較之其他的傷亡之作,悲楚特甚,讀之令人酸鼻。

　　　　　　　　(康　橋)

太液芙蓉浮不似旧時顔色 宋詞意 新龍畫

朱新龍

滿江紅

·····························王清惠

太液芙蓉，渾不似、舊時顔色。曾記得，春風雨露，玉樓金闕。[1] 名播蘭馨妃后裏，暈潮蓮臉君王側。忽一聲鼙鼓揭天來，[2] 繁華歇。

龍虎散，風雲滅。千古恨，憑誰説？對山河百二，淚盈襟血。驛館夜驚塵土夢，宮車曉碾關山月。問姮娥、[3] 於我肯從容，同圓缺。

①闕què ②鼙pí ③姮héng

南宋末年，元軍占領臨安，宋帝及三宮后妃等被擄北上。途中，身爲度宗昭儀的詞人在驛館壁上題此詞以抒亡國之痛。全詞血淚和流，讀之如聽三峽啼猿、三更啼鵑，令人難以爲懷。她由開始的戚戚於個人身世浮沉，最終升華到反省國家興亡、歷史功罪的思想高度，負荷了整個時代、整個民族的悲慟。末二句以向月中嫦娥探詢的口吻，含蓄地表達了自己的政治態度：但願保全女性的也是民族的節操，絶不媚顔事敵。由於詩詞語言含義的多重性，文天祥曾誤以爲這兩句有隨適取容、無心守節之意，嘆道：「惜哉，夫人於此少商量矣！」然而詞人到達元都後，竟自請出家爲女道士，全節而終——史實對其詞意作出了最權威的詮釋。

（鍾振振）

眉嫵 新月

…………王沂孫

漸新痕懸柳，淡彩穿花，依約破初暝。[1]便有團圓意，深深拜，相逢誰在香徑。畫眉未穩。料素娥、猶帶離恨。最堪愛、一曲銀鈎小，**寶簾掛秋冷**。　　**千古盈虧休問**。嘆慢磨玉斧，難補金鏡。太液池猶在，淒涼處、何人重賦清景。故山夜永。試待他、窺戶端正。看雲外山河，還老盡、桂花影。

①暝 ming

　　這首長調詠物詞，題爲《新月》，但通篇不著一"月"字，隱去標題，倒可作一首謎語詞讀。全詞充滿了隱喻，"團圓意"寄寓故國恢復的希望，"帶離恨"蘊含舊朝覆亡的悵恨，"千古盈虧"爲人世滄桑的對語，"難補金鏡"乃無力補天的別稱，而慨嘆"老盡桂花影"則是詞人在元朝黑暗統治下身世之感、家國之恨的總概括。雖然借叙寫月景抒發情愫，詞旨較隱晦，但"太液池"是帝王賞月的所在，嘆此"淒涼處，何人重賦清景"，則懷念宋朝的語意甚爲顯豁，以此數句爲津梁，不難找到破解全篇的門徑。此詞結構綿密精細，情致低迴掩抑，天人古今融合無間，興發感動力極強。

(龐 堅)

趙 豫

楊正新

水 龍 吟 落葉

························王沂孫

曉霜初著青林，① 望中故國凄涼早。蕭蕭漸積，紛紛猶墜，門荒徑悄。渭水風生，洞庭波起，幾番秋杪。② 想重厓半沒，③ 千峰盡出，山中路，無人到。　前度題紅杳杳，④ 溯宮

溝、暗流空繞。啼螿未歇，⑤ 飛鴻欲過，此時懷抱。亂影翻窗，碎聲敲砌，⑥ 愁人多少！望吾廬甚處？只應今夜，滿庭誰掃？

①著 zhuó　②杪 miǎo
③厓 yá　④杳 yǎo
⑤螿 jiāng　⑥砌 qì

　　自從戰國楚宋玉《九辯》中唱出"悲哉秋之為氣也，蕭瑟兮草木搖落而變衰"以來，"落葉"便成了悲秋文學傳統中的重要角色；但本篇的悲落葉，不是普通詠物詩詞落葉驚秋、嘆老嗟卑的身世之感，而主要蘊含的是改朝換代、受役異族的家國之恨，"望中故國凄涼早"一語便是打開詮解之門的鑰匙。詞人寫落葉飄零之悲，善從側面借有關的事物如"曉霜"、"啼螿"、"飛鴻"來刻畫；善用有關的典故作點化，如"渭水風生"用賈島詩，"洞庭波起"用《楚辭·九歌》，"題紅"用《雲溪友議》。不但繪形，"亂影翻窗，碎聲敲砌"亦繪聲繪影；不但用帶"無"、"空"等字眼的否定句，更在結尾兩用疑問句，言近旨遠，極耐人尋味。

　　　　　　　　　　（龐　堅）

齊天樂 蟬

……………………………王沂孫

一襟餘恨宮魂斷，
年年翠陰庭樹。乍
咽涼柯，還移暗葉，
重把離愁深訴。西
窗過雨。怪瑤珮流
空，[1] 玉箏調柱。鏡
暗妝殘，爲誰嬌鬢
尚如許。　　銅仙鉛
淚似洗，嘆攜盤去
遠，難貯零露。病翼
驚秋，枯形閱世，消
得斜陽幾度？餘音
更苦。甚獨抱清高，
頓成凄楚？謾想熏
風，柳絲千萬縷。

①珮 pèi

唐逸覽

此詞先寫蟬爲齊后怨魂所
化的傳說，賦詞情以感傷色彩。
蟬鳴於庭樹，爲提防天敵，得經
常轉移位置。幾筆隱隱寫出遺
民自危心態。秋雨送寒，蟬命朝
不保夕，蟬聲却宛轉動聽，清脆
悦耳，如佩玉相叩，玉箏試彈。
魏宮人曾發明一種鬢型，薄如
蟬翼，詞中反用道：秋蟬嬌鬢如
許，可惜只是殘妝。

從蟬的飲露餐風，詞人想
到承露金盤，再聯想到漢魏易
代的故事。魏明帝將長安漢宮
中仙人承露盤銅像拆遷洛陽，
銅人臨載竟清然淚下。無生命
的銅人尚且如此，何況敏感如
蟬者：本屬病翼，哪堪驚秋；已
自枯形，何忍閱世；只能獨抱清
商，頓成凄楚了。結尾仍從蟬的
角度，回想薰風送暖、柳絲搖曳

的季節，大有昨夢前塵不堪回
首之慨。

亡國之音哀以思，寫蟬處
皆亦顧影自憐處。遺民詞情調
固不免低沉，但帶有憂鬱感的
音樂，才是排遣憂慮的一帖良
藥。這就是感傷詞的美感與價
值之所在。

（周嘯天）

相思夜〔乙卯秋日寫王沂孫詞意〕張谷旻

張谷旻

高陽臺 和周草窗寄越中諸友韵

............................王沂孫

殘雪庭陰，輕寒簾影，霏霏玉管春葭。[①]小帖金泥，不知春在誰家。相思一夜窗前夢，奈個人、水隔天遮。但凄然，滿樹幽香，滿地橫斜。

江南自是離愁苦，況游驄古道，[②]歸雁平沙。怎得銀箋，殷勤與說年華。如今處處生芳草，縱憑高、不見天涯。更消他，幾度春風，幾度飛花。

①葭 jiā　②驄 cōng

南宋已亡。詞人得到周密從杭州寄來的一詞。周密的詞雖是寄給越地友人的，却也觸動了詞人的情懷，禁不住要命筆相和。周詞作於殘冬，而如今，雖然庭陰尚有殘雪，畢竟立春已到，詞人的愁懷，也添了新的一層：故國風俗，是日宮中應以金泥書寫宜春帖子，改朝換代之後，真是"不知春在誰家"

了。於是，詞人因周密寄詞，做一夜夢：西泠孤山之畔，滿樹梅花，滿地梅影，何等高潔，而又何等冷清呀！

"斷腸春色在江南"，何況周密又説起當年騎馬走過的古道，和舟行所見平沙落雁的景色。這一來，本想寫封信和朋友談談江南之春，却也提不起情緒了。相思和草色一樣濃密，只恨相隔太遠。彼此都老了，還能過幾個這樣的春天呢？

全詞生活內容豐富，亡國之痛亦深寓其中。

（周嘯天）

294

長亭怨慢 重過中庵故園

..........................王沂孫

泛孤艇、東皋過遍，尚記當日，綠陰門掩。屐齒莓苔，[1] 酒痕羅袖事何限。欲尋前跡，空惆悵、成秋苑。自約賞花人，別後總、風流雲散。

水遠。怎知流水外，却是亂山尤遠。天涯夢短，想忘了、綺疏雕檻。望不盡、冉冉斜陽，撫喬木、年華將晚。但數點紅英，猶記西園凄婉。

①屐 jī

孤艇舊地重游，專程尋夢。故人之故居，留下了太多美好深刻的回憶。還清楚地記得當年每值良辰美景，園中詩酒歌舞，種種賞心樂事。而眼前園門緊閉，地生莓苔，人去苑空，令人無限惆悵。

歸航中，漸覺水遠、山尤遠，往事亦渺遠，就像做了一個很短很短的夢。故人不見，難道是忘了故園的亭臺樓榭？夕陽西下，使人想起桓溫名言：「木猶如此，人何以堪！」流水中飄浮着些許殘紅，或可爲西園盛衰之見證吧？

詞中幾乎沒有具體情事的叙寫，但將傷逝的情緒抒發得淋漓盡興、沉鬱而空靈。

(周嘯天)

吳聲

王慶昌

賀新郎 吳江

蔣捷

浪湧孤亭起，是當年、蓬萊頂上，海風飄墜。帝遣江神長守護，八柱蛟龍纏尾。鬧吐出、寒煙寒雨。昨夜鯨翻坤軸動，捲雕翬①擲向虛空裏。但留得，絳虹住。　　五湖有客扁舟艤②，怕羣仙、重游到此，翠旌難駐。手拍闌干呼白鷺，為我殷勤寄語。奈鷺也、驚飛沙渚③。星月一天雲萬壑④，覽茫茫、宇宙知何處？鼓雙楫⑤，浩歌去。

①翬 huī　②艤 yǐ　③渚 zhǔ
④壑 hè　⑤楫 ji

題中的吳江，指吳淞江。吳淞江是太湖支流，跨江有七十二孔的垂虹橋，上有垂虹亭，皆北宋時所建。垂虹亭凌駕吳江浪濤之上，似從海上仙山墜落至此。柱上八龍環繞，活靈活現，似有神護。然而天地翻覆，宋元易代，亭遂被毀，神亦無奈。

詞人從太湖乘舟路過此地，遂有一番憑弔。悲從中來，欲請江鷺寄語羣仙，說一說此地的不堪。然白鷺毫不理會，驚飛而去，令其無限悲愴，產生了宇宙茫茫、無處容身之感。只得作一曲悲歌，作別垂虹橋而去。

（周嘯天）

女冠子 元夕

——蔣 捷

蕙花香也，雪晴池館如畫。春風飛到，寶釵樓上，一片笙簫，琉璃光射。而今燈漫掛。不是暗塵明月，那時元夜。況年來、心懶意怯，羞與蛾兒爭耍。　　江城人悄初更打。問繁華誰解，再向天公借。剔殘紅炧。[①]但夢裏隱隱，鈿車羅帕。[②]吳箋銀粉砑。[③]待把舊家風景，寫成閒話。笑綠鬟鄰女，倚窗猶唱，夕陽西下。

①炧 xiè　②鈿 tián　③砑 yà

黃全昌

元宵是我國傳統節日，爲民間所愛。元宵佳節又像一面鏡子，可以反映時代的盛衰。此詞一起就回憶南宋承平時代的元夕繁華景象：蕙花飄香，池館雪晴，士女滿樓，一片笙歌，處處燈彩。"而今"以下寫眼前元夕之冷清，草草掛幾盞燈，沒有幾個游人。人們還沉浸在亡國的悲痛之中，沒有過節逗樂的心情。

初更以後，詞人暗想，往昔繁華是一去不返了。滅燈閉目，便會出現當年車水馬龍、花月春風的情景。唉，唯一好做的事，就是仿孟元老寫《東京夢華錄》，寫一點關於元夕的舊事吧。忽然間聽到一支熟悉的曲子，原來鄰家少女，憑窗唱着南宋元夕詞（指范周《寶鼎現·夕陽西下》）。可她小小年紀，又懂得多少亡國恨呢？

（周嘯天）

劉旦宅

一剪梅 舟過吳江

······································蔣 捷

一片春愁待酒澆，江上舟搖，樓上帘招。秋娘渡與泰娘橋，風又飄飄，雨又蕭蕭。　　何日歸家洗客袍？銀字笙調，心字香燒。<u>流光容易把人拋，紅了櫻桃，綠了芭蕉。</u>

飄泊已久的游子，乘一葉小舟，路過太湖旁的吳江縣。春寒料峭，岸邊樓上的酒旗對他頻頻招手，故故撩撥。吳地方音軟媚，連渡橋的名字也香艷；"秋娘渡"呵，"泰娘橋"呵，好叫人想起家中的娘子。一陣風、一陣雨的惱人天氣，添了游子的春愁。

客袍早就髒了，到家就可以洗。到得家時，先什麼也不幹，且把銀字兒的笙調試起來，把心字兒的香點起來，陪娘子好好坐坐。可屈指一算，到家該交夏令，櫻桃顏色變紅了，芭蕉葉子由淺綠變為深綠了，讓人思之欣慨交心。

《一剪梅》詞牌有二種押韻法，此詞調取逐句押韻的一體，巧妙地運用許多疊字，充分發揮了這種格式中四組排比短句的特點，抒情性與音樂美水乳交融，遂為不可多得的佳作。

(周嘯天)

298

蔡天雄

八聲甘州

............................張　炎

辛卯歲，沈堯道同余北歸，各處杭越。逾歲，堯道來問寂寞，語笑數日，又復別去。賦此曲，並寄趙學舟。

記玉關、踏雪事清游，寒氣脆貂裘。傍枯林古道，長河飲馬，此意悠悠。短夢依然江表，老淚灑西州。一字無題處，落葉都愁。　　載取白雲歸去，問誰留楚佩，弄影中洲？折蘆花贈遠，零落一身秋。向尋常野橋流水，待招來，不是舊沙鷗。空懷感，有斜陽處，却怕登樓。

"折蘆花贈遠，零落一身秋"。老友久別重逢，旋又離去，贈上的難道僅僅是一枝蘆花嗎？它實在是我的一片心呀！零落的難道僅僅是蘆絮、是秋色嗎？它實在是我們比秋色更濃重更蒼茫的故國之思呀！朋友，還記得前年聯袂北游、踏雪冒寒、古道走馬的情景嗎？可是除更增亡國之痛，尚何所獲？而這亡國沉痛，竟一字不能寫出……如今你這一走，留給我的是加倍索寞。登樓排遣嗎？又怕見那夕陽，它更使我憶起夕陽一般沉淪的故國……

（蕭華榮）

水龍吟 白蓮

············張炎

仙人掌上芙蓉，涓涓猶滴金盤露。輕裝照水，纖裳玉立，飄飄似舞。幾度銷凝、滿湖煙月，一汀鷗鷺。記小舟夜悄，波明香遠，渾不見、花開處。　　應是浣紗人妒，褪紅衣、被誰輕誤？閒情淡雅，冶姿清潤，憑嬌待語。隔浦相逢，偶然傾蓋，似傳心素。怕湘皋珮解，[①]綠雲十里，捲西風去。

①皋 gāo　珮 pèi

劉旦宅

　　詞人曾經尋覓着那株冰清玉潔的白蓮，如同尋覓夢中的情人、心中的理想。多少次他在水邊凝望，望到的只是煙月、鷗鷺，渾不見她素潔的情影。他也曾在一個靜夜，駕一葉小舟尋遍水涯，仍歸徒然。你在哪裏，美的精靈？也許你本是一株紅蓮，嫉妒的洗衣女奪了你的彩衣？其實這反而顯出你的淡雅，清潤，一塵不染……呵，你宛在水中央，遙訴心曲，我終於看到你了，但又怕一陣秋風將你摧折，使你凋零……

　　詞人筆下的白蓮，多像曹植賦中的洛神，旋現旋隱。而"浣紗人妒"、"褪紅衣"諸語，又寄託了他多少身世之感！看來，這白蓮分明是他人格的化身。

（蕭華榮）

解連環 孤雁

··················· 張 炎

楚江空晚。悵離羣
萬里，恍然驚散。自
顧影、欲下寒塘，正
沙净草枯，水平天
遠。寫不成書，只寄
得、相思一點。料因
循誤了，殘氊擁雪，
故人心眼。　　誰
憐旅愁荏苒。[①] 謾長
門夜悄，錦箏彈怨。
想伴侶、猶宿蘆花，
也曾念春前，去程
應轉。暮雨相呼，怕
驀地、[②] 玉關重見。
未羞他、雙燕歸來，
畫簾半捲。

①荏苒 rěn rǎn　②驀 mò

喬　木

　　此詞詠孤雁，真把一個
"孤"字寫活了，寫足了。你瞧，
蒼蒼楚江，渺渺晚空，它孤零零
飛在天空，跟不上壯觀的雁陣。
顧影自憐的它，已組不成一筆
一畫，唯有小小的一點而已。不
是說雁字傳書嗎？充其量不過
傳出長門宮的一點寂寞，彈箏
人的一點幽怨，至於像蘇武那
樣拘留胡地，飲雪吞氊的志士
的貞言誓語，小小的孤雁却傳
送不來了……這孤雁當然也在
夢想來春與伴侶重見的歡樂、
雙飛雙棲的喜悦；然而夢想之
殷，却益發襯托出今日形單影
隻的孤淒。

　　因這首《孤雁》，張炎博得
"張孤雁"的美稱。是的，"寫不
成書，只寄得、相思一點"，這

是何等的巧思，是對"雁字傳
書"之類陳套的何其有力的翻
新呀！不過，孤雁寫不成書，與
詞人面對國家淪喪的大痛却無
能為力，只能徒說孤臣的孤苦，
這之間有無關聯，細心的讀者，
亦不可不深味之。

　　　　　　　　　（蕭華榮）

朝中措

……………………張 炎

清明時節雨聲嘩，
潮擁渡頭沙。翻被
梨花冷看，人生苦
戀天涯。　　燕簾
鶯戶，雲窗霧閣，酒
醒啼鴉。折得一枝
楊柳，歸來插向誰
家？

　　清明時節是踏青的時節。
儘管嘩嘩下着大雨，又何妨到
河邊觀潮、郊外看花？但這梨
花的笑靨似乎變成冷嘲，嘲諷
他竟然離鄉客游。他猛醒：自己
真是"夢裏不知身是客"……
　　清明時節是插柳的時節。
家家門上插着楊柳以消災。從
歌館樓臺醉醺醺出來，他也順
便折了一枝。一陣春風吹過，他
猛醒：哪裏是自己的家？柳插
何處？他真是處處無家處處
家……

　　清明時節竟成了斷腸的時
節，觸目皆是家國愁緒……

（蕭華榮）

黃全昌

張偉平

清平樂

.....................張 炎

採芳人杳,①頓覺游
情少。客裏看春多
草草,總被詩愁分
了。　　去年燕子
天涯,今年燕子誰
家?三月休聽夜雨,
如今不是催花。

①杳 yǎo

"小樓一夜聽春雨,深巷明

朝賣杏花"(陸游)。想想看,那
是什麼樣的心情,那可真是"催
花"的喜雨呀!"三月休聽夜
雨,如今不是催花"。這又是什
麼樣的心情,這分明是"摧花"
的惡雨,明朝該是滿地落紅堆
積了。是的,又到了惜春時節,
何況今年是在"客裏"惜春,異
鄉惜春!真如那游徙無定的燕
兒,今年浪跡天涯,明年誰知又
棲遲何旦!更何況又是在異朝
惜春,怎能不加倍傷惜那春花

一樣凋零的故國呵!其實即使
春色正濃之時,又何嘗有賞春
心情!說是"總被詩愁分了",
其實是被故國的愁思將心兒塞
滿了。

　惜春是詞家永恒的主題。
當惜春與身世之感、故國之思
交織一體時,那惜春之情便大
大深化了。

(蕭華榮)

305

馬璪

水調歌頭 建炎庚戌題吴江①

……………………無名氏

平生太湖上，短棹幾經過。②如今重到，何事愁與水雲多？擬把匣中長劍換取扁舟一葉，歸去老漁蓑。③銀艾非吾事，丘壑已蹉跎。

鱠新鱸、⑤斟美酒，起悲歌。太平生長，豈謂今日識兵戈！欲瀉三江雪浪，淨洗胡塵千里，不用挽天河。回首望霄漢，雙淚墮清波。

①戌 xū　②棹 zhào　③蓑 su
④斟 hè　⑤鱠 kuài

此詞係無名氏所作，建炎年間題於吳江(即吳淞江)長橋上。詞中抒發的是一個愛國志士赤誠的憂憤情懷。他平生往來太湖，然今番重游，却愁似水雲多。愁在何處？只緣有心報國，請纓無路。他"欲瀉三江雪浪，淨洗胡塵千里"，將南侵的金兵，徹底趕出家園。但想到大宋皇帝偏安江左的投降政策，唯有淚灑吳江，付之東流。前面"霄漢"乃暗指朝廷。據說此詞後來傳入宮中，高宗趙構查詢甚急，可見這首匿名詞，確實具有斥責苟安政策的思想鋒芒。

(祝振玉)

御街行

…………………………無名氏

霜風漸緊寒侵被。
聽孤雁、聲嚦唳。[1]
一聲聲送一聲悲，
雲淡碧天如水。披
衣告語，雁兒略住，
聽我些兒事。
塔兒南畔城兒裏，
第三個、橋兒外，瀕
河西岸小紅樓，門
外梧桐雕砌。[2]請教

且與、低聲飛過，那
裏有、人人無寐。

①嚦 lì ②砌 qì

至情之人便有至情之語，傳統的相思題材在這裏被表現得如此真率動人，脫落畦徑——

那是一個霜風淒緊的秋夜，碧天雲淡湛藍如水，忽有離羣孤雁，聲聲悲鳴。不寐之人頓生惺惺相惜之意，遂殷殷告語：塔南城裏第三橋外，瀕河西小紅樓，門外有梧桐雕欄玉砌之處，

亦有一不寐之人，我與她兩地情牽，相思正苦。孤雁過此，請勿高聲嚦唳，否則令她觸景生情，更增悽惻……

用淺語造深情是民歌的長處，新奇的想像更衝破了以往"飛鴻傳書"的俗套。長空孤雁成了相思雙方各自的寫照。種種意象渾然一片，雖用口語而又含蓄無垠，此中分明有文人染指的痕跡。

（祝振玉）

趙益超　張明堂

水調歌頭 賦三門津

··························元好問

黄河九天上，人鬼
瞰重關。長風怒捲
高浪，飛灑日光寒。
峻似吕梁千仞，壯
似錢塘八月，直下
洗塵寰。萬象入横
潰，依舊一峰閑。

仰危巢，雙鵠過，①
杳難攀。②人間此險
何用，萬古秘神奸。
不用燃犀下照，未
必伏飛强射，③有力
障狂瀾。唤取騎鯨
客，撾鼓過銀山。④

①鵠 hú　②杳 yǎo　③伏 cì
④撾 zhuā

　　"黄河之水天上來"，其險
其壯，在古詩中早有描寫，而以
詞刻畫之，則當數本篇最爲傑
出。上片詞人先直筆描繪三門
津激流浪怒光寒之態，再以千
仞吕梁懸水、八月錢塘奔潮比
喻之，復用萬象潰與一峰閑兩
相對比反觀之，步步深入，已是
形神皆備。下片連用典故。"仰
危巢"三句反用蘇軾《後赤壁
賦》"攀棲鶻之危巢"，"人間"二
句化用《左傳》"(禹)鑄鼎象

物，……使民知神奸"，"燃犀"
用晉温嶠事，"騎鯨"用唐李白
事，筆勢夭矯，想像超卓，更將
黄河之氣象雄闊寫足寫透。而
在結句中，我們也分明看出擊
鼓跨瀾的豪士正是詞人的化身。
全詞情景兩壯，況周頤評爲"崎
崛排奡"，誠爲確論。

（龐堅）

蔡天雄

江 宏

摸魚兒

···················元好問

泰和五年乙丑歲，赴試并州，道逢捕雁者云：「今日獲一雁，殺之矣。其脫網者悲鳴不能去，竟自投於地而死。」予因買得之，葬之汾水之上，纍石爲識，號曰雁丘。時同行者多爲賦詩，予亦有《雁丘詞》。舊所作無宮商，今改定之。

問世間、情是何物，直教生死相許？ 天南地北雙飛客，老翅幾回寒暑。歡樂趣，離別苦，就中更有痴兒女。君應有語，渺萬里層雲，千山暮雪，隻影向誰去？ 橫汾路，①寂寞當年簫鼓，荒煙依舊平楚。招魂楚些何嗟及，山鬼暗啼風雨。天也妒，未信與，鶯兒燕子俱黃土。千秋萬古，爲留待騷人，狂歌痛飲，來訪雁丘處。

① 汾 fén

大雁亦殉情，禽鳥所爲竟如此，詞人對之不禁深懷感愴，於是寫下了這首謳歌天地間至情的傑作。開篇「問世間、情是何物，直教生死相許」，一問突兀而起，仿佛驚蟄春雷，動人心魂。以下叙昔雙雁寒暑相依同甘共苦，今孤雁形影相弔惟願同死，插入「兒女」、「君」等人際稱謂詞，再以「幾回」、「向誰去」反復無疑而問，寫雁殉情始末，情詞搖曳，感人至深。換頭由孤雁死處之荒寒凄寂生發感慨，恨芳魂難招，頌雁之至情至性當垂諸不朽，受人禮贊，筆意極爲沉重。此詞雖然詠雁，但讀者的感受早已分不清其中充溢的真情究竟是雁之情還是人之情了，人們已由殉情的大雁想到梁祝那樣的人間愛情悲劇，爲之一揮悲淚，「情」之感人也深矣！

(龐 堅)

江宏

摸魚兒

………………………元好問

　　泰和中，大名民家小兒女，有以私情不如意赴水者，官為踪跡之，無見也。其後踏藕者得二尸水中，衣服仍可驗，其事乃白。是歲此陂荷花開，①無不並蒂者。沁水梁國用，時為錄事判官，為予用章内翰言如此。此曲以樂府《雙蕖怨》命篇。"咀五色之靈芝，香生九竅；咽三危之瑞露，春動七情"，韓偓《香奩集》中自序語。②

　　問蓮根、有絲多少，蓮心知為誰苦？雙花脉脉嬌相向，只是舊家兒女。天已許。甚不教、白頭生死鴛鴦浦？夕陽無語。算謝客煙中，湘妃江上，未是斷腸處。　香奩夢，好在靈芝瑞露。人間俯仰今古。海枯石爛情緣在，幽恨不埋黃土。相思樹，流年度，無端又被西風誤。蘭舟少住。怕載酒重來，紅衣半落，狼藉臥風雨。

①陂 bēi　②奩 lián

　　連根之藕，有絲多少？並蒂之蓮，心為誰苦？這"蓮"便是愛憐之憐，這"絲"便是相思之思，這相依相向的兩朵紅蓮，正是為自由戀愛以死抗爭的一對民家兒女的化身哪！天意已讓他們死後不再分離，為什麼人世却容不得他們的真誠相愛？與他們相比，娥皇、女英湘江殉舜之類的大悲之事也算不得悽絕塵寰了！但他們身雖死，而那如靈芝瑞露般純潔的愛情，却海枯石爛永不磨滅；他們的一腔悲憤，絕不會讓黃土埋没。可恨像他們那樣的真正情種仍在受到腐惡勢力的摧殘，真怕不及時书祭，以後重来面對落紅狼藉，不免更增幾分悲涼之意呢！

　　全詞抒情、志感、叙事、寫景、設問、發論皆有之，情潮起伏，悽惋中飽含激憤，讀來令人蕩氣迴腸，感慨萬端。

（龐堅）

名家配畫誦讀本 · 唐宋詞三百首

出　　版：商務印書館（香港）有限公司

　　　　　香港筲箕灣耀興道 3 號東滙廣場 8 樓

　　　　　http://www.commercialpress.com.hk

製　　版：上海麗佳分色製版有限公司

發　　行：香港聯合書刊物流有限公司

　　　　　香港新界大埔汀麗路 36 號中華商務印刷大廈 3 字樓

印　　刷：中華商務彩色印刷有限公司

　　　　　香港新界大埔汀麗路 36 號中華商務印刷大廈

版　　次：2000 年 6 月第 1 版

　　　　　2009 年 7 月第 6 次印刷

　　　　　© 1999 上海辭書出版社

　　　　　© 2000 商務印書館（香港）有限公司

　　　　　ISBN 978 962 07 5318 3